反乌托邦三部曲

美丽新世界

[英]赫胥黎 著 李黎 薛人望 译

北京燕山出版社
BEIJING YANSHAN PRESS

图书在版编目 (CIP) 数据

美丽新世界 /（英）赫胥黎著；李黎，薛人望译 . —北京：北京燕山出版社，2013.9（2022.7 重印）

ISBN 978-7-5402-3336-5

Ⅰ . ①美… Ⅱ . ①赫… ②李… ③薛… Ⅲ . ①长篇小说－英国－现代 Ⅳ . ① I561.45

中国版本图书馆 CIP 数据核字 (2013) 第 203415 号

反乌托邦三部曲
美丽新世界

［英］赫胥黎 著

李　黎　薛人望 译

策　　划 / 赵东明

责任编辑 / 尚燕彬

插　　图 / 曾翔立　耶娃·柯佳特（Ieva Kuojaite）

装帧设计 / 80〇圉·小贾

内文制作 / 张　佳

北京燕山出版社出版发行

北京市丰台区东铁匠营苇子坑 138 号嘉城商务中心 C 座　邮编 100079

全国新华书店经销

北京市松源印刷有限公司印刷

开本 850mm×1168mm　1/32　印张 8　插页 24　字数 178,000

2013 年 11 月第 1 版　2022 年 7 月第 10 次印刷

定价：45.00 元

　　阿道司·赫胥黎（Aldous Huxley，1894—1963），英国著名作家、学者。出生于著名的赫胥黎家族，一生共创作了五十多部小说、诗歌、哲学著作和游记。赫胥黎强闻博记，知识丰富，为人厚道，被赞为"融科学家与艺术家于一身的人"。

　　赫胥黎童年时在父亲的植物学实验室学习，九岁时与堂兄一起入读希尔塞德寄宿学校。一九〇八年，获得奖学金进入伊顿公学。

　　一九一一年，赫胥黎因患眼疾从伊顿公学辍学。三年后进牛津大学，攻读文学和哲学。一九一五年以一等荣誉毕业，获学士学位。

　　一九一六年，赫胥黎任牛津《诗刊》编辑，并出版了自己的诗集《焚烧之轮》。

　　赫胥黎曾在伊顿任教一年，其时乔治·奥威尔正就读于伊顿。一九一八年，赫胥黎在英国空军部短暂工作；后来他在布鲁内尔蒙德化工厂工作了一段时间，这成为《美丽新世界》的创作灵感之一。

与莫雷尔夫人等（1916）　与汉·多萝西·热尼布雷特（1917）

读书（1921）　　　　与布鲁克斯先生（1920）

　　"一战"期间，赫胥黎的大部分时间是在莫雷尔夫人的加辛顿庄园里度过。在这里，他结识了伯特兰·罗素和克里夫·贝尔等人，以及后来成为他第一任妻子的比利时女子玛莉亚·尼斯。以上各图为庄园生活留影。

一九一九年，赫胥黎与追求了四年之久的玛莉亚结婚。婚后育有一子马修。马修成年后成为了知名的作家、人类学家和流行病学家。

一九五二年，玛莉亚罹患乳癌。她瞒着赫胥黎，开始安排自己的身后之事——为赫胥黎物色合适的伴侣。一九五四年，她把自己的朋友劳拉介绍给赫胥黎认识。

1 与妻子玛莉亚（1920）
2 全家福（1920）
3 与儿子马修（1932）
4 全家福（1938）

全家福（1930）

与第二任夫人劳拉

　　劳拉曾是小提琴手，做过电影剪辑，后来从事心理分析治疗。一九五五年，玛莉亚去世。一九五六年，赫胥黎与劳拉结婚。后来，劳拉创作了畅销一时的赫胥黎传记《时光消逝的瞬间》。

赫胥黎的家族名人辈出。他的祖父托马斯·赫胥黎是著名的生物学家，《天演论》的作者，因捍卫查尔斯·达尔文的进化论而被时人称为"达尔文的斗牛犬"。他的父亲李奥纳德·赫胥黎是散文作家，曾任杂志编辑。他的哥哥朱利安是著名动物学家，曾任第一届联合国教科文组织总干事，是世界自然基金会创始人之一。他的同父异母弟弟安德鲁是一位生理学家与生物物理学家，与他人共同获得一九六三年的诺贝尔生理学或医学奖。

赫胥黎与侄女

与哥哥朱利安（1959）

一九三七年，赫胥黎到美国治疗眼睛，视力得到部分恢复。之后便和妻子玛莉亚、儿子马修及朋友杰拉尔德·赫德一起搬到了好莱坞。一九三九年，在朋友的推介下，赫胥黎开始涉足影剧界。之后的二十多年里，他创作了不少舞台剧，参与了一些电影制作工作，结识了大批影剧知名人士。

1 赫胥黎与家人及朋友（1927）
2 赫胥黎与莱肯菲尔德夫人、莫雷尔夫妇（1936）
3 与家人、朋友参观汉普顿宫（1936）
4 与哥哥、朋友们在洛杉矶（1960）

与挚友劳伦斯（1928）

一九一五年，赫胥黎结识了给予自己重要影响的作家 D.H. 劳伦斯。一九三〇年，劳伦斯去世，赫胥黎为纪念他编辑出版了《劳伦斯书信集》。

　　赫胥黎青年时患眼疾，后来二十多年均处在半盲状态。他借助放大镜博览群书，成为知识渊博的学者和作家。晚年时的赫胥黎在一些学术圈被认为是现代思想的领导者，位列当时最杰出的知识分子行列。

　　一九六〇年，赫胥黎罹患癌症。在接受治疗不久后，便应邀到麻省理工大学做客座教授。他以《人的解剖》为题进行演讲，每次演讲听者如云。

　　一九六三年，赫胥黎癌症复发。临终时（一九六三年十一月二十二日），无法言语的他在写字板上写下要求注射 LSD 的文字。在医生的首肯下，夫人劳拉分两次为他注射了 LSD。下午五时，赫胥黎安详辞世。

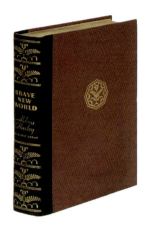

一九三二年，英国查托和
温达斯出版公司的《美丽
新世界》初版

一九三二年，美国多伦·道
布尔迪出版公司的《美丽
新世界》初版

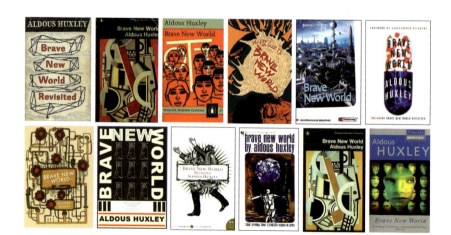

各种英文版本的《美丽新世界》

创作于一九三一年，出版于一九三二年的《美丽新世界》，为赫胥黎带来了世界性声誉。这部小说书名灵感来自莎士比亚的《暴风雨》。作品包含大量现代科学技术，描绘了一个被科学严格限定的科幻世界，对二十世纪的科幻小说产生了深远影响。这部小说出版以来十分畅销，仅一九三二年到一九六六年，就出版了近六十个版本，销量近三百万册。

《美丽新世界》备受关注的同时，也因涉及宗教、家庭与性道德等问题而在一些国家和地区被列为禁书。一九三二年，爱尔兰以这本书反家庭、反宗教为由禁止在本地出版；一九六七年，印度禁止出版《美丽新世界》，赫胥黎被指责为"色情文学作家"；美国图书馆协会很长一段时间内没有收入《美丽新世界》，甚至在一九九三年，美国加州的一些学校还将这本书从学生必读书目中删除。

时至今日，这部作品所蕴含的科技发展对人类生存状态的影响的忧思，也成为了现代人反思自身与警惕未来的课题。在热门电影《黑镜》《云图》中，处处可见《美丽新世界》的灵魂。

《美丽新世界》于一九八〇年和一九九八年两度被改编拍摄成电影。

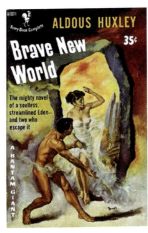

一九八〇年电影海报

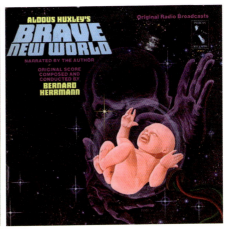

一九九八年电影海报

1 插画大赛一等奖作品（by Finn Dean）
2 插画大赛入围作品（by James Daw）
3 插画大赛参赛作品（by Nathalie Moore）

　　二〇一三年，英国开本学会与插画之家组织了《美丽新世界》插画大赛，三十多个国家和地区的五百多位插画师参与了赛事。大赛评审委员在二十五位入围者的作品中评出一等奖一名、优胜奖五名，予以奖励。

大家读

目录

回首未来

——《美丽新世界》新版译序

李 黎

在人类文明史上，二十世纪是一座重大的里程碑。短短的一百年里发生了前所未有的大规模的、世界性的科技与文化的飞跃与激荡；而二十世纪六十年代，又是世界上许多地方的战后婴儿潮、青少年在各种思想冲激下付诸行动的关键时段。

一九六八年——所谓"改变历史的年代"，[1] 那年我二十岁，在台湾大学历史系念大三。在当时台湾戒严年代的封闭的环境里，像不少年轻人一样，二十岁的我热情、好奇、困惑，时时在寻求

---

[1] 对于一九六八年，美国《时代》杂志二十周年特刊称之为"形成一个世代的一年"（*TIME* Magazine, "1968: The Year That Shaped a Generation." January 11, 1988）；《时代》杂志四十周年特刊称之为"改变世界的一年"（*TIME* Magazine, 40th Anniversary Special, 2008, "1968: The Year That Changed the World."）；美国《新闻周刊》杂志称之为"造就了今天的我们的一年"（*NEWSWEEK* Magazine, "1968: The Year That Made Us Who We Are." November 19, 2007）；美国记者、作家 Mark Kurlansky 书名则称其为"撼动世界的一年"（*1968: The Year that Rocked the World.*2004）。

一些答案，虽然往往连问题都并不清晰。从接触到的有限的文史哲书籍里、从更有限的现实环境中，我憧憬着广阔的知识世界，吃力地思索着"人类的幸福和前途"之类的大问题。以当时的客观环境和我个人极为浅显的知识，这种"求索"的局限和挫折当是可想而知的。

就在这时，一位动物系的男同学给我看一本英文"乌托邦"小说 *Brave New World*。我正好刚读过《一九八四》，也约略知道一些有关"负面乌托邦"的理论，看到这部充满典雅的人文关怀与繁复的科学想象、又具有引人入胜的情节和瑰丽场景的文学作品，自然一读就为之惊艳而不能释手。当时这本书在台湾还没有中译本，两个不知天高地厚的大学生，就决定把这本经典文学作品翻译出来。既然他主修生物，充斥着生物工程内容的前三章主要由他负责，之后我就接手，他帮忙查找数据。整个大四那年，我俩的课外时光就在合作译书中度过；毕业前夕这项工作也完成了，书名定为《美丽新世界》，一九六九年在台北初版。直到一九八九年 —— 在美国生活了将近二十年之后，对英文的掌握准确得多，并且对西方文化有了比较深刻的体会，我将旧版译本对照原文仔细地重新校订一次，除了失误差错之外，也将语意含混、西化句法及需要加上注释之处都做了修整，并加译了赫胥黎在一九四六年重版时写的《再版前言》，出了《美丽新世界》修订版。

而今又是将近四分之一个世纪过去，北京燕山出版社要推出"负面乌托邦"[1] 系列，其中的《美丽新世界》决定用我的译本，

---

[1] 负面乌托邦（Dystopia、Cacotopia、kakotopia 或 anti–utopia），又译作反乌托邦、敌托邦或废托邦。

于是我又将修订版再度梳理修订一遍，重新披阅之际不免感触良多。这本书问世至今已经八十年了，二十一世纪也过了十多年，这个世界上又有了更多新的变化、更多赫胥黎当年未曾预言到的重大"成就"；然而这本二十世纪的文学经典，依然历久弥新，依然值得每一代人细读。

作者阿道司·赫胥黎 (Aldous Leonard Huxley) 是英国文学家，一八九四年七月二十六日出生于英格兰苏利郡 (Surrey County) 的戈德尔明镇 (Godalming)。他的家学渊源正可谓是科学与文学的结合：祖父是十九世纪著名的生物学者托马斯·赫胥黎 (Thomas Henry Huxley)，严复翻译的《天演论》的作者；父亲里奥纳德·赫胥黎 (Leonard Huxley) 是散文作家；兄长朱利安·赫胥黎 (Julian Huxley) 是生物学者；伯外祖父是十九世纪著名诗人及批评家马修·阿诺德 (Matthew Arnold)。阿道司·赫胥黎本欲攻读生物学，然而在伊顿学校就读时患了角膜炎，双目几乎失明，遂放弃最初的心愿，借放大镜阅读；进入牛津大学后，主修英国文学与哲学，在一九一五年得到学位。四年后与比利时女子玛莉亚 (Maria Nys) 结婚，不久迁居意大利，专事写作，常有长短篇小说及散文问世。他的著述甚丰，除了小说，还有诗集、散文、戏剧、评论、游记等等。

一九三二年，长篇小说《美丽新世界》(Brave New World) 一出，即在知识界中轰动一时，被誉为代表二十世纪自然科学与社会科学间相互冲击的一大巨著，后来又与《一九八四》、《我们》(We) 二书共称为二十世纪"负面乌托邦"文学代表作。其中《美丽新世界》更在新世纪初被肯定为二十世纪最重要的文学作品之一。

赫胥黎博览群籍，涉猎至广，加上才气纵横，小说作品题材之独特、内容之包罗万象，实非一般作家所能企及。他在书中引用了广博的生物学和心理学的知识，为人类的未来做了一番推想和臆测；即使在二十一世纪的今天读来，还是不免佩服其思想之超群绝伦、洞察如炬。书中不仅为科学极度发展下的人类前途做出警告性的预言，更刻画出现代人在高科技无所不在的笼罩下，身不由己的孤绝无助之感，以及在极权管理统治之下，知识分子对个人尊严和思想自主的诉求。所以，这本书实在不可以视之为一般的"科幻小说"。

《美丽新世界》书名典出莎士比亚的《暴风雨》：剧中女主角米兰达自幼在一个与外界隔绝的孤岛上长大，当她首次看到一批衣饰华丽的人们，无知于他们邪恶的内心，脱口赞叹："人类有多么美！啊，美丽的新世界，有这样的人在里面！"曾见有人提及这本书名时，照 brave 这个字的俗义而译成"勇敢新世界"，是不符原意的。

阿道司·赫胥黎与他的祖父托马斯·赫胥黎，分别生活在两个截然不同的世纪里，而祖孙两人的思想和著作也代表着十九世纪和二十世纪人类思潮的更迭以及对世界未来理想的改变。在托马斯的时代，科学文明正展开壮丽的序幕，人类对自己的未来充满着憧憬；在老赫胥黎的作品中，我们可以看到乐观、奋进以及无限的期待。反观阿道司的年代，人类正面临着科学文明失控的威胁，两次世界大战让世界和平的希望彻底幻灭。阿道司本人自幼深受眼疾之苦，妻子和自身都罹患癌症，加上亲身经历了两次大战，是以终其一生都努力于追求宗教的终极关怀和人类的和平幸福。在他的作品中，我们可以看到他疾呼个人的觉醒、在机械文明带来的危机下自由和尊严的可贵。

《美丽新世界》不是一般的科幻小说。正如赫胥黎在他的《再版前言》中所说的：这本书的主题并非科学进步的本身，而是科学进步对人类个人的影响；所以物理、化学、工程等等的成就在书中是不言自明的，而扮演主要角色的是生物学、生理学、心理学等等足以基本地改变生活和生命质量的科学。正因如此，书中虽有严谨翔实的科学描述部分，却并未成为"声光化电"、机关布景的科幻小说。因而，《美丽新世界》最可贵的"预言性"并不在于其物质上的"预言"，而是作者的一份早于他自己时代的"危机感"——他写这本书时是二十世纪三十年代初期，那时的科技文明比起新世纪简直可以说还在幼年阶段：原子弹（更不用说核武器）尚未登上世界战场的舞台（赫胥黎在《再版前言》中也提到原书未能触及这项最具毁灭性的人类发明），而计算机操作、卫星通讯、太空科学、生态危机等等更是闻所未闻。然而早在那个时候，赫胥黎便已预见到：当人文意识薄弱而行政控制强有力时，结合上优越的科技文明，将会是一个巨大的人类梦魇的开始。果然，《美丽新世界》书成之时，三十年代的现实世界正处在二次大战前"山雨欲来风满楼"之际，而二次大战的大规模杀伤性的酷烈，更加深了赫胥黎念兹在兹的忧虑：人类以科技自毁，和被科技极权奴役的在劫难逃命运。

书中对于高科技充斥而精神心灵贫乏的未来世界的描述，正是这部"负面乌托邦"最可怕的预言，也让这本书的文学和人文思想高于一般的"机关布景"或者政治科幻小说。书中有些"预言"在后来某些历史时空出现过，例如一个绝对专制极权的政府，消灭了昔日的经典书籍，只允许在严格检查制度之下不会有碍社会安定的肤浅的消遣娱乐。有些预言在今天的西方世界可以看到类似的景象，譬如在那个以"人人都快乐"为口号的未来世界里，快乐要靠催眠暗示和麻醉药物获得。而最"壮观"的预言场景，是新世界的婴儿全都是体外受精，并且大量复制，当然让今天的读者想到"试管婴儿"。二〇一〇年诺贝尔生理医学奖颁给一九七八年培育出第一位人类"试管婴儿"的英国科学家爱德华兹 (Robert Edwards) ——等了三十年、五百万名试管婴儿出生之后才颁发给他，是为了确定那第一个"试管婴儿"健康成长，而且生下了健康的第二代；可惜爱德华兹已经衰老失智，无法感受这份迟来的荣耀与肯定了。[1]

"试管婴儿"其实就是人工体外受精，现在治疗不孕症几乎都用这个程序来受孕，没有谁会觉得稀罕。可是这个婴儿刚出现时确实有人大惊小怪，生怕人代天职，造出怪物。这就应验到《美丽新世界》了 —— 远在"生物工程"这个名词出现之前，这本写于一九三一年的书就已预言了生物科技的角色地位。当"试管婴儿"还是人们闻所未闻、甚至匪夷所思的东西，赫胥黎笔下的未来世界已经在更大的"试管"—— 玻璃瓶子里培养婴儿了。而书里写到刺激受精卵不断分裂成数十上百的胚胎、大量制造的复制人，就是现在所谓的"克隆"。就像当年惧怕"试管婴儿"一样，有人怕"克隆"人会被用来做器官移植的牺牲品，也有人怕复制

---

[1] 其实这个奖应该也颁给华裔科学家张明觉 (M.C. Chang, 1908—1991)。胚胎移植、精子成熟、口服避孕药都是张明觉的研究成果；张氏早在一九五九年就用体外受精方法成功培育出"试管兔子"。如果张氏还在世，诺贝尔奖也许会同时颁予他——最早完成基础研究的原创学者。

出邪恶坏人。其实这些忧虑是没有必要的：最新的干细胞研究可以复制器官治疗疾病，根本不需要制造出整个人来；而且即使先天的基因可以复制，复杂的后天环境因素才难以掌控，要长成为完全一样的人是不可能的。何况人类的同卵双胞胎正是"克隆"，何可怕之有？至于现今精妙的整容技术，可以把人"整"成千人一面的明星脸，也算是另一种"克隆"吧。

其实纵观百年来的科技发展，为人类的健康和生活质量带来的正面效益还是远超过负面的。像寿命大幅度的增长（二十世纪初人类平均寿命是三十一岁，到了二〇一〇年增至六十七岁，而中国则已达到七十四岁）、癌症的治疗、骨科手术的进步、先进的生物医学、免疫疫苗的普及、卫生条件的大幅提升，甚至转基因食物解决饥荒危机等等；还有赫胥黎未能梦想到的互联网对信息交流和人际沟通的巨大影响，随之而生的全球一盘棋的"地球村"概念……但这把两刃刀也同时带来了负面效应：环境污染、地球暖化、核子辐射公害、大量的物种灭绝、电子废料、垃圾食物带来的肥胖和相关病症、胎儿筛选造成的性别不均（以人口大国中国和印度最为严重）、上瘾性药物合法或非法的大量使用等等，这串列举的名单还在不断增加之中。

更有一项赫胥黎未曾料到的反讽：汽车工业在他书写的当时是资本主义极端发展的代表，所以"汽车大王"福特在新世界里变成了神，而他的首辆用装配线大量生产的"福特T型车"(Ford Model T) 的T字也代替了基督教的十字架，成了新世界里资本主义宗教的符号。不料当年傲视全球的汽车工业首都底特律，今天竟已彻底破产；"福特"也不再是品牌，代之而起的是"硅谷"的电子和信息工业新贵。风水轮流转，下一个世纪又会是什么样的发明、哪一种行业带动新一波的科技文明，在世界上的什么地方崛起当道，今天是很难预测的。然而对子子孙孙的未来，对"乌托邦"负面前途的忧虑和警觉，依然是人们不可扬弃的关怀课题。

负面的乌托邦是文学家作为人文关怀者的警告，《美丽新世界》书名是个反讽，可是《美丽新世界》的噩梦也未必都会预言成真。就像"试管婴儿"曾经也备受质疑责难，如今世上已有数百万名试管婴儿，造福了无数不孕症患者。谁说科技带来的未来世界一定是负面的呢？科技并不可怕，可怕的是人类自身的愚昧和邪恶。是以出身科学与文学世家的赫胥黎，终其一生都未曾放弃他对人类自我救赎的信心——正如他在《前言》中所提的：不为科学所役而役使科学，"心智清明"地为着一种长远理想而生活的人类社会。

这本书并没有为人类的重大问题提供解决方案（这原也不是文学家的责任），而是借由那些难题引发读者自行独立思考——不盲从科技和权威而能作出反思。"稳定"固然可以带来舒适，但同时带来的是一致性；而正是能超越一致性的独立思考，才能够促使人类进步。所谓"科学"，原就是在既有的知识和理论之上，以独立思考的精神，来突破、来创新、来提升的学问。

《美丽新世界》的中文译本繁体版和简体版，从一九六九年至今至少已印行了数十版；在过去四十多年里，我已记不清有多少读者直接或间接地告诉我，《美丽新世界》对他（或她）的影响；其中还包括在国际科学领域中卓然有成的人士，提及这本书启发了他跳出框架去思考。所以我相信这本文学经典对年轻人——尤其是中国这一代的年轻人，不论在任何领域，都会历久恒新有所启发。

回顾从我最初译书的青年求索年代，到如今生活的二十一世纪，赫胥黎那份人类自我救赎的理想依然遥遥无期，人类还没有找到一个完美的、正面的乌托邦；但是人们已经有了够多的反面乌托邦的例子——我们至少知道什么样的乌托邦是行不通的。但愿二十一世纪的人类，起码具备了这一点从痛苦中汲取出来的智慧吧。

最后要提的是：当年那位送我一本 *Brave New World*，并且与我一道译书的念生物的男同学，后来成了我的丈夫，现任美国斯坦福大学医学院教授，而他的专业正是生殖激素和不孕症方面的研究。

二〇一三年夏于美国加州斯坦福

再版前言

赫胥黎

　　长久的追悔，是最可厌的一种情绪，这是所有的道德家都同意的。如果你犯了错，就忏悔、努力改正，争取下回做好就是了。绝对不要沉溺在自己的错失里。在污泥中打滚可不是最好的净身办法。

　　艺术也有其道德，而这种道德的许多规则，与一般伦理道德的规则是同样的，或者至少是相类似的。譬如说，为恶劣的行为而长久懊悔，跟为拙劣的艺术品而长期追悔是一样的不值。恶劣之处应该挑出来，加以承认，然后如果可能的话，将来尽量避免。对二十年前的文学缺失吹毛求疵，意图把当初完稿时未能达到完美的作品加以修补，而想在中年来改正那个年轻的自我所犯下的艺术罪愆——这全然注定是徒劳无功的。这就是为什么这本新版的《美丽新世界》与旧版完全一样。作为一件艺术作品，此书的缺点是不少的，但是若要改正它们，我势必把全书重写——而在重写的过程中，我这个年纪老大、比起年轻时等于是另外一个人的人，可能会在改正故事中一些错误的同时，也删掉了原先具有的优点价值。因此，我抗拒着沉溺在艺术追悔中的诱惑，宁可让好坏两者都保留原状，自己想别的事去吧。

　　不过，把这故事中最严重的一些缺点提出来，还是应该的。书中的"野人"只得到两种选择：一是乌托邦中的非人生活，一是印第安村落中的原始生活，后者在某些方面虽然比较近乎人性，但在另外一些方面却同样怪异而反常。在写这本书的时候，我的想法是：人之所以被赋予自由意志，就是为了让他在两种疯狂状态中任选其一：当时我颇为这个想法扬扬自得，且相当自以为是。为了戏剧性效果，我让"野人"说着理性的话语，其实他是在一种半为生殖崇拜、半为忏悔自虐的宗教环境中长大的，那种环境不可能教养他那样理性地说话——即使是他熟读了莎士比亚，也还是难以令人信服。当然，到了最后，他被安排了走向疯狂：他原有的赎罪意识重又抓牢了他，他以疯狂的自我凌虐和绝望的自杀告终。"从此以后，他们悲惨地死掉了"——完全符合了那位自得的、怀疑论唯美主义作者的态度。

　　今天，我已不想证明心智正常是不可能的。相反地，虽然我像过去一样，认为心智健全是一种相当稀有的现象，但我已相信那是可以达到的，并且想要多看到一些这种现象。由于在一些近作中说过这样的话，又编辑了一本心智健全者所说的有关心智健全和如何达到的方法的选集，就有一位杰出的学院派评论家告诉我说：我是一个危机时代知识阶层失败的可悲的病例。这话的含义，我猜想，就是这位教授和他的同事们，是成功的可乐的病例吧。这些人类慈善家理应得到他们应得的荣耀与纪念，让我们建造一座教授圣殿吧。这座圣殿该建在欧洲或日本的一座损毁的城市的废墟之中，而在灵堂入口上方，我要用六七英尺见方的大字铭刻这样的话：

献给世界上的教育者的纪念。
SI MONUMENTUM REQUIRIS CIRCUM SPICE.

回头谈未来吧……如果我现在要重写这本书，我会给野人第三种选择。在乌托邦和原始生活的两难之间，会有一个心智清明的可能性——这种可能性在书中已经实现到某个程度了，那就是被美丽新世界放逐出来或逃出来的人，在保留区的边缘组成的小区。在这个小区里，经济将会是分布式的、亨利—乔治式的，政治是克鲁泡特金式的、合作式的。科学与技术的运用会是像安息日一样，即是为人而造的，而不是像现在，或更像美丽新世界那样，要人去适应它们，被它们奴役。宗教将会是人对"终极"的有意识的、有理智的追求，是对内在的"道"、对超俗的神与佛之认识。主要的人生哲学将会是一种高级的实利主义，"终极"原则第一，"极乐"原则屈居第二——生命中每一个事件的第一个问题都会是："我和绝大多数其他人，如果这样做或这样想，是否会对人类的'终极'有所贡献，或有所干扰？"

在这本假设要改写的书中，野人虽然还是在原始部落中长大，但他会先有机会认识另一个社会，那个社会是由一群献身于追求心智清明的人们自由合作组成的，然后他才被送到乌托邦去。这样修改之后，《美丽新世界》就会具有一种艺术上和哲学上的完整性（如果允许我在一本虚构的小说上用上这么堂皇的用词的话）。这份完整性在现在书中显然是没有的。

但是，《美丽新世界》是一本讨论未来的书，不论它的艺术性或哲学性如何，一本有关未来的书所做的预言，必须是看起来有可能会成真的，才能引起人们的兴趣。从十五年后的现在我们所处的今日历史的角度来看，这本书中所做的预言，有多少是似有可能的？在过去这惨痛的十五年里[1]，发生了多少事情是印证了或者推翻了那些一九三一年的预测？

有一个很大、很明显的预测上的失误，是一读就会立刻看出来的：《美丽新世界》一书没有提及核裂变这件事。这是很奇怪的：因为早在这本书写成以前的好几年，原子能的可能性已经是一个常见的话题了。我的老朋友罗伯特·尼可斯甚至以这个题材写过一部很成功的剧本；而我自己，也曾在二十年代晚期出版的一本小说中，偶然地提起过这个话题。因此，在"我们的福特"纪元七世纪时[2]，火箭与直升机不是用核子分裂做动力，是相当奇怪的。这个疏忽固然不可原谅，但至少很容易解释。《美丽新世界》的主题并非科学进步的本身，而是科学进步对人类个人的影响。物理学、化学和工程学的成就，在书中已经不言自明了。唯一特别描述的科学进步，是生物学、生理学与心理学在未来的研究成果应用到人类身上。唯有用生命科学才能基本地改变生活的质量。物质的科学可以被用来摧毁生命，或者使生活变得无法容忍的复杂与不适；然而除非这些物质科学是被生物学家与心理学家用来作为工具，否则它们根本无法改变生命本身的自然形式和表现方

---

[1] 指其间发生的第二次世界大战。

[2] "新世界"以美国汽车大王亨利·福特创立生产线为纪元。此书写的是当时的六百年后，故是"福特纪元七世纪"。

式。原子能的释放标志着人类历史上一大革命，但并非最终的、最彻底的革命，除非原子弹把我们炸成粉碎、历史告终。

这种真正革命性的革命，不是经由外在世界，而是在人类的灵魂与肉躯之内达成的。生在一个革命时代的沙德[1]侯爵，自然会应用这种革命理论去把他所特有的疯狂合理化。罗伯斯庇尔[2]达成的是最肤浅的一种革命——政治革命。巴贝夫[3]略深了一层，试图经济革命。沙德自认为是真正革命性的革命使徒，超越了政治和经济，而成为每一个男人、女人与小孩的革命，这些人的身体从此以后成为全体的共有性财产，他们的心智也丧失了一切自然的廉耻、一切传统文明好不容易才建起的种种禁戒。当然，在虐待狂和真正革命性的革命之间，是没有必须和必然的关系的。沙德是个疯子，他的革命的意识性的目标，多多少少是全球性的混乱与毁灭。统治美丽新世界的人可能也不是心智清明的（以最严谨的字义而言）；但他们也不是疯子，他们的目的不是乱无秩序，而是社会的稳定。就是为了达到这种稳定，他们用科学的方法实施了最终的、人身的、真正的革命性的革命。

而同时，我们正处在可能是倒数第二个革命的第一个阶段。下一个阶段可能就是原子战争，果真如此，我们就用不着为预言未来而操心了。但我们也可以想象，人类可能还保有足够的理性，即使不能全面停止战争，至少也会像我们十八世纪的祖宗们一样

---

[1] 沙德（Marquis de Sade，1740—1814），法国哲学家、小说家、剧作家。以探讨人类病态的淫虐行为著称。（性）虐待狂（Sadism）一词即源出于其名。

[2] 罗伯斯庇尔（Maximilien de Robespierre，1758—1794），法国大革命时期政治家，雅各宾派的首脑及独裁者。

[3] 巴贝夫（Babeuf，1760—1797），法国革命家，社会与经济革命理论的倡导者。

适可而止。"三十年战争"[1]难以想象的恐怖给了人类一个教训，使得有一百余年之久，欧洲的政客和将军们有意识地抗拒了诱惑，未曾穷兵黩武到国破家亡的程度，或者拼命打到完全歼灭敌人为止。当然，他们还是侵略者，贪图财富与荣耀；但他们同时又是保守主义者，决心不管怎样也要维持他们的世界的完整，是为利害关系之所系。过去三十年来，已经没有保守主义者了；只有右派国家主义激进分子和左派国家主义激进分子。最后一个保守派的政治家是兰斯当侯爵五世[2]，他写信给《泰晤士报》，建议第一次世界大战应该仿照十八世纪大多数战争一样，以和解的方式结束，那份曾经是保守派的报纸的编辑竟然拒绝刊登。国家主义激进分子遂能随心所欲，结果是尽人皆知的——布尔什维克主义、法西斯主义、通货膨胀、经济不景气、希特勒、第二次世界大战、欧洲毁灭，以及几乎全球性的饥荒。

那么，假定我们可以从广岛习得教训，就像我们的先人从马德堡[3]学得教训一样，我们可以期待一个时期，虽不是全然的和平，但也只是有限的、仅具部分毁灭性的战争。在那样一段时期里，核子能可能会被利用在工业用途上。结果是会很明显的，就是一连串前所未有的快速与全面的经济和社会的变化。所有现有

---

[1] 三十年战争，指一六一八至一六四八年在德国天主教徒和新教徒之间进行的战争。一六三一年马德堡惨烈的攻城战中，全城焚毁，城中两万多人被杀，情形"难以想象的恐怖"。

[2] 兰斯当侯爵五世（5th Marquess of Lansdown，1845—1927），爱尔兰裔贵族、英国外交家。一九一七年发表引起争论的《兰斯当信函》（Lansdowne Letter），号召第一次世界大战中的协约国发表"意向声明"。

[3] 马德堡（Magdeburg），德国古城，十三至十五世纪的北欧贸易重镇。"三十年战争"中遭兵燹破坏，第二次世界大战期间又几乎被战火摧毁殆尽。

的人类生活形态都会瓦解，新的形态必然会产生，以配合原子威力的非人事实。穿着现代服装的普罗克拉斯提斯[1]——核子科学家们，将为人类准备好非躺上去不可的床；如果人类的身长与床不符——好，那人类就倒霉了。有的人要拉长，有些要削短——自从应用科学大展宏图以来就是这类的拉长与削短，不过这一回比起从前是来势凶猛得多。这些绝非无痛的手术，将由高度中央集权的政府来指挥。这是无可避免的：因为不久的将来很可能像不久的过去一样，而不久的过去，在大量生产的经济制度与大多数人是无产者的情况下发生的急遽的科技变化，业已造成经济和社会混乱的趋向。要处理这种混乱，权力便集中了，政治的控制加强了。甚至在原子能被控制利用之前，世界上所有的政府就有可能或多或少地走向完全极权了；而在原子能被控制利用之时和之后，这些政府的极权化则是几乎必然的了。唯有一种大规模的、广泛的反集权和自救运动，才能够阻止目前这种走向中央集权下的经济统制的趋势。然而目前毫无这种运动会发生的迹象。

当然，新的极权主义没有理由会跟老的极权主义面目相同。以棍棒、行刑队、人为饥荒、大量监禁和集体驱逐出境为手段的统治，不仅不人道（其实今天已经没有人在乎人道了），而且已经证实了效率不高——在科技进步的时代，效率不高简直是罪大恶极。一个真正有效率的极权国家应该是这样的：大权在握的政治老板们和他们的管理部队，控制着一群奴隶人口，这些奴隶不需强制，因为他们心甘情愿。在当今的极权国家里，使奴隶们心

---

[1] 普罗克拉斯提斯（Procrustes），希腊神话中开黑店的强盗。传说他劫人后令身高者睡短床，斩去身体伸出部分，令身矮者睡长床，强拉其身使与床齐。

甘情愿，是宣传部门、报纸编辑和学校教师们的任务。可是他们使用的方法仍嫌粗糙、不够科学。从前耶稣会教士曾吹嘘说：如果把一个孩子交给他们教养，他们可以担保负责这个人的宗教思想，这真是一厢情愿的想法。现代的教书匠，在制约他的学生的反应方面，可能还比不上那些教育伏尔泰[1]的大人先生们那么有效率呢。现代的宣传术，最伟大的成就，并非做了什么，而是靠不让人去做什么。真理固然伟大，但从实际的眼光来看，对真理绝口不谈则更伟大。只要闭口不谈某些话题，落下丘吉尔先生所谓的"铁幕"，把群众跟他们的政治老板们不想要的事实或议论隔离开来，则极权政府的宣传人员们左右意见的效率会大得多，远超过雄辩滔滔的谴责和强压的逻辑辩驳。不过光是沉默还不够。如果想要避免迫害、清算以及其他社会摩擦的症候，宣传的积极面必须与它的消极面同样有效。未来的最重要的"曼哈顿计划"[2]将会是由政府发起的大规模的调查研究，探讨政客们和有关的科学家们所谓的"快乐问题"——换句话说，使人们如何能心甘情愿于他们的被奴役。没有经济的安全保障，心甘情愿于被奴役便不可能实现；简而言之，我假定那大权在握的行政部门及其管理者们会圆满解决长期安全保障的问题的。可是安全保障等等会很快被视为理所当然。所以这种成就仅仅是一种肤浅的、外表的革命。除非是一种深入每个人身心的革命的结果，否则心甘情愿被奴役是办不到的。要达成这种革命，除了其他条件之外，还需要以下数种发现与发明：首先，大幅度改进了的暗示技术——经由

---

[1] 伏尔泰（Voltaire，1694—1778），法国启蒙时代思想家、哲学家、文学家。

[2] "曼哈顿计划"（Manhattan Project），美国政府于一九四二年发起成立的一个研究计划，造出了人类史上第一颗原子弹。

婴儿时期的条件制约（Conditioning），到后来辅之以药物，如茛菪胺[1]。其次，一种十分发达的人类分等科学，可让政府管理人员们，将任何个人分配到他或她在社会和经济等级制度中合适的位置上去（插在方洞里的圆钉子，会倾向于对社会制度的危险思想，并且会将他们的不满情绪传染给其他人）。第三（既然不论现实是多么乌托邦式的，人们也会感到时常要度假的需要），一种酒精及其他麻醉品的代替品，一种比杜松子酒或海洛因危害较少而给人乐趣较大的东西。第四（这可是一个长程计划，得要好几代的极权控制才能有所成效），一套绝无差错的优生学系统，用来标准化造人，以减轻管理人员们的工作量。在《美丽新世界》一书中，这种标准化造人的过程推展到了想入非非的极致，然而也并非不可能的。从科技和意识形态上来说，我们距离瓶养婴儿和波卡诺夫斯基的半白痴群体还远得很。但是到了福特纪元六百年时，谁又知道什么事情不会发生呢？同时，那个更为快乐、更为稳定的世界——也就是索麻、催眠教学和科学的等级制度——的其他特点，可能用不了三四代就会发生了。《美丽新世界》中所说的性杂交现象似乎也离我们不远了。已经有一些美国城市，离婚和结婚的数字相等。无疑的，过不了多少年，结婚证书会像畜犬证书一样地发售，有效期十二个月，没有法律条文禁止犬只互换或者同时豢养多于一只的。随着政治和经济自由的减少，性自由势必补偿性地增加。而独裁者将会乐于鼓励这种自由（除非他需要炮灰和家庭人口，到无人地带或被征服的领土去殖民）。性自由加上由麻醉品、电影和收音机所支配的做白日梦的自由，统治者

---

[1] 茛菪胺（Scopolamine），一种生物碱类的镇静止痛药物。

会更容易使他的臣民顺从于自己的奴隶命运。

　从各方面的考虑来看，乌托邦比起十五年前任何人可以想象的都更接近了。十五年前，我还把它设定在六百年以后。今天看起来，这种恐怖状态可能要不了一个世纪就会降临到我们身上——换句话说，如果我们在这段时间里没有把自己炸得粉身碎骨的话。真的，除非我们决心去反极权，并且以实用科学为手段，来产生自由个体组成的人类，而不是把人类当成手段而以科学为目的；否则，我们就只有两条路可选：一条是一群国家主义的、军事化的极权主义者们，以他们的原子弹恐怖行为起家、以文明的毁灭告终（或者，如果战争受到限制，则是长期的军国主义）；另一条路则是一个超国家的极权主义，由急遽的科技进步和原子革命所造成的社会混乱中应运而生，并在效率和稳定的需求中发展成为"福利专制"的乌托邦。你付钱，任选一种。

一九四六年再版时作

乌托邦似乎比我们过去所想象的更容易达到了。而事实上，我们发现自己正面临着另一个痛苦的问题：如何去避免它的最终实现？……乌托邦是会实现的。生活直向着乌托邦迈步前进。或许会开始一个新的世纪，在那个世纪中，知识分子和受教育的阶级将梦寐以求着逃避乌托邦，而回归到一个非乌托邦的社会——较少的"完美"，而较多的自由。

——尼古拉斯·柏地雅夫 (Nicolas Berdiaeff)

第一章

　　一幢只有三十四层楼的矮墩墩的灰色建筑物。大门口上方有几个字：**中央伦敦孵育暨制约**[1]**中心**。一块牌子上写着世界邦的箴言：**共有、划一、安定。**

　　底层的大房间是朝北的。虽说窗外是盛夏，屋内也燠热如赤道，却有一线冷硬的光线闪进窗户来，贪婪地搜寻着一些罩着袍子的木偶般的躯体，一些苍白无力的鸡皮疙瘩，但只照到实验室里的玻璃、镍器和凄然发亮的瓷器。荒凉回应着荒凉。工作人员穿着白色工作服，戴着苍白如尸的橡皮手套。光线是凝冻的、死寂的，有若幽灵。只有从显微镜的黄色镜头里可以窥视到某些鲜艳而有生命的物质，装在光滑的试管里有如奶油，浓郁的一条接一条，在工作台上排成漫长的行列。

---

　　[1]　制约（conditioning），心理学名词。俄国科学家巴甫洛夫（Pavlov）首先以狗完成制约之实验：在喂狗前必先摇铃，习以为常之后，狗一听到铃声就分泌唾液。此种反应便称为"条件反射"（conditioned reflex）。证明动物可在"制约"之下，按照预期方式而做反应，如此可进一步利用制约预控其行为。

"这儿，"主任打开门说，"是受精室。"

当"孵育暨制约"主任进入屋里时，三百名俯身于仪器的受精员，正埋头在凝神屏息的静默中，全神贯注而忘其所以地自语或咻嘘着。一群新来的、脸色泛红而稚气未脱的年轻学生，紧张得近乎卑逊地跟在主任后头。个个带着一本笔记簿，每当这位大人物一说话，他们就拼命地嗖嗖秉笔记录。口授亲传，这是个少有的特权。"中央伦敦孵育暨制约中心主任"总是亲自带领指点他的新学生参观各部门的。

"只是给你们一个概念。"他会向他们解释。如果他们要能明智地从事工作，某些概念当然是必需的——虽然，他们若真要做个良好而快乐的社会一分子，这份聪明还是少有为妙。如同众所周知的：专才有助于美德和幸福，而通才为知识上的必然之恶。社会的脊柱不是由哲学家而是由木刻工和集邮者所构成的。

"明天，"他会对他们带点恩威并施的微笑补充道，"你们将会定下来正式工作。你们不会有时间做通才。同时……"

同时，这是一项特权。口授亲传而记进笔记簿里。男孩子们发疯似的挥笔疾书。

身材瘦高却挺拔的主任步入了房间。他有个长下巴，不说话的时候，那排大而微露的牙齿正好被丰润而具弧线美的双唇遮住。他算老还是年轻？三十岁？五十？五十五？很难说。无论如何，这种问题是不会有的：在这安定的年代里，福特纪元六百三十二年（A. F. 632）[1]，你想不到要问这些的。

---

[1]　作者以美国"汽车大王"亨利·福特创立生产线之年为此"新世界"之纪元开始。福特纪元六三二年相当于基督纪元（公元）二五三二年。以下均作"福元"。

"我要从头开始。"主任说。比较认真的学生就把他的意思写进笔记簿里：从头开始。"这些，"他挥挥手，"是孵育器。"他打开一扇绝缘的门，指给他们看一排排编号的试管。"一周卵子的供应量。"他解释道，"保持在血液的温度；至于那些雄性配偶子，"他又打开另一扇门，"它们必须贮存在三十五度，而非三十七度。体温会使它们丧却生殖力。"关在热处的公羊养不出小羊来。

铅笔在纸上涂鸦疾书时，他一直倚着孵育器，对他们做一次现代受精过程的简述。首先，当然是该过程的外科手术介绍——"这种手术都是为了社会的利益而志愿施行的，何况还有高达六个月薪金数额的奖励。"紧接着是一些说明：如何保存切除下来的卵巢、使其生机蓬勃地发育的技术；再转而论及最适的温度、咸度和黏度；谈到贮存各个分离的成熟卵子的液体；然后带领着他们到工作台去，实地展示给他们这些液体是如何由试管中抽取出来的；如何逐滴地流到特别加温的显微镜玻璃片上；如何在玻璃片上观察异常的卵子，计数之后再移入多孔的容器里；如何（现在他带着他们目睹这项过程）将此容器浸入一个盛着自由游泳着的精子的温热营养液里——他强调：最低精子密度应为每立方厘米十万；十分钟后，容器如何由液体中提出来再次检查其中的卵子；假若有任何仍未受精的卵，则将再度受浸，必要的话可反复为之；受精卵再如何被放回孵育器；在孵育器内阿尔法和贝塔保存着直到装瓶；而甘玛、德塔及埃普西隆则仅仅在三十六小时之后就又被取出，以进行波卡诺夫斯基程序。[1]

---

[1] 阿尔法、贝塔、甘玛、德塔、埃普西隆，分别为拉丁字母 Alpha、Beta、Gamma、Delta、Epsilon，依次表示新世界里的社会阶级。

"波氏程序。"主任重复道。学生们便在他们小本子里的这几个字底下画上横杠。

一卵、一胚胎、一成体——正常发育。但是，一个经过波氏程序处理过的卵会发芽、繁衍、分裂。由八个芽体到九十六个芽体，每个芽体长成为一个完全成形的胚胎，每个胚胎成为一个尺寸齐全的成体。过去只长成一个人，现在却长成九十六个。大进步。

"在本质上，"主任下结论道，"波氏程序包含着一系列对发育的阻滞。我们抑制着正常的发育，非常矛盾的是：卵子却有出芽的反应。"

出芽的反应。铅笔忙个不停。

他指点着。在一条非常缓慢地进行着的运输带上，一整排的试管正被送进一个大金属盒子里，另外一排又浮现出来。机器声微微作响。他告诉他们：试管通过需时八分钟。卵子最多只能承受八分钟的强烈 X 光照射。少数死亡了，其他较不敏感的只分裂为二，大部分则分裂为四个芽体，也有八个的；然后全部放回孵育器里，让芽体在那里开始发育；两天后再用突然的低温冷却来抑制它。芽体就由二而四、四而八地轮序产生；再将芽体用濒近致死的酒精处理；不间断地一再发芽生芽——芽上生芽再生芽——直到进一步的抑制会致命时——才让它安静地发育。到那时，最初的卵成功地变为八个到九十六个胚胎——你得承认，这是对大自然的一项惊人的改革。划一的孪生儿——却不是像古老的胎生时期那样，一个卵子有时碰巧分裂变成的双胞胎或三胞胎——而现在是一次就成打成打的。

"成打的，"主任猛挥手臂重复道，好像他在慷慨布施似的，"成打的。"

却有一个蠢得可以的学生问道：这样子有什么好处？

"我的孩子呀，"主任猛然转向他，"你懂不懂？你不懂？"他举起一只手，表情郑重，"波氏程序是社会安定的主要工具之一！"

社会安定的主要工具。

一批批划一的标准男女。一个小工厂的员工全都是同一个波氏之卵的产物。

"九十六个划一的孪生子，操作九十六架划一的机器！"声音热烈得近乎颤抖。"你才真正知道自己置身何处。史无前例的。"他引用世界邦的箴言："共有，划一，安定。"伟大的词句。"如果我们能够无限制地波氏化，则所有问题都将迎刃而解。"

用标准的甘玛、不变的德塔、一致的埃普西隆，来解决问题——上百万划一的孪生子。大量生产的原理终于被应用到生物学上了。

"但是，可惜呀，"主任摇着头，"我们不能无限制地使用波氏程序。"

九十六个似乎已是极限了，平均只有七十二个。那是由同一个卵巢和同一个男性的精虫所能制造出的最多的孪生子了——那是他们所能做的最佳的了（可惜还是次佳的）。即使那样也还困难。

"在自然状况下，让两百个卵子到达成熟需时三十年。但是，此时此地，我们的责任是立刻就将人口稳定下来。花四分之一世纪的时间去涓滴地繁殖孪生子——那有什么用？"

显然是毫无用处。但是，帕德史耐普的技术大大地加速了成熟过程。他们有把握在两年之内至少有一百五十个成熟的卵。再加以受精和波氏化——换言之，再乘上七十二——那么你就可以在两年之内，由一百五十批孪生子平均得到大约一万一千个同年龄的兄弟姐妹。

"而且，在特殊情况下，我们还能由一个卵巢产生出一万五千个以上成人个体。"

他向一个正好走过的金发强壮小伙子打招呼："福斯特先生。"他叫道。那个强壮的年轻人走了过来。"福斯特先生，你能不能告诉我们单个卵巢的最高纪录？"

"在本中心是一万六千零一十二个。"福斯特先生毫不迟疑地回答。他说话很快，有着一双活泼的碧眼；而且显然喜好引用数字。"由一百八十九批孪生子培育出一万六千零一十二个人。当然，一些热带地区的孵育中心更是好得多。"他滔滔不绝，"新加坡产量常超过一万六千五百；蒙巴沙已经确确实实到达一万七千大关。可是他们是占了不公平的便宜的。你真该看看一个黑人卵巢对脑下垂体素的反应！当你习惯于搞欧洲的材料时，那实在令人吃惊。"他笑了笑又说（但是，一股战斗的光芒在他眼中闪烁，抬起的下巴有挑战的意味），"我们仍然尽力去赢过他们。我现在正在搞一个很棒的负德塔卵巢。只有十八个月大，却已经能由倾注或胚胎发育而成一万二千七百个以上的小孩子。而且仍然在茁长不息。我们会赶过他们的。"

"我喜欢这种精神！"主任叫道，拍拍福斯特先生的肩膀，"跟我们来，让这些孩子们由你的专门知识中获得教益。"

福斯特先生谦逊地微笑着。"很感荣幸。"他们向前走。

在装瓶室中，大家都很协调地忙碌着，有规律地活动着。一片片新鲜而切割妥当了的母猪腹膜，由小升降机从次地下室的器官贮藏间里运上来。先是嗖嗖的声音，然后咔嗒一下，升降机门打开了；列瓶员只消伸手取出腹膜片，塞入瓶中弄平滑，在瓶子还未沿着无尽的带子送得老远时，又是嗖嗖、咔嗒！另一片腹膜又从底下飞送上来了，准备好塞进另一个瓶子，跟在运送带上那个缓慢冗长的行列之后。

列瓶员之后站着装瓶员。行列前进着，一个接一个的卵子从它们的试管被移入较大的容器；腹膜衬里被熟练地割破，桑葚胚落入定位，倒入食盐水溶液……瓶子继续通过，再来就轮到标签员的事了。遗传、受精日期、波氏种群的成员名称——一切详细资料都由试管转到瓶上。这行列不再是籍籍无名的，而是已被命名、被验明正身了，然后继续缓缓前进；通过墙上的一个开口，慢慢进入了"社会先定室"。

"八十八立方米的索引卡。"当他们进入时，福斯特先生兴致勃勃地说。

"包含了**一切**有关资料。"主任补充道。

"每天一早都有最新资料。"

"每天下午再整理一次。"

"他们根据这个进行统计。"

"多少多少的个体，这样那样的特质。"福斯特先生说。

"分配成这样那样的分量。"

"在任何时刻都保持最佳倾注率。"

"意外的耗损要立刻补救。"

"要立刻。"福斯特先生重复道，"你们不晓得上回日本地震之后我加了多久的班！"他颇有幽默感地笑起来，摇着头。

"先定员把他们的数字送给受精员。"

"受精员就供给他们所需要的胚胎。"

"瓶子送到这里，被详细地先定了身份。"

"然后，他们被送往胚胎处。"

"就是我们现在正要去的地方。"

福斯特先生打开一扇门，领路走下阶梯，进入地下室。

温度仍然很高。他们沉入朦胧的昏暗中。双重门户和一个转双弯的走道，严密地确保日光不致渗入地下室。

"胚胎们就像照相底片，"福斯特先生推开第二扇门时还在喋喋不休，"只能忍受红色光线。"

果然，学生们此刻跟着他走入的闷热晦暗之境是隐约可辨的深红色，就如同夏日午后闭上眼睛时的晦暗。鼓胀的瓶肚一排贴着一排，层叠的瓶子像无数的红宝石似的闪烁着，在红宝石之间走动着的，是长着紫色眼睛和狼疮斑似的昏红的男女幽灵。机器的声音嗡嗡轧轧地微微震动着空气。

"告诉他们一些数字，福斯特先生。"主任道，他已经懒得说话了。

福斯特先生乐不可支地说了。

二百二十米长，二百米宽，十米高。他朝上指着。学生们就像小鸡喝水般抬眼望向高处的天花板。

共有三层架子：地面层、第一层台座、第二层台座。

一层叠一层的细长钢架在黑暗中向四面八方消隐。他们近旁有三个红色鬼魅正忙着从一座移动的阶梯上卸下巨瓶。那是从社会先定室通来的自动电梯。

每个瓶子可以放在十五个架子中的任何一处，虽然你看不出来，每一个架子可都是以三十三又三分之一毫米的时速在移动着。每天八米，共走二百六十七天。总共是二千一百三十六米。在地面层转一圈，第一层台座转一圈，第二层转半圈，直到第

　　一群新来的、脸色泛红而稚气未脱的年轻学生，紧张得近乎卑逊地跟在主任后头。个个带着一本笔记簿，每当这位大人物一说话，他们就拼命地嗖嗖秉笔记录。

曾翔立　插图

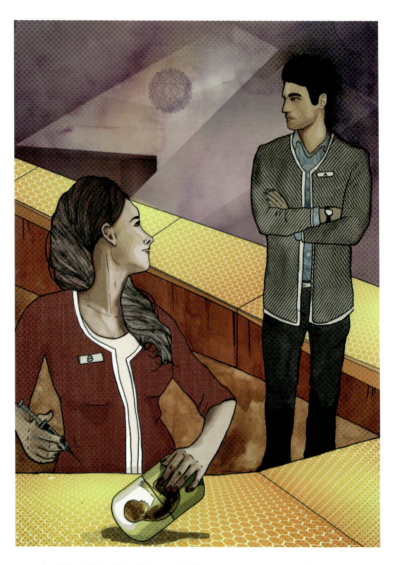

在两个甬道中的罅隙间，一位护士正小心翼翼地用一根细长的注射器，探入通过的瓶子中的胶质体里……"蕾宁娜。"当她抽出了注射器，站直身子之后，福斯特先生说道。女孩子吃了一惊转过身来。

耶娃·柯佳特（Ieva Kuojaite）插图

二百六十七天早晨,在倾注室见阳光。是为所谓的:独立的存在体。

"不过在这段期间里头,"福斯特先生总结道,"我们要设法做好些事情。哈,真多着哪。"他的笑既了然又得意。

"这是我喜欢的精神,"主任再次说道,"我们四处走走吧。你把所有的都告诉他们,福斯特先生。"

福斯特先生理所当然地告诉了他们。

告诉他们在腹膜座上成长的胚胎。让他们尝尝培养胚胎的富于营养的人造血液。向他们解释为什么要用胎盘素和甲状腺素刺激它。告诉他们有关黄体的析离物。给他们看由零到二千零四十米间每隔十二米的自动注射。谈及它们行程的最后九十六米中,逐渐增加剂量的脑下垂体素。描述每个瓶子在一百一十二米处装设的人工母体循环;让他们看看人工血液的贮存库、保持血液运行过胎盘而注入人造肺脏及废物过滤器的离心马达。又提及胚胎伤脑筋的贫血症倾向,因而必须供应大量猪胃析离物和初生马肝。

又给他们看一种简单的器械,是用来在每八米的最后两米中,同时摇晃所有的胚胎,使它们习惯于摇动。示意所谓"倾注损伤"的引力,并列举对瓶装胚胎的适当训练,可以把震荡的危险减至最小的预防措施。告诉他们在二百米附近所进行之性别鉴定。向他们解说卷标的系统——男性用一个 T 字代表,女性是圆圈,至于那些被命定为雄性化的不育女的则是个问号,全是白底黑字,昭然可辨。

"当然啰,"福斯特先生说,"在绝大部分情形下,具有生殖力只是件麻烦事。一千二百个卵巢中只要有一个具有生殖力,就足够满足我们的目的了。但是我们需要有足够的选择。当然,一个人总要留个够大的安全余地。所以我们允许百分之三十的雌性胚胎正常发育。其他的则在其后的路程上每隔二十四米就加入一剂雄性激素。结果是：她们倾注出来就是个不育女——构造上十分正常（他必得承认：除了她们有些许长胡须的倾向之外），但绝对没有生殖力。保证没有。"他继续道："这事终于使我们脱离了缺乏创造性的法天境域，而进入妙趣横生的人创世界。"

他搓搓手。当然，他们不会仅仅以孵育出胚胎为满足：任何一只母牛也做得到。

"我们还做先定和制约。我们将婴儿倾注为社会化的人类，成为阿尔法或者埃普西隆，成为未来的扫阴沟工人或者未来的……"他正想说"未来的世界元首"，却改口说成"未来的孵育主任"。

主任以微笑答谢他的恭维。

他们正通过第十一号瓶架的三百二十米处。一个年轻的负贝塔机械匠，忙着用螺丝钻和钳子调弄一个正通过的瓶子的人造血液马达。当他转动螺帽时，电动马达的嗡嗡声调一点一点地变低。转紧、转紧……最后一转，再瞄一眼转速计数器，他就完工了。他又朝行列前迈了两步，在下一个马达开始同样的手续。

"减少每分钟的转数，"福斯特先生解说道，"人造血液循环得慢些，因而多隔些时间才到肺部，而少给胚胎些氧气。再没有比缺氧更会使胚胎低于标准的。"他又搓搓手。

"为什么你们要使得胚胎低于标准呢？"一个机灵的学生问道。

"笨驴！"主任打破一阵长久的沉默说道，"你难道没想到一个埃普西隆胚胎在一个埃普西隆遗传之外还必须有个埃普西隆的环境？"

显然他没想到。他真被搞糊涂了。

"阶级愈低，"福斯特先生说，"氧气愈少。"最先受影响的器官是脑部。然后是骨骼。降至正常氧量的百分之七十时，会出个侏儒。少于七十则成无眼的怪物。

"那种人根本没用的。"福斯特先生下结论。

然而（他的声调变得自信而急切），他们如能发现一种缩短成熟期的技术，那该是多大的成功，对社会有多大的贡献！

"想一想马。"

他们想着马。

马在六岁时成熟，象则在十岁。而人到十三岁，在性方面仍未成熟，直到二十岁才完全成长。当然，这种发育延缓的结果，是人类的智慧。

"但是对于埃普西隆，"福斯特先生很公正地说，"我们不需要他有人类的智慧。"

"不需要就得不到。但是埃普西隆的心智虽在十岁即成熟，埃普西隆的身体却要到十八岁才适宜工作。不必要的成熟虚耗了许多时光。假使身体的发育能加速到像——比方说，像牛一样快，那真为社会节省多大！"

"多大哟！"学生们喃喃道。福斯特先生的热忱颇富传染性。

他更涉及技术性了，他说是内分泌的失调才使得人类成长如此缓慢，他假设胚胎的突变是起因。这种胚胎突变的影响能否解除呢？能不能经由一种适当的技术处理，把埃普西隆胚胎回复到狗和牛的正常状态？这都是有待解决的问题。

蒙巴沙的皮金顿已经造出在四岁时性成熟、六岁半时完全长成的个体。一个科学上的成就，但对社会毫无裨益。六岁大的男女笨得连埃普西隆的工作都不能做。而此过程是"全或无"的：

要不你就丝毫不改，要不你就通盘皆变。他们仍然尝试着在二十岁的成人和六岁的成人之间发现理想的折中方式。至今仍未成功。福斯特先生摇头太息。

他们在深红色的昏暗光线中，漫逛到九号瓶架的一百七十米附近。从这点之后，九号瓶架就是封闭着的，瓶子以下的旅程是通过一条甬道，这条甬道间或有着两三米宽的间隙。

"高温制约。"福斯特先生说。

热甬道与冷甬道交互出现。寒冷过程与照射强X光的不适感相结合。到胚胎被倾注之时，它们将对寒冷畏惧痛绝。他们被先定着要移往热带，去做矿工、人造丝织工和钢铁工人。将来，他们的心智也会受到制约而赞同他们身体的感觉。"我们制约他们在高温下生气蓬勃，"福斯特先生做结论道，"我们楼上的同事们会教会他们喜爱高温。"

"而那样，"主任说教式地插嘴，"便是幸福与美德的秘诀——乐为你所应为者。一切制约之目的皆在于：使得人们喜欢他们无可逃避的社会命运。"

在两个甬道中的罅隙间，一位护士正小心翼翼地用一根细长的注射器，探入通过的瓶子中的胶质体里。学生们和他们的向导安静地驻足看了她一会儿。

"蕾宁娜[1]。"当她抽出了注射器，站直身子之后，福斯特先生说道。

女孩子吃了一惊转过身来。虽然光线使得她像长了红斑狼疮

---

[1] 小说中很多人物的名字，都是现实中真人的名字或者根据真人名字演化而来的，如"蕾宁娜"应译为"列宁娜"，其他如柏纳·马克斯、班尼托·胡佛等亦有相对应的人名。但是在翻译时，这些名字多少带有敏感性，为避免麻烦，均以谐音翻译。

而且有着紫色的眼睛，但谁都能看得出她真是美丽非凡。

"亨利！"她的微笑对他闪烁着红光——一排桃红色的贝齿。

"美妙，美妙。"主任喃喃自语，轻轻拍了她两三下，换来个对他相当尊敬的微笑。

"你给他们注射什么？"福斯特先生问道，把他的声调放得非常职业性。

"哦，惯例的伤寒和昏睡症。"

"热带工人在一百五十米处开始接种，"福斯特先生向学生解释道，"这时胚胎还有鳃。我们使这些'鱼'对未来人的疾病免疫。"然后他转回身去向着蕾宁娜："今天下午五点差十分楼顶上见，"他说，"老规矩。"

"美妙。"主任又说了一遍，再拍了她一下，才随着大家离开。

在十号架上，成列的下一代化学工人正被训练着忍受铅毒、苛性碱、沥青和氯气。二百五十个火箭机工程师中的第一个胚胎，正通过三号架的一千一百米处。一座特别的机器使他们的容器保持不断的转动。"增进他们的平衡感。"福斯特先生解释道，"在半空中的火箭外头做修理工作是件棘手事。当他们正常行进时，我们把循环减慢，使他们成为半饥饿，当他们头下脚上时，我们则加倍人造血液的流动。他们学着把颠头倒尾与舒适安宁连在一起，实际上，当他们头下脚上地竖着时，他们真是很快乐的。"

"现在，"福斯特先生继续道，"我要给你们看一些对正阿尔法知识分子所做的有趣的制约。我们在五号架有一大批，在第一台座。"他叫住两个举步往一楼走去的男孩子。

"他们大约在九百米附近，"他解释道，"你得等到胎儿失去尾巴之后，才能有效地做智能制约。随我来。"

主任却看看他的表。"差十分三点,"他说,"我怕没时间看知识分子的胚胎了。我们得在孩子们睡完午觉前上到育婴室去。"

福斯特先生颇为失望。"至少到倾注室看一眼。"他请求道。

"那么,好吧。"主任宽宏大量地微笑着,"就看一眼。"

第二章

福斯特先生仍然留在倾注室内。主任和他的学生们步入最近的电梯，直上五楼。**育婴室。新巴甫洛夫式制约室。**牌子上告示着。

主任打开门。他们进入一个大而空旷的房间，阳光炫亮耀目：因为整面朝南的墙是一扇巨窗。六个护士，穿着纤维胶亚麻的长裤和夹克制服，头发包在防污白帽下，正忙着在地板上排出一列玫瑰花球。一束束花朵紧紧捆缠成大花球。上千柔滑如缎的盛放花瓣，就如同无数小天使的面颊。但在那耀眼刺目的光线中，小天使们并不全是粉红色的雅利安种，也有显而易见的中国种、墨西哥种，还有由于过度吹奏天国号角而患中风的，还有苍白如死的、苍白如大理石的死白。

主任进入时，护士们僵直地立正。

"把书本排出来。"他粗率地说。

护士们无言地服从着他的命令。书本被安放在花球之间——一排四开本的娃娃书，翻到一些五彩缤纷的野兽、游鱼或飞鸟的图页上，十分动人。

"现在把孩子们带进来。"

她们赶忙走出房间，一两分钟后转回来时，每个人推来一个高高的架子，每个架子有四个网篮，里面都装着八个月大的婴儿，他们全长得一模一样（显然是同一个波氏种群），而且全穿着卡其服装（因为他们的阶级是德塔）。

"把他们放在地板上。"

婴儿们被卸下来。

"现在把他们转过去，让他们看得到那些花和书本。"

婴儿们转过去之后立刻安静下来，随即爬向那团在白纸上显得如此甜美耀目的柔滑色彩。当他们爬近时，太阳突然从云层的遮掩中现出来。玫瑰花好像以一股来自内心骤然的热情而迸发盛放，闪亮的书页上更似充溢着崭新而奥妙的深义。爬行着的婴儿行列中冒出小小的兴奋叫声，愉快得叽叽喳喳个不停。

主任搓搓手。"好极了！"他说，"就好像有意安排的一样。"

爬得最敏捷的婴孩已经到达目标了。几只小手颤巍巍地伸出去，触着、抓着、剥落着变形了的玫瑰，弄皱了明丽的书页。主任等到他们全都很快乐地忙着，然后——"仔细瞧着。"他说，就举手发出讯号。

站在房间另一边尽头上一个开关前面的护士长，按下一个小把手。

一个猛然的爆炸声。一架警报器愈来愈尖锐地厉鸣着。警铃也疯狂地响着。

小孩子们吓得尖叫起来，他们的脸庞因恐怖而扭曲变形。

"现在，"主任吼道（因为那些噪音震耳欲聋），"现在我们要用温和的电击来加深这一课教训。"

他又挥手，护士长按下了第二个把手。婴儿们的尖叫蓦地转变了调子。他们现在发出的痉挛的尖叫中，带着一种绝望，近乎疯狂。他们的小躯体痉挛、僵直，四肢猝然地抽动，如同被看不见的绳索拉扯着。

"我们能使那整条地板通电，"主任吼着解释，"不过这已经足够了。"他向护士打了个手势。

爆炸声停止了，铃声不复作响，警报器的尖鸣一声低一声地复归沉寂。僵直抽筋的身躯放松了，婴儿们癫狂的啜泣和尖叫变回为普通恐怖的啼哭。

"再给他们花朵和书本。"

护士们依命而行，但是一当那些玫瑰花被拿近，一看到那些小猫咪、咯咯鸡和咩咩黑羊的美丽图片时，婴儿们就恐怖地退缩了，他们哭号的音量也陡然增大。

"看吧，"主任胜利地说道，"仔细看吧。"

书本和高昂的噪音，花朵和电击——这些东西已经双双在婴儿心灵中契合联系起来了；再加上两百次同样或者类似的重复课题之后，就更契合得牢不可分了。人类所结合的，大自然无能为力去分开它。

"他们将怀着一份心理学家曾经称之为对书本和花朵'本能的'厌憎而长大。这种反射已经无法改变地被制约成功了。他们终其一生都将远离书本和植物。"主任转向护士，"再把他们带走。"

还在啼叫着的卡其服婴儿被装上他们的架子推出去了，留下一股奶酸味和耳根一清之感。

一个学生举手发问，虽然他十分明白为什么不能让低层阶级的人们在书本上浪费掉社会的时间，而且读书总会使他们有解除掉某个制约的危险，但是……唉，他还是不了解花朵的事。为什么要不惮其烦地使得这些德塔在心理上不爱花呢？

主任耐心地解释：假使把婴儿弄成一见玫瑰花就尖叫，那是基于高度经济政策的立场。不久以前（大约一世纪左右），甘玛、德塔甚至于埃普西隆，都被制约着喜欢花朵——钟爱花朵、泛爱自然野地。那时的主意是要使他们一有机会就想往乡下跑，以增加交通量的消耗。

"他们可曾消耗了交通量吗？"那学生问道。

"很可观，"主任答道，"但是别无好处。"

他指出，樱草花和风景都有着重大的缺陷：它们是免费的。对大自然热爱就不能使工厂忙碌。因此无论如何得要清除低层阶级对大自然的爱好；要废除的是对自然的爱好，而不是消耗运输的倾向。当然，要紧的是他们必须继续往乡下去，即使他们憎恨乡间。问题是要找出一个比较健全的经济上的理由来消耗运输，而非仅仅是由于对樱草花和风景的爱好。当然，这理由是给找到了。

"我们制约大众去恨乡下，"主任下结论道，"但是，我们也同时制约他们去喜好所有的乡间运动。同时，我们又注意使所有的乡间运动都使用精巧的器械装备。这样，他们不但消耗了运输，同时也消耗了机械产品，所以有那些电击。"

"我明白了。"那学生说道，然后沉浸在赞赏之情中默默无言。

一阵寂静之后，主任清清喉咙又说："许久以前，当吾主福特仍然在世之时，有个名叫鲁本·拉宾诺维奇的小男孩。他的双亲都说波兰语。"主任打住话头："我想你们知道波兰语是什么吧？"

"一种死了的语言。"

"就像法语和德语。"另一个学生多嘴地卖弄他的学识。

"还有'双亲'呢?"主任又问。

一阵难堪的沉寂。好几个男孩子面红耳赤。他们尚未学会分别猥亵文字与纯科学之间重大而又微妙的差别。终于,一个学生鼓起勇气举起手来。

"人类曾经是……"他犹豫着,血液涌上双颊。"嗯,他们过去是胎生的。"

"很对。"主任颔首赞许。

"当婴儿们被倾注出来时……"

"'生'出来。"主任改正道。

"那么,他们就是双亲——我当然不是指婴儿,是另外那两个。"可怜的男孩子已经惶恐无措了。

"简而言之,"主任总结说,"双亲就是父亲和母亲。"这句本属科学的猥亵话,不啻在男孩子彼此不敢对视的寂静中造成一声轰然雷鸣。"母亲,"他高声复诵,加强其科学性,然后靠回他的椅子,"这些,"他严肃地说,"是令人不快的事实,我也知道。但是,大部分历史事实**都是**令人不快的。"

他转回头谈小鲁本——小鲁本有一天晚上,由于他父亲和母亲(轰隆,轰隆!)的疏忽,凑巧忘了关掉他房间里的收音机。

("你们应该还记得:在那个粗劣的胎生衍殖时代,小孩都是由双亲而非由邦立制约中心带大的。")

当那小孩睡着时,忽然开始播放一个伦敦的广播节目,于是第二天早晨,他的轰隆和轰隆(较大胆的男孩子放胆相互咧齿而笑)惊异地发现:小鲁本醒来后逐字地复诵着一段冗长的讲辞,那是由一位古怪的老作家("他是极少数被准许把作品留传下来给我们的作家之一")乔治·萧伯纳所发表的,照他一向颠扑不破的惯例,他又是在述说自身的天才。对于那只会眨眨眼睛、咻咻而笑的小鲁本来说,这段演说当然是完全不能了解的。他们以为自己的小孩突然疯了,还去请了医生来。很幸运的,这医生懂英语,而且知道萧伯纳在前一天晚上广播过这段演说,他深知这件事情的意义重大,就写了封信给医学刊物报道这件事。

"睡眠教学(或者说催眠教学)的原理,就这样被发现了。"主任做了个发人深省的停顿。

原理虽被发现,但是隔了许多许多年以后才被有效地应用。

"小鲁本个案的发生,只比吾主福特的 T 型汽车上市晚二十三年。"[1]说到这里,主任在自己肚子上比画了一个 T 的记号,所有的学生毕恭毕敬地依样画葫芦。"可是……"

学生们没命地提笔疾书。"**催眠教学,首度正式使用是在福元二百一十四年。何以从前未曾使用?理由有二。第一……**"

"这些早期的实验者,"主任说,"误入了歧途。他们以为催眠教学能用来作为知识教育的工具……"

(一个小男孩向右边侧睡着,右臂伸了出去,右手柔弱地悬在床沿。透过一个小盒子的圆栅格,传出轻柔的话语:

"尼罗河是非洲最长的河流,也是全球次长的河流。虽然比密西西比·密苏里短些,但若以流域的幅度来说,尼罗河仍居首位,其延伸之纬度广达三十五度……"

---

[1] 亨利·福特(Henry Ford)的 T 型汽车(Model T)于一九〇九年上市。T 型车是福特公司有名的大众化汽车。新世界尊奉汽车大王福特为救世主,将基督教徒惯说之"吾主"(Our Lord)改称"我们的福特"(Our Ford),一字母之差而已。同时将画十字架的手势改为画一 T 字。

次晨早餐时，有人问他："汤米，你可知道非洲最长的河流是哪一条？"摇摇头。"但是你可记得有句话开头是：尼罗河是……"

"尼—罗—河—是—非—洲—最—长—的—河—流—也—是—全—球—次—长—的—河—流……"一个个字眼脱口而出，"虽—然—比……"

"好了，非洲最长的河流到底是哪一条？"

眼神空洞茫然。"我不知道。"

"但是，尼罗河呢，汤米。"

"尼—罗—河—是—非—洲—最—长—的—河—流—也—是—全……"

"那么到底哪一条是最长的呢，汤米？"

汤米号啕大哭。"我不知道。"他吼道。）

主任简单明了地说，那声吼叫使得最早期的实验者气馁了，实验放弃了。不再有人试着在孩童睡眠时教他们尼罗河的长度了。十分正确。除非你了解全盘事实，否则你无法学到科学。

"然而，如果他们从伦理教育上着手，"主任边说着边带头走向门口，学生们跟着他进入电梯，一边走一边拼命地写。"不论在任何情况下，伦理教育是绝对不必合乎理性的。"

"肃静，肃静。"当他们步进第十四楼时，一个扩音器正轻语着，"肃静，肃静。"喇叭口毫不疲倦地在每条走廊上重复着。学生们，甚至连主任自己，都自动地蹑足而行。当然，他们是阿尔法，但即使是阿尔法也被充分地制约了。"肃静，肃静。"十四楼所有的空气都咝咝响着这断然的命令。

蹑足走了五十码之后，他们到了一扇门前，主任小心翼翼地打开门。他们跨过门槛，进入百叶窗遮蔽下宿舍的昏暗光线中。

八十个小床靠墙而列。有一种轻柔而规则的呼吸声和絮絮低语，好像是极其微弱的声音在远处呢喃着。

当他们进去时，一位护士站起身来，在主任面前立正。

"今天下午的课程是什么？"他问道。

"我们在开始的四十分钟上基础性教育，"她答，"不过现在已经拨转到基础阶级意识了。"

主任缓缓步入小床的长列间。八十个脸蛋红扑扑的小男孩和小女孩舒服地睡着，轻柔地呼吸。每个枕头底下都有耳语声。主任停步俯身向一个小床，注意地倾听。

"你说是基础阶级意识吗？让我们用广播器把它稍微大声点重复一下。"

房间尽头处的墙上伸出一架广播器。主任走过去按下了机钮。

"……都穿绿衣服，"一个温柔而清晰的声音从句子的半中间开始说着，"而德塔孩童穿卡其服。哦，不，我不要跟德塔孩童玩耍。埃普西隆更差劲。他们笨得连读写都不会。而且，他们穿黑衣服，那真是个讨厌的颜色。我**真**高兴自己是个贝塔。"

停顿了一会儿之后，声音又重新开始。

"阿尔法孩童穿灰颜色。由于他们聪明得要命，所以他们工作比我们辛苦得多。我真是太高兴自己是个贝塔了，因为我无须如此辛苦工作。我们又比甘玛和德塔好多了。甘玛很笨，他们都穿绿衣服，而德塔孩童穿卡其服。哦，不，我**不要**跟德塔孩童玩耍。埃普西隆更差劲。他们笨得连……"

主任关上机钮。声音归于沉寂。只有它的阴魂不散，还在八十个枕头下喃喃耳语。

"在他们醒来之前还要重复四十至五十遍，然后在星期四和星期六再来。每天一百二十遍，每周三天，如此三十个月。此后他们将进入更高深的课程。"

玫瑰花和电击，德塔的卡其服和阿魏胶的气味——在孩童牙牙学语之前已经牢不可分了。但是，不用语言的制约是粗浅而笼统的，不能使孩童感受较精细的特质，不能教诲更复杂的行为课程。所以一定要用语言，但必得是无理性的话。简言之，就是催眠教学。

"有史以来最伟大的伦理化和社会化的力量。"

学生们把话记在小本子里。口授亲传。

主任再度按下机钮。"……聪明得要命……"那温柔的、暗示的、永不疲倦的声音正在说着，"我真是太高兴自己是个贝塔了，因为……"

这并不很像水滴，因为水滴虽然真能使最坚硬的花岗石穿洞；但是，液体封蜡的熔滴更能黏着、包覆、结合它所滴上去的东西，直到最后，岩石变成一堆深红色的黏糊糊了。

"直到最后，孩童的心灵**就是**这些暗示，而这些暗示的总和也**就是**孩童的心灵。不仅仅是孩童的心灵而已。成年人的心灵亦复如此……终其一生而不渝。那用来判断、希冀和下决心的心灵——都由这些暗示所组成。而所有这些暗示都是**我们**的暗示！"主任几乎要为他的胜利而欢呼了。"国邦的暗示。"他捶着最贴近的桌子。"因而，它就遵从……"

一阵闹声使他转过身去。

"哦，福特！"他换了个声调说，"我没注意，把孩子们吵醒了。"

第三章

外边花园里正是游戏时间。在温暖的六月阳光下，六七百个光着身子的小男孩和小女孩，有的在草地上尖叫追逐，有的玩球戏，也有三三两两安静地蹲踞在花丛中。玫瑰花正盛开着，两只夜莺在树丛中独白，一只杜鹃在菩提树间不成调子地应和着。空气里充满着蜜蜂和直升机的嗡嗡声，使人昏昏欲睡。

主任和学生们驻足看了一会儿"离心九洞转塔"的游戏。二十个小孩绕着铬钢合金的圆塔围成一圈，一个球掷到塔顶的台座上，滚进塔内，落到快速地回转着的圆盘上，再从圆柱壳罩上无数洞孔中的一个甩出来，让孩子们去抢。

"奇怪，"当他们转身离开时，主任沉思着，"真难想象，即使在吾主福特的时代，大部分的游戏器械也不过是一个球或者一两根棍棒，顶多是一点网子。想想看：让人们去玩煞费心机做出来、却又不能增加消费量的游戏，该有多蠢。那简直是疯狂。今日的新游戏，至少要有跟现有的最复杂游戏相等的消费装置，否则元首是不容许的。"他打断自己的话。

"那真是一对美妙的小家伙。"他指着说。

在高耸的地中海石南丛间的小草地上，有两个小孩：小男孩大约七岁，小女孩或许还大一岁，正在像科学家致力于新发现般一本正经地玩着初级性爱游戏。

"美妙！美妙！"主任动感情地重复着。

"美妙！"男孩子们有礼貌地应和着。但是他们的微笑都有些捧场性。他们刚放弃了类似的孩童娱乐没多久，不免以一种轻蔑的眼光去看。美妙？那只是一对小家伙玩玩罢了，仅仅如此而已。只是小鬼。

"我总认为……"主任继续用着同样富有感情的声调，却被一阵哇哇大哭声打断。

从邻近的灌木丛中冒出一个护士，手里牵着一个边走边哭的小男生，一个看起来很着急的小女孩则尾随着她。

"怎么回事？"主任问道。

护士耸耸肩，"没什么，"她答道，"只是这个小男孩好像相当不喜欢参加一般的性爱游戏。我以前就注意过一两次。今天又犯了。他刚才开始大叫……"

"说真的，"那个看起来很着急的小女孩插口说，"我实在没有要伤害他什么的。真的。"

"乖乖，你当然没有，"护士保证道，"所以，"她转向主任继续道，"我要带他去看心理学助理监督。看看是否有什么变态。"

"非常对，"主任说，"带他去。小姑娘，你留在这儿。"护士带着那个仍在号啕大哭的男孩走开以后，他又问："你叫什么名字？"

"波丽·托洛斯基。"

"名字也不错，"主任说，"你现在跑去找找看有没有别的小男孩可以跟你玩。"

小女孩匆匆跑入树丛，就看不见了。

"绝妙的小东西。"主任目随着她说，然后转向他的学生。"我现在要告诉你们的，"他说，"可能有点危言耸听，你们要是对历史不熟悉，许多过去的史实听起来真是不可思议的。"

他讲述惊人的事实。在吾主福特那个时代之前很久，甚至那以后几代，孩童间的性爱游戏是被认为变态的（一阵哄然大笑）；而且不仅是变态，事实上还是不道德的（不可能的！），所以在当时性爱是遭到严厉禁止的。

他的听众露出难以置信的惊讶脸色。可怜的小孩们不准自寻娱乐？他们简直不能相信。

"即使是青年人，"主任说，"即使是像你们一样的青年人……"

"不可能的！"

"除了一些偷偷摸摸的自渎及同性恋之外——什么都没有了。"

"什么都没有？"

"通常说来，要到他们二十岁以后。"

"二十岁？"学生们异口同声地大声惊叹。

"二十岁。"主任重复道，"我告诉过你们，你们会认为不可思议的。"

"那么，发生了什么事呢？"他们问道，"结果怎么样了？"

"结果是可怕的。"一个低沉而有回响的声音插进来，让人大吃一惊。

他们转身望去。在这小群人的外边站着一个陌生人——中等身材、黑发、鹰钩鼻、丰润的红唇，眼睛十分锐利而幽邃。"可怕。"

他重复道。

当时主任正坐在一张散置在花园中的橡皮钢凳上，但他一看到这陌生人时，便突然一跃而起，冲向前去，双手伸出，热情洋溢地咧嘴而笑。

"元首！多么意外的惊喜呀！孩子们，你们想得到吗？这是元首：穆斯塔法·蒙德阁下。"[1]

中心的四千个房间里，四千个电钟同时敲了四下。无血无肉的声音由广播器的口中传出来。

"大日班下班。小日班接班。大日班下班……"

亨利·福斯特和先定室副主任在往更衣室的电梯里，很机警地转身背对着从心理署出来的柏纳·马克斯：他们不齿于这个声名狼藉的人。

机器轻微的嗡嗡声和轧轧声仍然搅扰着胚胎部深红色的空气。换班的人熙来攘往，一张狼疮色的脸取代了另一张；而输送带仍然载着未来的男男女女，庄严而永恒地向前运行。

蕾宁娜·克朗轻快地朝门口走去。

穆斯塔法·蒙德阁下！那些致敬的学生们的眼睛几乎夺眶而出。穆斯塔法·蒙德！西欧常驻元首！十位世界元首之一！十位之一……他与主任坐在凳子上，他要留下来，留在这儿，而且，还真要跟他们说话……口授亲传。福特他本人的亲口传授。

---

[1] 原文是 His Fordship, Mustapha Mond. 英国对贵族尊称 Lordship（爵爷），新世界改为"福特爷"，译文照含意译为"阁下"。

两个虾棕肤色的小孩子从近旁的灌木丛中冒出头来，惊讶地瞪大眼睛看了他们一下，然后又回到他们树丛间的娱乐去了。

"你们都记得，"元首以他深沉有力的声音说道，"我想你们都记得：吾主福特那句美丽而灵智的格言：历史是空话。历史，"他缓缓地重复，"是空话。"

他挥挥手，就好像拿着个无形的羽毛扫帚，扫走了一些灰尘，这些灰尘就是哈拉帕、加尔底斯的邬尔；又扫走一些蜘蛛网，那是底比斯、巴比伦、诺萨斯和迈锡尼。扫啊，扫啊——奥德赛、约伯、朱庇特、如来佛、耶稣，都到哪里去了？扫啊——那些古代的污斑，名叫雅典、罗马、耶路撒冷、中国[1]——全都不见了。扫啊——意大利过去的所在已成一片空白。扫去教堂，扫去李尔王，扫去巴斯噶的思想。扫去热情，扫去安魂曲，扫去交响乐，扫去……

"亨利，你今晚去不去看感觉电影？"副先定主任问道，"我听说阿罕布拉新上演的是第一流的。在熊皮地毯上有一场做爱镜头，听说绝妙透顶。熊的每根毛都仿佛如真。最惊人的感触效应。"

"那就是没教你们历史课的原因，"元首说着，"但是，现在是时候了……"

主任紧张地看着他。有些奇怪的谣传，说有古老的禁书藏在元首书房的保险柜里。《圣经》、诗集——那只有福特才晓得了。

---

[1] 原文是 the Middle Kingdom，可能是指"中国"，也可能是指古埃及的"中期王国"（公元前 2400—前 1580）。

穆斯塔法·蒙德打断了他焦虑的瞥视，红润的嘴角讥讽地弯曲着。

"没关系，主任，"他以微带嘲笑的声调说道，"我不会带坏他们的。"

主任茫然无措了。

那些认为自己被轻视的人，就做得一副十分轻视别人的样子。柏纳·马克斯脸上的微笑是轻蔑的。什么仿佛如真的熊毛！

"我决定去看。"亨利·福斯特说。

穆斯塔法·蒙德俯身向前，对他们挥动着一根手指头。"想想看，"他说，他的声音给予他们的横膈膜一股奇特而尖锐的战栗，"想想看，有个胎生的母亲是什么样子。"

又是这个脏话。但是，这回他们做梦都想不到要笑了。

"试着想象'举家聚居'是什么意思。"

他们试了，可是显然一筹莫展。

"你们可知道'家'是什么？"

他们都摇摇头。

蕾宁娜·克朗从她那暗红色的地下室直升上第十七楼，步出电梯后向右转入一条长走廊，打开一扇标示着"女子更衣室"的门，投身于震耳欲聋的嘈杂和臂膀、胸脯、内衣的混乱之中。热水的急流在一百个浴缸中涌入、溅出。八十个真空震动按摩器隆隆哗哗地响着，同时捏搓吮吸着八十个上好的白皙而韧实的雌性肉躯。每个人都扯着她最高的嗓门说话。一个合成音乐机器正用颤音唱出超号角的独奏曲。

"哈啰，芬妮。"蕾宁娜向那个挂衣服钩和橱柜与她相邻的年轻女子说。

芬妮在装瓶室工作，她也姓克朗。由于地球上二十亿居民只有一万个姓，这种巧合是不足为奇的。

蕾宁娜拉开她的拉链——拉下夹克，又用两只手拉下长裤的两条拉链，再拉松内衣。她没脱鞋袜就走向浴室。

家，家——几个小房间，闭塞地拥挤着一个男人、一个定期怀孕的女人，以及一群大大小小男女孩子的乌合之众。没有空气，没有空间；一个消毒不足的监牢，黑暗、疾病、臭味。

（元首的演说如此生动逼真，使得一个比较敏感的男孩，仅仅听着描述就脸色苍白，几乎呕吐。）

蕾宁娜洗浴完毕，用毛巾把自己揩干，拿下一个插在墙上的软管，把管嘴朝向她的胸前做自杀状，然后按下扳机。一股温暖的空气扑得她浑身都是爽身粉的微粒。洗脸台上方的小龙头里装着八种香水和花露水。她扭开左首第三个，用绮丽香水往自己身上喷一喷，然后拎着鞋袜去看看有没有空出来的真空震动按摩器。

而家庭在心理上和身体上都是同样的龌龊。在心理上，那是一个兔窟、一个粪堆，紧紧塞挤着的生命摩擦燥热，情绪洋溢着浊气。多么令人窒息的亲密，多么危险、疯狂、淫猥的家庭关系！母亲痴痴地抚爱她的孩子（**她的**孩子）……像母猫抚爱它的小猫——却是一只会说话的猫，一只能一遍又一遍地说"我的宝贝，我的宝贝"的猫。"我的宝贝，哦，哦，我胸前的小手，饥饿的，无可形容的痛苦的快感！直到最后我的宝宝睡着了，我的宝宝嘴角流着白奶泡沫睡着了。我的小宝贝睡了……"

"是的，"穆斯塔法·蒙德点点头说，"你们会不寒而栗。"

"今晚你跟谁出去？"蕾宁娜问道。她刚真空按摩完毕出来，犹如一颗珍珠，从内里发散出粉红色的光芒。

"谁也没有。"

蕾宁娜惊异地扬起眉毛。

"我最近觉得不太舒服，"芬妮解释道，"韦尔斯医生劝我来一次怀孕替代。"

"可是，亲爱的，你才十九岁呢。直到二十一岁为止，怀孕替代都不是强制的。"

"我知道，亲爱的。但是有些人早些开始比较好。韦尔斯医生说，像我这种浅黑色发肤而有宽骨盆的女孩子，应该在十七岁就行第一次怀孕替代的。所以，我实际上并没有早两年，而是晚了两年。"她打开自己橱柜的门，指着上层架子整排的小盒子和贴着标签的药瓶。

"黄体素糖浆。"蕾宁娜高声念着药名。"卵巢素，保证新鲜：有效期至福元六百三十二年八月一日。乳腺析出物：每日三次，饭前和少量水服用。胎盘素：每三日静脉注射五西西……哦！"蕾宁娜一阵战栗。"我最讨厌静脉注射了，你呢？"

"我也是。但那对人有益……"芬妮是个特别明白事理的女孩子。

吾主福特……或者说吾主福洛伊特，为了某些不可思议的理由，每当他谈及心理学的事情时，他愿意称呼自己为福洛伊特[1]——吾主福洛伊特最先昭示出家庭生活中骇人的危险。世界充斥着父亲——因此充斥着悲苦；充斥着母亲——所以有从虐待狂到守贞洁的诸般倒错；充斥着兄弟姐妹伯叔姑婶——遂充斥了疯狂和自戕。

"然而，在三毛亚的野蛮人中，在一些新几内亚海岸外的岛屿……"

热带的阳光如同温暖的蜜糖，照耀着在锦葵花中赤着身子乱打滚的小孩。家就是二十座棕榈叶屋顶的房子中的任一座。在特罗比安兹，怀孕是古代鬼魂在作祟，没有人听过父亲这个字眼。

"两个极端会彼此相符。"元首说，"它们注定如此。"

"韦尔斯医生说：三个月的怀孕替代，会使我在未来的三四年里健健康康。"

"好吧，我希望他是对的。"蕾宁娜说，"但是，芬妮，你可真是说要在以后的三个月里都不……"

"哦，不，亲爱的。大概只消一两星期而已。我会在俱乐部玩音乐桥牌消磨晚间光。我想你是要出去吧？"

蕾宁娜点点头。

"跟谁？"

"亨利·福斯特。"

----

[1] 福洛伊特，原文为 Freud，奥地利著名的心理学家，应为弗洛伊德。"新世界"中将二人误为一人。

"又是他？"芬妮和善如月般的脸蛋，由于担心、不赞成和惊异而露出不相称的表情，"你是说你还跟亨利·福斯特出去？"

母亲和父亲，兄弟和姐妹。还有丈夫、妻子、情人。还有一夫一妻制和风流韵事。

"虽然你们或许不懂那些是什么。"穆斯塔法·蒙德说。

他们摇摇头。

家庭，一夫一妻制，风流韵事。处处都是排他性的，处处都是私利的专注，冲动和精力只有一条狭窄的发泄途径。

"但是，每一个人都属于每一个人。"他引用催眠教学的格言结论道。

学生们点点头，着实赞同这句在黑暗中重复了六万二千次以上的话，把它当作不仅仅是真实的，而且是不证自明、言之成理、绝对颠扑不破的话接受了。

"可是，不管怎样，"蕾宁娜反驳道，"我和亨利在一起才不过大约四个月而已。"

"四个月而已！说得真好听。还有别的呢，"芬妮伸着一只指控的手指继续道，"整个这段时间里除了亨利就没有别人了，对吗？"

蕾宁娜面红耳赤，但她的眼神和声调仍然是反抗的。"没有，别的人一个也没有，"她几乎是不礼貌地回答。"我就是不明白为什么该有别人。"

"哈，她就是不明白为什么该有别人。"芬妮重复道，好像在对蕾宁娜左肩后的隐形听众说话。然后，突然换个声调，"老实说，"

她说，"我真认为你该小心些。这样一直继续跟着一个男人是很糟的情形。就是四十岁或者三十五岁也不至于这么糟。何况在你这年纪，蕾宁娜！不行，真是不行。而且你知道主任多么强烈地反对任何激烈的或者长久持续的感情。四个月，跟亨利·福斯特而没有别的男人——哇，他知道的话会大发脾气的……"

"想想在管子里受着压力的水。"他们都想着。"我一旦将它刺破，"元首说，"多强的溅射！"

他刺了二十下。于是有了二十个小喷泉。

"我的宝宝。我的宝宝……"

"妈妈！"疯狂是具有传染性的。

"我的爱，我唯一最宝贝的、最宝贝的……"

母亲，一夫一妻制，风流韵事。喷泉高溅，凶猛、泡沫四迸的狂野喷射。冲动只有一个出口。我的爱，我的宝宝。无怪乎那些可怜的准现代人会疯狂、邪恶而可悲。他们的世界不容许他们方便行事，不准他们明智、善良、快乐。又是母亲和情人，又是那些他们没被制约去服从的禁例，又是诱惑和寂寞的懊悔，又是疾病和无休止的孤绝痛苦，又是无常与贫穷——他们被迫去强烈地感受这些。如此强烈地感受（更有甚者，是在强烈的孤立中，在无望的个人孤绝之中），他们怎能安定呢？

"当然无须放弃他。常常换个人就成了。他也有别的女孩，是不是？"

蕾宁娜承认了。

"当然他有别人。亨利·福斯特是个十全十美的绅士——从不犯错。再想想主任。你知道他是个坚持己见的人……"

蕾宁娜点点头说："他今天下午从背后拍拍我。"

"你看，这不就是了！"芬妮尽占上风。"那就显示出他代表的是什么了。最严格的传统。"

"安定，"元首说，"安定。没有社会的安定就没有文明。没有个人的安定就没有社会的安定。"他的声音有如号角。他们听着，就觉得自己更大、更温暖了。

机器转着转着，而且必须继续永恒地转着。它若停止，便是死亡。十亿人乱糟糟地散布在地壳上。轮子开始转动。一百五十年后就有二十亿了。停住所有的轮子。一百五十个星期内又再只有十亿，成千成万的男女要饿死。

轮子必须稳定地转动，但不能没有人看管地转。必须有人去看管它们，像车轮归毂般稳定的人，头脑清晰的人，服从的人，因满足而安定。

叫着：我的宝宝，我的妈妈，我唯一、唯一的爱；呻吟着：我的罪孽，我可怖的神；痛苦的惨叫，发烧的呓语，悲叹着老迈和贫困——这种人怎能看管轮子？而他们若不能看管轮子……成千成万男女的尸体是很难以埋葬或焚毁的。

"不管怎样，"芬妮连哄带劝地说，"除了亨利之外多有上一两个男人，也不是什么痛苦或者可厌的事。懂得了这个，你就应该更杂交一点……"

"安定，"元首坚持道，"安定。最始的也是最终的需要。安定。

因此有了这些。"他将手一挥，指向花园、制约中心的大建筑物，躲在树丛里或者跑过草地上的裸体儿童。

蕾宁娜摇摇头。"不知为什么，"她沉思着，"我最近并不非常想杂交。人总有时候不想的。芬妮，你发觉过吗？"

芬妮颔首表示同情与了解。"但是人总得尽力而为，"她简洁有力地说，"人总得逢场作戏。毕竟，每一个人都属于每一个人。"

"是的，每一个人都属于每一个人。"蕾宁娜缓缓复诵，叹息着，静默了一会儿，然后握住芬妮的手捏了捏。"你很对，芬妮。我会努力的，我一向如此。"

冲动受阻就会泛滥。泛滥的是感觉，泛滥的是热情，泛滥的甚至是疯狂——那取决于水流的强度、障碍的高度和力量。未经抑止的水流平稳地流下指定的通道，进入平静的幸福之中。（胚胎是饥饿的；日复一日，人造血液马达不间断地每分钟八百转。倾注出来的婴儿号啕大哭，立刻就出现一个带着一瓶外分泌物的护士。感觉潜伏在欲望和欲望的满足的间隔中。将此间隔时间缩短，就能粉碎所有那些古老累赘的障碍。）

"幸运的男孩子们，"元首说，"我们不惜代价使你们在感情上稳定地生活——保护你们，尽可能使你们免于激情。"

"福特在他的小汽车里，"主任喃喃而语，"世界就万事如意了。"[1]

---

[1] 西谚："上帝在他的天堂里，世界就万事如意了。"新世界里将老话都改了。

"蕾宁娜·克朗？"亨利·福特边拉着长裤的拉链，边回应副先定主任的问话。"啊，她是个很精彩的妞儿。非常气感[1]。我奇怪你从没跟她来过。"

"我也想不出为什么没有。"副先定主任说，"一有机会，我当然愿意。"

柏纳·马克斯在更衣室走廊的另一边偷听到他们的谈话，脸色变为苍白。

"说实话，"蕾宁娜说，"每天只有亨利，我也开始有点厌倦了。"她拉上左边的袜子。"你晓得柏纳·马克斯吗？"她问道，那故作漫不经心的声调显然是装出来的。

芬妮吓了一跳，"你该不是指……？"

"为什么不呢？柏纳是一个正阿尔法。何况，他邀请我跟他去蛮族保留区。我一直想去一个蛮族保留区看看。"

"但是，他的名声？"

"我管他的名声做什么？"

"人家说他不喜欢玩障碍高尔夫。"

"人家说，人家说。"蕾宁娜学舌着。

"而且他大部分时间都是一个人——**独处**。"芬妮的声音透着恐惧。

"好啊，他跟我在一道就不算独处了。不管怎样，人们为什么都对他这么坏？我认为他蛮可爱的。"她暗自笑了。他害羞得

---

[1] 气感，原文是 pneumatic（充气的），新世界中的沙发椅即是"充气的"，同样的字眼被用来形容新世界的女性。

多么可笑，见到她，吓得好像是——好像她是个世界元首，而他是个负甘玛的机器看管工。

"想想你们自己的生活，"穆斯塔法·蒙德说，"你们之中有谁遭遇过难以克服的障碍？"

问题由一阵否定的沉默回答了。

"你们之中有谁，被迫经历过一段意识上的欲望与遂愿之间长期的间隔？"

"嗯……"一个男孩子起了个头，又犹豫了。

"说出来，"主任说，"别让元首阁下等着。"

"有一次，我等了将近四个星期之久，一个我所要的女孩子才让我跟她来。"

"结果你感到一股强烈的情绪？"

"可怕！"

"可怕，完全对。"元首说，"我们的祖先实在是愚昧而短视，当第一个改革者起来要把他们从这些可怕的激情中解救出来时，他们却不愿意要。"

"谈着她就好像她是块肉似的。"柏纳咬牙切齿，"跟她来啊，得到她啊。就像块羊肉。把她贬成羊肉不如。她说她要考虑，她说她这星期要给我回音。哦，福特，福特，福特。"他真想走上去掴他们的耳光——用力地掴，一下又一下。

"对，我真的建议你去试试她。"亨利·福斯特正在说。

"比方说体外生殖吧。菲兹勒和川口研究出了整套的技术，但各国政府可看一眼？不。曾有个叫作基督教的东西，妇女们被迫仍然胎生。"

"他这么丑！"芬妮说。

"可是我蛮喜欢他的长相。"

"而且这么矮小。"芬妮扮了个鬼脸。矮小是可怕的，而且代表着下层阶级。

"我认为那样子相当可爱，"蕾宁娜说，"使人想去抚爱他。你知道，就像对一只猫。"

芬妮闻言大惊。"人家说，他在瓶子里的时候，有人搞错了——误认他是个甘玛，而把酒精倒进他的人造血液里。所以他就这么矮了。"

"无稽之谈！"蕾宁娜愤愤地说。

"催眠教学在英格兰确实是曾被禁止的。曾有个叫作自由主义的东西，国会（你们大概不知道那是什么）通过了一条法律制止它。档案至今保存了下来。其中有关于国民的自由的言论。无效率和悲惨的自由，做个方钉眼里的圆钉子的自由。"

"但是，我的好伙伴，你别客气，我是说真格的。不必客气。"亨利·福斯特拍拍副先定主任的肩膀。"毕竟，每一个人都属于每一个人。"

四年内每周三夜，每夜重复一百遍。柏纳·马克斯想着。他是个催眠教学专家。六万二千四百遍重复就造出一个真理来。白痴！

"还有阶级制度。不断地提案，不断地否决。居然有个叫作民主的东西，好像人不仅只在物理和化学层面上平等似的。"

"我要说的就是，我要接受他的邀请。"

柏纳恨他们，恨死他们了。可是他们有两个人，他们个子大，他们长得壮。

"九年战争开始于福元一百四十一年。"

"就算那些关于人造血液中有酒精的事是真的也罢。"

"光气、硝基氯仿、酸碘乙基、氰酸二苯胺、氯甲基三氯甲基、碳化二氯乙基。再加上氢氰酸。"

"我就是不信有那回事。"蕾宁娜下了结论。

"一万四千架飞机列队进行时的噪声。但是在克福斯丹顿大道和第八区，炭疽弹的爆炸声却并不比打破一个纸袋响多少。"

"因为我真想看一处蛮族保留区。"

$CH_3C_6H_2(NO_2)_3+Hg(CNO)_2$ 等于什么？地上一个大坑、一堆石块、一些肉和黏液、一只还穿着靴子的脚，飞过空中然后砰的一声掉在天竺葵中间——猩红色的那种。那年夏天真是漪

　　机器轻微的嗡嗡声和轧轧声仍然搅扰着胚胎部深红色的空气。换班的人熙来攘往，一张狼疮色的脸取代了另一张；而输送带仍然载着未来的男男女女，庄严而永恒地向前运行。

曾翔立　插图

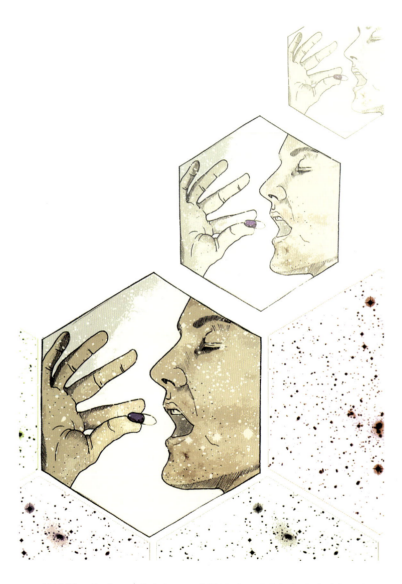

　　她说服了他吞下四片索麻。五分钟以后，过去的根和未来的果都遁形了，当下繁花灿然盛开。

耶娃·柯佳特（Ieva Kuojaite）插图

欤盛哉！

"你无可救药了，蕾宁娜，我不管你了。"

"俄国那种污染水源的技术更是妙透了。"

芬妮和蕾宁娜背对着背，默默无言地继续换衣服。

"九年战争，大规模的经济崩溃。在'世界首控'和毁灭之间要做个抉择。在安定和……"

"芬妮·克朗也是个俏姑娘。"副先定主任说。

在育婴室里，基础阶级意识课已经结束了，声音转为对未来工业之供求适应。"我爱飞行，"它们低语道，"我真爱飞行，我爱新衣服，我真爱……"

"自由主义，当然随着炭疽病而亡，但你仍然不能用强迫的方式行事。"

"比不上蕾宁娜那么气感。啊，比不上。"

"旧衣服最讨厌，"低语不惮其烦地继续着，"我们总是丢弃旧衣服。丢弃好过缝补，丢弃好过缝补，丢弃好过……"

"政府是一种要坐着搞的东西，不是用打的。你要用脑袋和屁股统治，绝不要用拳头。譬如说，鼓励消费。"

"我收拾好了，"蕾宁娜说，但是芬妮仍然避着她而保持缄默，"我们讲和吧，亲爱的芬妮。"

"每个男人、女人和小孩都被迫在一年内消费那么多。为了工业的利益。唯一的结果是……"

"丢弃好过缝补。越缝越穷，越缝越穷……"

"总有一天，"芬妮失望地强调，"你要惹上麻烦的。"

"大批义正词严的反对论，任何东西都别消耗了，回归大自然。"

"我爱飞行，我真爱飞行。"

"回归文化。对，确实是回归文化。假如你只是静坐着念书，你就无法大量消耗了。"

"我看起来可以吧？"蕾宁娜问道。她的夹克是瓶绿色醋酸盐布做成的，在袖口和领口缀以绿色纤维胶皮毛。

"八百个过简朴日子的人，在戈登斯格林被机关枪剿杀净尽。"

"丢弃好过缝补，丢弃好过缝补。"

绿色的凸花厚棉短裤，白色的人造毛袜卷到膝盖下头。

"然后就是著名的大英博物馆大屠杀。两千个文化狂热分子被二氯乙基酸硫所气化。"

一顶绿白相间的骑师帽虚遮着蕾宁娜的眼睛；她的鞋子是翠绿色，擦得雪亮。

"最后，"穆斯塔法·蒙德说，"元首们领悟了武力并没有好处。缓慢但有绝对把握的方法是体外生殖、新巴甫洛夫制约和催眠教学……"

她腰上系一条镶银的绿色人造摩洛哥皮子弹带，由于装有按时服用的避孕剂（因为蕾宁娜不是个不育女）而有点凸出。

"菲兹勒和川口的发明最后总算被应用了。一次盛大的反胎生生殖宣传……"

"好极了！"芬妮热心地叫道，她总是无法长久抗拒蕾宁娜的魅力。"多么美丽**可爱**的马尔萨斯腰带啊！"[1]

---

[1] 马尔萨斯（T.R.Malthus，1766—1834），英国经济学家。其名著《人口论》，谓人口增加率恒大于物料增加率，因而造成供不应求之人口危机。此处为节育而置之避孕剂腰带乃采马氏之名。

"同时有一场对抗传统的战役：关闭博物馆、粉碎历史纪念碑（所幸它们大部分都已在九年战争中被摧毁），所有在福元一百五十年之前印行的书籍皆在被禁之列。"

"我一定要弄到一个像这样子的。"芬妮说。

"比方说，有个叫作金字塔的东西。"

"我那旧的黑色专利腰带……"

"还有个人叫作莎士比亚。你们当然从未听过这些。"

"我那条腰带真丢我的脸。"

"这就是真正的科学教育的益处。"

"越缝越穷，越缝越穷……"

"吾主福特的第一辆T型汽车被引介之日……"

"我有它将近三个月了。"

"选为新纪元的开创日。"

"丢弃好过缝补，丢弃好过……"

"我说过的，有个东西叫作基督教的。"

"丢弃好过缝补。"

"节俭的伦理学和哲学……"

"我爱新衣服，我爱新衣服，我爱……"

"在低度生产的时代，这是非常要紧的；但是在机械和氮固定的时代——节俭绝对是反社会的罪。"

"那是亨利·福斯特送我的。"

"把所有十字架的头削掉，就变成T字。还有个东西叫作神的。"

"这是真的人造摩洛哥皮。"

"现在我们有了世界邦，也有了福特纪念日庆典、团歌大合唱和团结礼拜。"

"福特，我恨死他们了！"柏纳·马克斯想着。

"有个东西叫作天堂的，可是他们仍然暴饮酒精。"

"就像是肉，像好多肉。"

"有个叫作灵魂的东西，还有个东西叫作永恒。"

"一定要问问亨利他从哪儿弄来的。"

"但他们仍然沉湎于吗啡和古柯碱。"

"而更糟的是，她把自己也当作一块肉。"

"在福元一百七十八年，两千名药理学家和生化学者得到资助。"

"他成天愁眉苦脸的。"副先定主任指着柏纳·马克斯说。

"六年以后它被商业化地制造出来了。那完美的药物。"

"我们来逗逗他。"

"飘飘欲仙的、麻醉性的、欢愉的幻觉的。"

"苦瓜脸，马克斯，苦瓜脸。"一掌拍在他肩膀上，使他吃了一惊抬起头来。就是那个下流的亨利·福斯特。"你需要的是一克**索麻**。[1]"

"具有一切基督教和酒精的优美，而绝无它们的缺点。"

"福特，我真想宰掉他！"但他只说了声"不，谢了"，挡开了递给他的药瓶。

"任何时候，只要你喜欢，就可以离开现实去度个假期，回来时也不会有什么头痛或者神话之类的花样。"

"吃下去吧，"亨利·福斯特坚持道，"吃下去。"

"确实地保证了安定。"

"一西西能治愈十倍的忧伤。"副先定主任引用了一句通俗的催眠教学格言。

"剩下的只有克服老迈。"

"你该死，你该死！"柏纳·马克斯吼道。

---

[1] 索麻（Soma），即前文所指的新世界中发明出来的"完美的药物"。此名见于古印度典籍。是一种由不知名的植物茎部榨出的汁液，以羊毛过滤，再混合水与牛奶而成。相传是侵入印度的雅利安人在其宗教仪式中服用的。僧侣及祭司们服下之后，会勇气倍增、飘飘欲仙，如游太虚。有一说法认为这种植物学名可能是 Asclepias acida，未经证实。

"哟！哟！"

"性腺荷尔蒙、输入青年血液、镁盐……"

"记住：一克索麻好过一声咒骂。"他们笑着出去了。

"所有生理上老迈的痕迹都清除净尽。当然，接着是……"

"别忘了问他那个马尔萨斯带。"芬妮说。

"接着是所有老人心智的特征。人的性格终生不变。"

"……在天黑前玩两局障碍高尔夫。我得赶快了。"

"工作、游戏——我们六十岁时的体力和嗜好与他们十七岁时一样。在那糟糕的古代，老年人总是隐遁、退休、信教，把他们的时间花费在阅读、思考——**思考！**"

"白痴、猪猡！"柏纳·马克斯由走廊步向电梯时自语道。

"而现在——如此的进步——老年人工作、老年人性交、老年人没有闲工夫，忙着享乐，没有一刻能坐下来思考——纵使不巧碰到他们那团烦恼的固体张大了时间的隙缝，总还有**索麻**的，可口的**索麻**，半克就有半个假日，一克有一个周末，两克是一个多彩多姿的东方旅行，三克是月球上黑暗的永恒；回来时他们就发现自己在隙缝的另一边了，安全地站在日常工作和分心事物的坚实地面上，看完一场感觉电影再赶另一场，要了一个女孩再要一个气感的女孩，玩了电磁高尔夫球再……"

"走开，小女孩！"主任愤怒地叫道，"走开，小男孩！你没看到元首阁下正忙着吗？走开，到别处去玩你们的性爱游戏。"

"要容忍小孩子们。"元首说。

输送器缓慢地、庄严地，带着轻微的机器嗡嗡声向前进行，每小时二十三公分。在红色的幽暗中闪烁着无数的红宝石。

第四章

一

电梯里挤满了从阿尔法更衣室中出来的人。蕾宁娜进去时，许多友善的点头和微笑迎接着她。她是个人缘甚佳的女孩子，他们之中几乎所有的人，都跟她共度过一个夜晚。

他们都是可爱的男孩子，她回礼的时候想着。迷人的男孩子们！不过，她真希望乔治·艾索的耳朵没那么大（也许他是在三百二十八米的地方给多放了一滴副甲状腺素吧）。再看着班尼托·胡佛，她就不禁想起他脱去衣服时，那一身毛太过浓密了点。

想着班尼托的黑鬈毛，她把略带伤感的眼光转开去，却看到角落里柏纳·马克斯瘦小的身躯和忧郁的面孔。

"柏纳！"她走向他。"我正在找你。"她的声音清脆得盖过了上升的电梯声。其他人好奇地瞧着。"我要跟你说说有关我们新墨西哥之行的计划。"她从眼角看到班尼托惊讶得张开了嘴。这个表情惹恼了她。"还在惊奇我没有要求再跟他出去玩！"她自忖道。然后，大声而愈发亲热地继续说："我好想在七月里跟你去一个星期。"（她到底当众证明了自己对亨利的不忠。芬妮该高兴了，即使对方是柏纳。）蕾宁娜对他做出她最娇美动人的微笑："只要你还想要我。"

柏纳苍白的脸涨得通红。"到底是怎么回事？"她很惊奇，但同时却被这种奇怪的赞美自己魅力的方式所感动了。

"我们换个地方再谈好吧？"他结结巴巴地说着，不自在极了。

"好像我说了什么吓人的话似的，"蕾宁娜想道，"纵使我跟他开个下流玩笑——好比问他谁是他母亲之类的，他也不会显得更糟吧。"

"我是说，旁边有这么多人……"他昏乱得透不过气来。

蕾宁娜坦然而毫无恶意地笑了。"你真好玩！"她说，她真觉得他好玩。"你至少给我一星期的准备时间好吧？"她换了声调，"我想我们是搭乘太平洋号火箭吧？那是由嘉林T塔[1]出发的吗？还是从汉普斯坦？"

柏纳还没来得及回答，电梯就停住了。

"楼顶！"一个刺耳的声音叫道。

电梯管理员是个长得猴头猴脑的小个子，穿着一套负埃普西隆半白痴的黑色紧身制服。

"楼顶！"

他打开门。午后太阳的温暖亮光使他惊吓得直眨眼睛。"哦，

---

[1] 英国伦敦有一嘉林十字架火车站。在新世界中，十字改为T字，火车站变成火箭发射塔。

楼顶！"他以一种狂喜的声音重复着，好像从一个黑暗的昏迷中骤然而欢乐地醒过来了。"楼顶！"

他带着一种畜犬般的希冀和仰慕，朝着乘客的面孔微笑。他们一伙谈笑着走到阳光中。电梯员盯着他们望。

"楼顶？"他再次问道。

一声铃响，从电梯的天花板上，一个扩音器非常柔和却专断地发出命令来：

"下楼，下楼。十八楼。下楼，下楼。十八楼。下楼，下……"

电梯员砰的一声拉上门，按了钮，立刻掉回深井嗡嗡作响的昏暗中，那他所熟悉的麻痹的昏暗。

楼顶上温暖而明亮。夏日的午后因来往直升机的嗡嗡声而显得懒洋洋的；看不见的火箭机，声音更低沉，飞快地通过头顶的天空五六里，就像抚过轻软的空气一样。柏纳·马克斯做了个深呼吸。他望向天空，扫过蓝色的地平线，最后停在蕾宁娜的脸上。

"天气多美啊！"他的声音有点颤抖。

她以一种最善体人意的表情朝他微笑。"正适合打障碍高尔夫。"她高兴地答道。"我得赶紧走了，柏纳。如果我让亨利久等的话，他会发脾气。早些告诉我日期。"她挥挥手，穿过广阔的平屋顶走向飞机库。柏纳看着她白袜子的闪耀渐渐消逝，被日晒的膝盖活泼地弯曲、伸直，一次又一次，还有那合身的短裤在墨绿夹克之下柔软地摆动。他满脸痛苦的表情。

"我说啊，她可真是漂亮。"一个高昂而愉快的声音响自他的背后。

柏纳吃了一惊，回过头来。班尼托·胡佛圆胖的红脸微笑着俯视他——显然是真诚的微笑。班尼托是众所周知的大好人。人们说他可以一辈子用不着碰**索麻**。别人因怨恨和易怒而需要假日，他却从未受过这些折磨。现实对于班尼托永远是阳光普照的。

"而且很气感。"然后换个声调说，"咦，你怎么愁眉苦脸的！你需要的是一克**索麻**。"他把手伸进右边口袋，掏出一个药瓶。"一西西能治疗十倍的忧伤……咦，喂！"

柏纳蓦然转身冲走了。

班尼托瞪着他。"这家伙怎么啦？"他不解地摇着头，心想：这个可怜虫的人造血液里有酒精渗入的故事大概是真的了。"我想，是渗进他的脑袋里。"

他放回**索麻**药瓶，拿出一包性激素口香糖，塞了块在嘴里，反刍着慢步走向飞机库。

蕾宁娜到达的时候，亨利·福斯特已经把他的座机推出机库，坐在机舱里等着。

"迟到四分钟。"蕾宁娜爬进来坐到他身边时，他就只有这一句话。他发动了引擎，把螺旋桨上挡。飞机垂直地冲向天空。亨利加了速度，螺旋桨的嗡嗡声尖叫着，从大黄蜂的声音变到胡蜂，再从胡蜂变到蚊子，计速器指出他们正在每分钟两公里的最佳速度上。伦敦在他们下面缩小。几秒钟之内，巨大的桌面般的建筑物，就小得像从公园和花圃的绿地上冒出来的几何形蕈菌。其中一个较高较细长的真菌，就是嘉林 T 塔，如同一个闪耀的水泥圆盘举向天空。

巨大浓密的云块横卧在他们头上的蓝空中，像一个运动员模糊的大躯干。忽然从云朵中掉出一只鲜红的小虫，嗡嗡叫着往下飞。

"那是红火箭，"亨利说，"才从纽约来的。"看看自己的表，"误点了七分钟。"他摇着头。"这些大西洋航线——真是不准时得可耻。"

他把脚从加速器上挪开。头顶上的螺旋桨声低了八度半音，再从胡蜂回到大黄蜂、金龟子、锹形虫的声音。向前冲的机身减慢了，一会儿之后，他们便一动不动地悬空着。亨利推动一根杆子，发出咔嗒一声。先是慢慢的，然后愈来愈快，直到他们眼前有一个旋转着的白雾，在他们面前的螺旋桨开动了。在静止中，平行的风响得更加尖锐。亨利注视着转速仪；当指针指向一千二百时，他把螺旋桨的离合器推开。这时机身已有足够的动量靠机翼向前飞了。

蕾宁娜从她脚间地板的窗子往下看。他们正飞过分隔中央伦敦和第一圈卫星近郊的六公里公园地带。这片绿色却因许多从上空看下去像是缩小了的人群而像生了蛆似的。许多离心九洞转塔成林地闪耀在树丛中。牧人灌木区附近，两千名负贝塔在玩黎曼面网球混合双打。两列五梯网球场，并列在诺亭坡到威士顿之间的大路上。在伊林运动场里，正进行着一项德塔们的体育表演与团歌大合唱节目。

"卡其布衣服的颜色多丑！"蕾宁娜道出了她催眠教育中的阶级偏见。

亨斯罗感觉电影院的大厦占地七公顷半。附近有一群黑色和卡其制服的工人队正忙着把大西路路面重新弄成玻璃状。当他们飞过时，一座移动的坩埚正开桶倾倒着。刺目的白炽熔岩流泻过路面，石棉滚筒压过去，一辆密封的洒水车后头扬起白雾般的蒸汽。

伯兰特福电视公司的厂地像一座小城市。

"他们一定正在换班。"蕾宁娜说。

像蚜虫和蚂蚁般，穿叶绿色制服的甘玛女子和穿黑色的半白痴们挤在大门口，或者排着队等单轨电车。桑葚色的负贝塔也加入了人群。大楼的屋顶因直升机的起落而显得饶有生气。

"说老实话，"蕾宁娜说，"我真高兴我不是个甘玛。"

十分钟后，他们在史托波奇开始了第一局高尔夫球。

二

柏纳匆匆走过屋顶，眼光朝下，偶尔抬眼瞧见别人时，又偷偷地避开。他好像是个被追赶着的人，而他不愿看见追赶着他的敌人，免得发现那些人比他所想象的更不怀好意，而他也就更觉得有罪疚之感且孤独无助。

"那个可恶的班尼托·胡佛！"虽然这个人实在是一片好意，却只能弄得更糟。那些怀着好意的人的举动，跟不怀好意的人一个样。甚至连蕾宁娜也使他痛苦。他想起那胆怯而犹豫不决的几个星期，他企盼着，却又对自己是否有邀请她的勇气毫无信心。他怎敢冒险面对被轻蔑地拒绝的侮辱？不过，如果她答应了，该是何等的狂喜。好，现在她答应了，他却仍然难受——他难受，为了她居然认为这是个最适于玩高尔夫球的下午，为了她跑去跟亨利·福斯特在一起，为了她会觉得他不想公然谈他们的私事是可笑的。总之，他难受是因为她举止正如一个健康而善良的英格兰女孩一样，而不是反常的、特殊的。

他打开自己机库的门，叫来两个闲荡着的负德塔服务员，来把他的直升机推出到楼顶去。飞机库里挤满了同一个波氏种群，这些人都是孪生子，一样的小、黑而且丑。柏纳用尖锐自大得无礼的声调发号施令，这是一个人在觉得自己的优越性没有保障时所发出的。对于柏纳来说，跟低阶级的人们打交道是最苦恼的事。不管是为了什么（人们都窃窃私议他的人造血液中有酒精很可能确有其事——因为意外之事总会有的），柏纳的体格比一般的甘玛好不了多少。他比标准的阿尔法身高短上八公分，比例上也瘦些。跟低阶层人接触时，总会使他痛苦地想起自己体格上的不全。"我是我，恨不得我不是我！"他的自我意识既尖锐又悲苦。每当他发觉自己是平视而非俯视着德塔们的面孔时，他就感觉羞辱。这个人会不会以他这阶级该得到的尊敬来对他？这问题困扰着他，不是没来的。因为甘玛、德塔和埃普西隆都被制约着从身形大小看社会地位。事实上，暗示要偏爱大个子，这样的催眠教育偏见是很普遍的。因而被他追求的女人笑话他，同辈的男性朋友们打趣他。讥笑使得他觉得自己是个局外人；这种感觉使他举止也像个局外人，于是更加强了人们因他的身体缺陷而产生的偏见、轻蔑和敌意。这样又增加他疏离和孤独的感觉。长期的惧怕于被轻视使他躲避同伴，而使他的下属们认为他有意坚持于自己的高高在上。他是多么痛切地嫉妒像亨利·福斯特和班尼托·胡佛这种人啊，他们永远不必对一个埃普西隆吼叫以取得服从；他们理直气壮地高高在上，他们如鱼游水般穿梭于阶级制度之间——自如得好像根本未曾觉得他们自己本身，以及他们生存于其中的福泽和舒适的因素。

他觉得那两个孪生服务员有气没力、勉勉强强地把飞机推往楼顶。

"快点！"柏纳暴躁地说。其中一个瞄了他一眼。在那对空洞的灰眼中，他觉察到的不正是一种兽性的嘲笑吗？"快！"他更大声地叫道，声音里像有一把粗锉刀。

他爬进机舱里，一分钟后就往南朝向河飞着。

各个宣传局和情绪工程学院都坐落在舰队街的一幢六十层大厦中。底间和下面几层是印刷厂和办公室，属于伦敦三大报纸——《每时广播》是上层阶级的报纸，淡绿色的《甘玛公报》，还有卡其纸上只用单音节字眼的《德塔鉴报》。上面的宣传局分别属于电视、感觉影片、合成音响与合成音乐——共有二十二层。再上去是研究实验室以及声带作者和合成作曲家在里头做他们精细工作的隔音室。顶上的十八层则是情绪工程学院。

柏纳降落在宣传大厦的屋顶上，步出飞机。

"打电话下去给汉姆荷兹·华森先生，"他命令正甘玛门房，"告诉他柏纳·马克斯先生在屋顶等他。"

他坐下来，燃起一根烟。

当消息传到时，汉姆荷兹·华森正在写作。

"告诉他我就来。"他说了就挂上听筒，然后转向他的秘书，"我把事情留给你收拾了。"他用着同样的官式无私的声调说下去，对她的甜笑视若无睹，起身快步走向门口。

他是个健壮结实的人，低胸宽肩，个子大而行动快，敏捷又富弹性。强壮的圆颈柱支持着一个形状漂亮的头颅。他的头发又黑又鬈，容貌极为出众。着意强调的说法是，他实在英俊，而且看起来（正如他的秘书不惮其烦一再称道的）每一寸都是个正阿尔法。他的职位是情绪工程学院写作系的讲师，课余又是情绪工程师。他定期为《每时广播》写稿，为感觉电影编剧，还精通口号和催眠教育歌谣的诀窍。

"能干"是上级对他的意见。"或许，"（他们会摇摇头，意味深长地压低声音）"有点太过于能干了。"

诚然，有点太过于能干，他们说对了。智力过高对于汉姆荷兹·华森所产生的影响，正如同柏纳·马克斯的身体缺陷一样，筋骨弱小使得柏纳与他的同伴们隔绝孤立了，而这种隔绝的感觉会造成心智过剩（以当今所有的标准而言），因而又造成更加孤立的原因了。太过能干，便使得汉姆荷兹如此不安地自我感觉，而且孤立。这两个人的同感是皆能深知自己是独立的个体。不过，有体格缺陷的柏纳，是一辈子都因孤离的感觉而痛苦，而汉姆荷兹·华森可是直到最近才觉察到他过剩的心智，同时他觉察到自己与周围人们的不同。这位自动扶梯橡皮球的优胜者，乐而不疲的大情人（据说他在四年以内有过六百四十个不同的女朋友），这个令人羡慕的委员和交际能手，突然发现运动、女人、社团活动等等只是他关心的事物中次要的。在他真正心底深处，他的兴趣在另一些别的事情上。但那是什么？是什么呢？这就是柏纳来跟他谈论过的问题——或者更确切地说，由于总是汉姆荷兹在说话，柏纳就算是再来听一次他朋友的高论吧。

　　当他走出电梯时，宣传局合成音响部门的三个漂亮女孩子正埋伏着等他。

　　"啊，亲爱的汉姆荷兹，跟我们去艾思摩野餐吧？"她们恳求地缠在他身边。

　　他摇着头，推开她们："不行，不行。"

　　"我们绝不邀请别的男人。"

　　可是汉姆荷兹并没有被这个好听的诺言所打动。"不行，"他重复，"我很忙。"坚决地继续走他的路。女孩子们尾随着他。直到他爬进柏纳的飞机关上机门，她们才满口怨言地放弃了追逐。

　　"这些女人！"飞机升上天空时他说。"这些女人！"他摇头皱眉。"太可怕了。"柏纳假装同意地说，心底却希望自己也能像汉姆荷兹这样，轻而易举地就有这么多的女朋友。他突然渴望着吹嘘一番。"我要带蕾宁娜·克朗到新墨西哥去玩。"他尽可能把声音装得不在意。

"真的？"汉姆荷兹全然不感兴趣地说。停了一会儿又说："一两个星期以来，我跟所有的委员会议和女孩子们都断绝了来往。你无法想象为了这件事在学院里引起的骚动。不过，我想这还是值得的。这种结果……"他犹豫了一下，"很怪，真的很怪。"

身体的缺陷可能导致心智过剩。这种过程看来好像是可逆的。心智过剩也可能因而导致为故意孤立而装聋作哑，为禁欲而变成人为的性无能。

短短的飞行，剩下的时间在沉默中结束。当他们到达柏纳的房间，舒服地伸展肢体坐在充气沙发上时，汉姆荷兹又拾回话头。

"你可曾感觉过，"他缓缓问道，"好像在你身体里头有些东西，只等着你给它们个出来的机会？一种你未加以使用的特别的力量——你知道，就像所有的水从瀑布上奔腾而下，而不是通过涡轮？"他以询问的眼光看着柏纳。

"你是否指一个人在不同的情况下时，可能感觉到的所有情绪？"

汉姆荷兹摇摇头。"不全然。我在想着一种我有时会有的奇怪的感觉，觉得自己有一些重要的事情要说，而且有力量要去说——只是我不知道那是什么，而且我无法使用这股力量。如果有另一种写作方式……或者有另一些别的可写……"他沉默下来，终于又继续说了，"你知道，我极擅长于发明成语——你晓得的，那些成语可以使你突然跳起来，好像坐上了针毡，它们看起来又新又刺激，即使它们显然是有关于催眠教育的。但这并不够，句子写得好并不够，必须意思也要好才行。"

"可是你的东西是好的呀，汉姆荷兹。"

"唉，到目前为止吧。"汉姆荷兹耸耸肩膀。"可是就只能如此而已。它们总是不够重要。我觉得我可以搞出些更重要得多的东西。真的，而且更强烈、更有力。但那是什么呢？有什么更要紧去说的呢？一个人怎能对于被别人预期着写出来的东西热烈起来？文字可以像X光，如果你运用得当——它们可以穿透任何事物。你读着，你就被穿透了。这就是我想教给学生的事情之一——如何能使写作针针见血。但是，被那些关于一首团歌或者改进最新香味乐器的文章穿透，到底有什么好处？此外，当你写着那种东西时，你是否能想得出真正有刺穿力的句子——你知道的，像最强的X光？你怎能无中生有没话找话说？所以到最后还是空空如也。我试了又试……"

"嘘！"柏纳突然说，举起个警告的手指，他们倾听着。"我相信有人在门外头。"他耳语道。

汉姆荷兹起身蹑足走过房间，飞快地把门打开。当然，根本就没有人。

"对不起，"柏纳说，觉得自己的样子蠢得叫人难受，"我想我是太神经紧张了些。人们对你怀疑的时候，你就会开始怀疑他们。"

他以手盖过眼睛，叹了口气，声音里透着悲哀。他在为自己辩护。"你都不知道我近来在受什么样的折磨。"他几乎声泪俱下——自怜的情绪蓦地泉涌而出。"你都不知道！"

汉姆荷兹·华森怪不自在地听着。"可怜的柏纳！"他自语道。但同时他又为他的朋友感到可羞。他希望柏纳能更自尊一点。

第五章

一

天色到八点钟时开始暗下来。史托波奇俱乐部塔上的扩音器用超男高音宣布球场打烊。蕾宁娜和亨利停止了玩球走回俱乐部。从"内外分泌物信托"的底层传来成千牛群的叫声,它们的激素和牛乳供应皇家法罕大工厂做原料。

直升机不断的嗡嗡声充满在暮色中。每隔两分半钟就有铃声和汽笛的尖鸣,宣告一班轻便单轨列车要开了,这是用来把低阶层玩高尔夫球的人从他们自己的球场运送回城里去的。

蕾宁娜和亨利爬进飞机走了。在八百米高的空中,亨利把直升机螺旋桨减速,他们就在逐渐失色了的景物上空停留了一两分钟。柏恩罕山毛榉的森林有如一口巨大的黑池,向着明亮的海滩般的西天伸展。嫣红的地平线上,最后一点夕阳的余晖消退着,从橙色再往上是黄色和淡湖绿色。朝北的树丛再过去是内外分泌物工厂，从那二十层楼房的每一扇窗子里都照耀出强烈的灯光。在他们下头是高尔夫俱乐部建筑物——低阶层的大营房，以及在分界墙另一边为阿尔法和贝塔人员所保留的较小的房子。单轨列车站门口黑压压一片挤满了蚂蚁般的低阶层的人。一辆亮着灯的列车从拱形的玻璃圆顶里疾驶出来。他们的视线随着朝东南开的列车通过黑暗的平原，被雄伟的"泥沼火葬场"[1] 大厦所吸引。为了夜行飞机的安全起见，大楼的四根高烟囱有着泛光照明，并且发出红色的危险讯号。这幢建筑是个地标。

"为什么烟囱四周好像有阳台似的东西围着？"蕾宁娜问道。

"磷质收回处，"亨利简捷地解释道，"气体上升到烟囱的途中要通过四道分解处理。五氧化二磷过去是在人体焚化之后立刻从循环中逸出，现在他们可以收回百分之九十八以上的磷了。由每个成人尸体可以得到一公斤半以上的磷质。单单在英格兰，这些就是每年磷产中质量最佳的四百吨。"亨利得意扬扬地说，为这种成就满心欢喜，好像是他自己的成就似的，"真不错，想到我们在死后居然还能对社会有用——促进植物生长。"

蕾宁娜却把她的视线移开，直向下看着单轨列车站。"真不错，"她同意道，"奇怪的是，阿尔法和贝塔们，并不比下头那些龌龊的小甘玛、德塔和埃普西隆们更能促进植物生长。"

"所有的人，在物理和化学方面是平等的，"亨利简捷地说，"而且，即使是埃普西隆也尽着不可或缺的义务。"

"即使是个埃普西隆……"蕾宁娜忽然想起当她还是个学校里的小女孩时，有一回半夜里醒来，才第一次知道一直在她睡眠

---

[1]　原文是 Slough Crematorium，slough 也有腐肉、蜕皮的含义。

中纠缠着她的低语是什么。她再看看月光、一排排的白色小床；再度听到那极柔极柔的声音说着（那些话就在那儿，经过许许多多长夜的重复，是不会忘记、不可能忘记的了）："每个人为每个人工作。我们不能缺少任何一个人，即使是个埃普西隆也有用处。我们不能没有埃普西隆。每个人为每个人工作。我们不能缺少任何一个人……"蕾宁娜忆及她第一次被惊惧之感所震撼，她醒着思索了半小时；然后在那些无休止的重复句影响之下，她的心情渐趋缓和、缓和、平静，于是睡意蔓延……

"我想埃普西隆不会真的在想自己身为埃普西隆。"她大声说。

"当然他们不在意。他们怎能在意？他们不知道变成另一种人会是什么情况。我们当然会在意变成另一种人。但是果真那样我们会接受不同的制约。此外，我们生具不同的遗传。"

"我真庆幸我不是埃普西隆。"蕾宁娜置信不疑地说。

"如果你是个埃普西隆，"亨利说，"你受到的制约，会使你为自己不是个贝塔或阿尔法而庆幸不止。"他开动前进螺旋桨，把机头朝向伦敦。在他们后面，西天的嫣红和橙黄色已消退殆尽，一堵黑云爬上了天顶。当他们飞过火葬场时，从烟囱冒出来一股热气使飞机直往上冲，直到突然进入了上头下沉着的冷气时才再降低。

"好棒的曲线飞行！"蕾宁娜开心地笑着。

但是亨利的声调一刹那间几乎有些忧郁："你知道那曲线是什么吗？"他说，"那是表示一些人类终于确实地消逝了。随着一股热气就喷散掉了。要是能知道这里头是些什么人该多奇妙——是个男人还是女人，是个阿尔法还是埃普西隆……"他叹口气，然后，用一种决然的愉快口气下结论说："无论如何，我们可以肯定一件事：无论他是什么人，当他活着的时候他是快乐的。现在人人都快乐。"

"是的，现在人人都快乐。"蕾宁娜应和着。这句话他们已经在十二年中每晚听过一百五十次了。

飞机降落在西敏区亨利的四十层公寓楼房顶上，他们直接下到大餐厅。在喧闹和欢笑的人群中，他们享受了一顿佳肴。**索麻**同咖啡一起端上来。蕾宁娜拿了两颗半克的药片，亨利拿了三颗。他们在九点二十分时步行到对街新开张的西敏寺夜总会。这是个几乎无云的夜晚，无月而多星，但是蕾宁娜和亨利却很幸运地看不到这种萧瑟的景象。空中电光广告牌很有效地隔绝了外界的黑暗。"**卡尔文·史托蒲及其十六位萨克斯风乐师。**"新西敏寺的正面，这些大字闪耀迎人。"**伦敦最佳色香乐器。全部最新合成音乐。**"

他们走进去。龙涎香和檀香的气味使得空气既热又几乎令人窒息。大厅的圆形天花板上，幻彩乐器时时涂抹出一幅热带的晚霞。十六位萨克斯风乐手吹奏着一首受欢迎的老歌："全世界再没有一个瓶子及得上我那亲爱的小瓶子。"四百对伴侣在打蜡地板上跳着五步舞。蕾宁娜和亨利马上成了第四百零一对。萨克斯风以一种中音和男高音呜咽悲叹着，有如月下唱和的猫，好像小规模的死亡就要临身了。他们富于和声的颤抖合唱上升到一个顶点，愈来愈嘹亮——直到最后，指挥一挥手，放出了以太音乐最后一个震颤的音符，且使那十六个吹奏者销声匿迹。降 A 大调轰然雷鸣。然后，在全然的沉寂和黑暗之中，音乐渐微，一个"渐弱音"缓慢地滑过几个四分之一音，低沉、沉至模糊的低语持续着的主和弦（其间五四拍子的节奏仍在其下脉动），以强烈的期待主宰着短暂的黑暗。最后，期待被达成。如同一个突然跃升的朝阳，十六个人同时爆出歌唱来：

> 我的瓶子，你是我永远的需要！
>
> 我的瓶子，何以我得蒙倾倒？
>
> 你那里的天空蔚蓝，
>
> 气候永远温暖；
>
> 只为的是：
>
> 全世界再没有一个瓶子
>
> 及得上我那亲爱的小瓶子。

蕾宁娜和亨利虽是与其他四百对在西敏寺旋转着跳五步舞，却是舞在另一个世界里——暖和的、五光十色的、温情洋溢的**索麻**假日的世界。每个人是多么亲切、多么好看、多么欢愉喜悦，"我的瓶子，你是我永远的需要……"但是蕾宁娜和亨利已经有了他们所需要的……他们已经在里面了，此时此地——安适地在温暖的气候之中，长年的蔚蓝天空之下。当十六位乐手筋疲力尽地倚着萨克斯风，合成乐器奏出了最后一支马尔萨斯慢四步舞曲时，他们有如孪生的胚胎，在瓶装的人造血液海洋中随着波浪一同柔缓地晃荡着。

"晚安，亲爱的朋友们。晚安，亲爱的朋友们。"扩音器把命令隐藏在温柔和谐的礼貌之中。"晚安，亲爱的朋友们……"

蕾宁娜和亨利顺从地随着所有其他的人离开屋子。萧瑟的星子已在天空运行过好长一段路了。虽然广告牌的天幕已经大半消失，这两个年轻人依然保持着他们的欢愉，不知夜之既至。

打烊前半小时吞下第二剂**索麻**，在现实世界与他们的心灵之间竖起了一道无法穿透的墙垣。他们沉湎于瓶子之中，穿过街道，进入电梯，到亨利第二十八楼的房间去。蕾宁娜虽然好似在瓶子里，却并没有因为那第二克的**索麻**而忘记服用规定的避孕处方。经过这些年强烈的催眠教学，加上十二岁到十七岁间每周三次的马尔萨斯训练，使得这些预防做起来几乎就像眨眨眼睛一样的自然而无可避免。

"哦，这正好提醒了我，"当她从浴室出来的时候说，"芬妮·克朗想知道，你送我的那个可爱的绿人造摩洛哥皮带是从哪里找来的。"

二

每隔一周的星期四，是柏纳参加"团结礼拜"的日子。在"爱神殿"（汉姆荷兹最近在"第二条款"之下当选了这里的委员）早早吃了一顿晚饭之后，柏纳离开了他的朋友，在屋顶上雇了一架出租直升机，叫司机飞到福特团歌会堂。飞机上升到两百米高度，然后朝东飞，当它一转弯时，柏纳眼前就矗立着雄伟壮丽的团歌会堂。在泛光照明下，会堂三百二十米高的白色仿大理石更是雪白闪亮，照耀着罗德凯特山；在它直升机平台四个角的每一个角上，都有一个巨大的 T 字在黑暗中闪耀着红光，二十四个大金喇叭口中响着肃穆的合成音乐。

"该死，我迟到了。"当柏纳一眼看到那座会堂的钟——"大亨利"时便自语着。他不幸言中了，当他付飞机钱时，"大亨利"正好报时。"**福特**，"从所有的金喇叭中响出巨大的低音，"**福特、**

福特、福特……" 一共九下。柏纳奔向电梯。

用来作为福特纪念日庆祝会场，和其他大众的团歌演唱的大会堂，是在大楼的底层。在此之上，每层楼一百个房间，一共七千个，是"团结群众"隔周举行礼拜时用的。柏纳降到第三十三层，急急穿过走廊，到三二○号房间门口时犹豫了一下，然后振作起精神推门进去。

感谢福特！他不是最后一个。十二张绕着圆桌的椅子还有三张是空着的。他尽量避人耳目地溜进了最近的一张空椅子坐下，然后准备对着迟到的人皱眉头，管他们是什么时候到的。

坐在他左边的女孩子转向他问道："你今天下午玩了什么？障碍高尔夫还是电磁高尔夫？"

柏纳望着她（福特！她是摩甘娜·露丝琪），赧颜承认他一样也没玩。摩甘娜惊讶地注视他，一阵难堪的沉默。

然后她便机警地转向她左边那个比较活跃的男人自我介绍起来。

"团结礼拜的好开场！"柏纳可怜兮兮地想着，预见着又一次的救赎的失败。他真该在急急忙忙跑向这最近的椅子之前，给自己些时间到处望望！那样他就可以坐在菲菲·柏莱拉和乔安娜·狄索之间了。失之交臂，却瞎了眼睛把自己摆在摩甘娜旁边。摩甘娜！福特！她那两道黑眉毛——或者该说那一道眉毛——因为它们在鼻梁上方凑到一块了。福特！他的右边是克拉拉·狄特汀。嘿，克拉拉的两道眉毛倒是没有凑到一块，但她实在太气感了。而菲菲和乔安娜真是十全十美。丰满、金发碧眼、块头又不大……可是现在，汤姆·川口那个大老粗却坐在她俩中间了。

最后到的是莎洛吉妮·恩格斯。

"你迟到了，"团主席严峻地说，"下次切勿再犯。"

莎洛吉妮道了歉，溜进吉姆·波卡诺夫斯基和赫伯·巴枯宁之间的位子里去。现在，一群人都到齐了，团结的圈子围得完美无瑕。男人、女人、男人，相间地在桌子周围绕成无尽头的圆环。十二个人准备着合为一体，等待着连在一起，融合起来，以一个更大的存在体取代十二个分离的个体。

主席站起身来，做了个 T 的手势，然后扭开合成音乐，播放出柔和而永不倦怠的鼓声和乐器合奏——准管乐器和超弦乐器——一遍又一遍澎湃地反复着第一团结颂那简短却挥之不去的缠人旋律。一而再，再而三——不再是耳朵在聆听着这脉动的韵律，而是横膈膜；那些循环不息的曲调时而悲凄时而铿锵，不再是缠绕着心灵，而是绞缠着易感的脏腑。

主席又做了个 T 的手势然后坐下去。礼拜开始了。奉献的**索麻**药片放在桌子中央。盛着草莓冰激凌**索麻**的"爱之杯"逐个传递着，每个人念颂一声"为小我的绝灭干杯"，十二口饮尽了它。然后由合成交响乐团伴奏，唱出了第一团结颂。

> 福特，我们是十二人，啊，将我们合为一体，
> 有如在社会河川中的水滴；
> 啊，让我们携手并进，
> 有如您的小汽车般闪耀起劲！

满怀渴望的十二小节之后，"爱之杯"传递第二圈。"为大我干杯"是这回的颂词。每个人都喝了。音乐不知疲倦地奏着。鼓声敲击着。和声的泣诉和敲打纠缠得人肝肠寸断。第二团结颂唱

了起来。

> 来吧，大我，社会之友，
> 绝灭的十二合而为一！
> 我们企盼死亡，因我们结束之日，
> 便是我们伟大的生命肇始之际。

又是十二节。这时**索麻**开始见效了。眼睛发亮，面颊发烧，博爱之光自内心爆发到每张快乐友善的笑脸上。甚至连柏纳也开始觉得有些受感动了。当摩甘娜·露丝琪转过来对他微笑时，他也能勉强回报以微笑了。但是她那眉毛，那道黑色的一字眉——哎呀，还是在那儿：他不能视若无睹，无论他怎么努力，还是不能。他还没有受到足够的感动。或许，他要是坐在菲菲和乔安娜之间的话……"爱之杯"第三次绕递了。"为'祂'[1]的迫切降临干杯。"摩甘娜·露丝琪说道，她正好是这圈仪式的开头。她的声音高昂欢跃。她喝了之后把杯子传给柏纳。"为祂的迫切降临干杯。"他重复道，一心想要感觉这种来临是迫切的，但是那道一字眉始终缠着他的心思，而那来临对于他是极其渺远的。他喝了一口，把杯子传给克拉拉·狄特汀。"准又是一次失败，"他对自己说，"我知道准是。"但他仍旧努力地挤出微笑来。

爱之杯绕完了一圈。主席举手做手势：第三团结颂便蓦然唱出：

---

[1]　神的第三人称用字。he 或者 his，指代"神"的时候首字母大写，为 He 或 His，与此对应，中译"神"时用"祂"字。

感觉大我如何来临！

欢乐吧，在欢乐中死去！

在鼓乐中融合！

因为我便是你而你便是我。

　　一节接着一节，声音愈来愈强烈激动地震颤着。对祂来临的迫切之感有如空气中的电压。主席关掉音乐，最后一节的最后一个音符之后，便是全然的寂静了——延伸着企盼的寂静，以一种电流般的生命抖颤着、蔓延着。主席伸出他的手，蓦然间，一个声音，一个低沉而宏壮的声音，比任何人类的声音更富音乐性、更丰润、更温暖，因着爱心、渴慕和同情而颤动着，一个奇妙的、神秘的、超自然的声音，响自他们的头顶上。非常徐缓地："啊，福特，福特，福特。"声音渐弱而音阶渐低地说着。一股好似来自太阳的温暖之感刺激地辐射到每个听着的人的躯体末梢上去，他们眼中充满了泪水，五内翻腾好似有着独立的生命。"福特！"他们融解了，"福特！"溶化了，溶化了。然后，"听着！"那声音以另一种音调，突兀地、骇人地宣告，"听着！"他们听着。停了一下，沉为耳语，但那耳语比最高声的喊叫还能穿透人心。"大我的脚步，"它继续着、重复着这句话，"大我的脚步。"耳语若断若续，"大我的脚步在阶梯上了。"又是一阵沉寂，然后暂时获得了松弛的盼望再度被提升，紧张、更紧张，几乎到了撕裂的边缘。大我的脚步——啊，他们听见了，他们听见了，慢慢从阶梯上走下来，从看不见的阶梯下来，愈走愈近了。大我的脚步。突然间，到达了撕裂的顶点，摩甘娜·露丝琪目瞪口张地跃身而起。

　　"我听见他了，"她叫道，"我听见他了。"

"他来了。"莎洛吉妮·恩格斯喊着。

"是的,他来了,我听到他了。"菲菲·柏莱拉和汤姆·川口同时站起身来。

"啊,啊,啊!"乔安娜口齿不清地做证。

"他来了!"吉姆·波卡诺夫斯基吼着。

主席欠身向前按了一下,播放出一段呓语般的铙钹和铜管乐器声,一段热烈的锣鼓声。

"啊,他来了!"克拉拉·狄特汀尖叫着。"哎!"她好像被割了喉咙似的。

柏纳感到这是该他做些什么的时候了,于是他也跳起来大叫:"我听到他了,他来了。"但这不是真话。他什么也没听见,在他看来,什么人也没来。根本没人——纵使有音乐,纵使有愈趋亢奋的激动。但他挥舞着手臂,尽可能地放声大吼;当其他人开始跺脚、跳舞时,他也跺脚、跳舞。

他们绕着圈子走,一队绕圈的舞蹈者,每个人把手放在前一个人的臀上,绕了又绕,异口同声地叫喊着,随着音乐的拍子跺着脚,拍打着,用手拍打着前面人的臀部;十二双手拍打着如同只有一双;十二个臀部清脆地响着如同只有一个,十二合一,十二合一。"我听见他了,我听见他来了。"音乐加快了;于是脚跺得更快,有节拍的手起落得也更快。突然之间,一声极大的合成音乐的低音轰然宣告救赎的临近、团结的大功告成,十二合一的到来、大我的现身。"喔奇泼奇!"当铜鼓继续敲打出轰然的鼓号时,这声音唱着:

喔奇泼奇,福特和欢喜,

> 吻吻女孩，她们便合一。
>
> 男孩一体，女孩和气；
>
> 喔奇泼奇，给人安息。[1]

"喔奇泼奇，"跳舞的人们跟着祈祷文式的叠句唱着，"喔奇泼奇，福特和欢喜，吻吻女孩……"当他们唱着的时候，光线慢慢暗淡下去——在黯褪的同时，却变得更温暖、更润泽、更红，最后他们置身于胚胎室的暗红光线中舞蹈了。"喔奇泼奇……"在血红的色光和胎盘的黑暗之中，他们继续转了一下圈子，拍打着不倦的节拍。"喔奇泼奇……"然后圆圈波动起来、破裂了、解散开来倒在一圈躺椅上——这是绕在桌椅圈外头的大圈圈。"喔奇泼奇……"低沉的声音在暗红色的光线里温柔地轻轻哼唱着，好像一些巨大的黑鸽子，慈爱地翱翔在这些俯卧着或者仰躺着的舞蹈者的头上。

他们站在屋顶上，"大亨利"正报着十一点。夜晚宁谧而温暖。

"今晚真美妙吧？"菲菲·柏莱拉说。"实在奇妙吧？"她看着柏纳，带着欢悦的表情，但这份欢悦之中并没有激动或者兴奋的痕迹——因为激奋就是仍未满足。而她的欢悦是到达了圆满极致之后宁静的欢畅，而这平静并非仅仅是空虚的餍足和一无所有，而是得自平衡的生命，得自静止和平衡的能量。这是一种丰富而饶有生气的平和。因为团结礼拜既取亦予，取走只是为了再赋予。

---

[1] 此段唱词改自英国童谣《乔奇·泼奇》。"喔奇"意为狂欢；"泼奇"意为丁头鱼。此处只作音译，因字译并不具有什么意义。

她充实了，她变得完美，她已经不仅仅是她自己了。"你认为今晚奇妙吗？"她还问，用那双超乎自然的闪亮着的眼睛凝视着柏纳的面孔。

"是的，我认为真奇妙。"他撒了谎，把眼光避开；她那张变得神奇的面孔，立刻成为对他自身隔绝的一种指控、一种讽刺的提醒。他现在还是孤立得可悲，一如在礼拜开始之时——未得充实的虚空和麻木的餍足使他更形孤立。当别人融合于一个大我时，他却是隔绝的、没有得到救赎；即使在摩甘娜的怀抱中也觉得孤独——而且更孤独，他确切地感到平生所未有的孤独无助。他从暗红的光线走到电灯光下，他的自觉已经增强到痛苦的极致了。他真是可怜极了，或许（她闪亮的眼睛在指控着他），或许这是他自己的过错。"非常奇妙。"他又说了一遍，但他唯一能想到的只是摩甘娜的一字眉。

第六章

怪物、怪物、怪物，这就是蕾宁娜对柏纳·马克斯的评语。他实在是太怪了。在随后的几星期中，她不止一次地想着是否要取消新墨西哥的度假之行，而跟班尼托·胡佛去北极。问题在于她去年夏天才和乔治·艾索到过北极，发现那里简直糟透了。无事可做，旅馆又无可救药地老式——卧室没有电视，没有香味乐器，只有最讨嫌的合成音乐，两百多个客人却只有二十五个不到的自动扶梯橡皮球场。不，她决意不再到北极了。此外，她以前只到过美洲一次。虽说到过，却玩得不过瘾。只在纽约度了一个廉价的周末——是跟尚·杰克·哈比布拉还是和波卡诺夫斯基·琼斯一道去的？她记不得了。管他的，这根本无关紧要。想到再度飞向美洲西部，还可以停留整整一星期，真是太吸引人了。而且，那一个星期中他们至少有三天要停留在蛮族保留区。整个孵育制约中心里，进入蛮族保留区的人不超过半打。柏纳是个正阿尔法心理学家，就她所知是少数有资格取得许可证的人之一。这个机会对于蕾宁娜是独一无二的。但是，柏纳的古怪也是独一无二的，她因此而犹豫不决，还真想冒个险跟有趣的老班尼托重游北极。至少班尼托是正常的，而柏纳……

"酒精渗入了他的人造血液里。"这是芬妮对他每个反常之处所做的解释。但是有天晚上当蕾宁娜与亨利一起在床上时，她忧心忡忡地谈到她的新爱人，亨利把可怜的柏纳比作一只犀牛。

"你没法教会一只犀牛玩把戏，"他以其简短有力的方式解释道，"有些人差不多就是头犀牛，他们对于制约没有适当的反应。可怜的畜生们，柏纳就是其中之一。他还算幸运，工作表现很好，否则主任绝不会留下他。不过，"他安慰地加了一句，"我想他是绝对无害的。"

绝对无害，或许如此，但也令人不安。癫狂症开始都是起于私下做事。实际上的意思就是：什么事也不做。有什么事情是能够私下做的呢？（当然，除了睡觉之外，但是一个人总不能成天睡觉啊。）真的，有什么事呢？少之又少。他们头一回一起出去的那个下午天气特别的好。蕾宁娜提议到托奎乡村俱乐部去游泳，然后到牛津协会晚餐。但是柏纳嫌那儿人太多了。那么在圣安德鲁斯玩一局电磁高尔夫球如何？又是个不，柏纳认为玩电磁高尔夫球是浪费时间。

"省下时间干什么呢？"蕾宁娜有些惊讶地问。

显然他属意到湖泊区去散散步，这正是他此刻的提议。登上史其多丘顶，在石南丛中走上两个钟头。"跟你单独在一起，蕾宁娜。"

"可是，柏纳，我们会整个晚上单独在一起呀。"

柏纳羞红了脸，望向别处。"我的意思是说，单独在一起谈谈天。"他嗫嚅道。

"谈天？谈什么呀？"散步、谈天——这似乎是个很奇怪的消磨下午的方式。

最后她说服了他（他还很不情愿）飞到阿姆斯特丹去看女子重量级角力赛的半决赛。

"一大堆人，"他发着牢骚，"总是这样。"他整个下午顽固地保持着那份阴郁，不跟蕾宁娜的朋友们交谈（中场休息时间，他们在**索麻**冰激凌柜台那儿碰到好几十个）；虽然他不舒服，却断然拒绝她强要他吃的半克草莓冰激凌。"我宁可做我自己，"他说，"虽然我自己很不高明，也不要做别人，即使那很快乐。"

"及时的一克索麻可以省九倍。"蕾宁娜说道，发出催眠教学智慧的宝藏之光。

柏纳不耐烦地推开递上来的玻璃杯。

"别发脾气，"她说，"记住，一西西能治愈十倍的忧伤。"

"唉，看在福特的分上，别吵！"他叫道。

蕾宁娜耸耸肩膀。"一克索麻好过一声咒骂。"她庄严地下了结论，然后自顾自地饮着冰激凌。

回程中经过海峡的时候，柏纳坚持停掉螺旋桨，让直升机在波浪上方百米的地方翱翔。天气变坏了：起了一股西南风，天空布满了云。

"看！"他命令道。

"好可怕呀。"蕾宁娜说，从窗口缩了回来。夜晚涌现的虚空，下头黑黝黝泡沫的起伏波浪，急行的云块中憔悴迷乱的苍白月色，这些都吓坏了她。"打开收音机吧。快！"她伸向仪表板上的按钮，随手扭开。

"……你那里的天空蔚蓝，"十六个颤抖的假音在唱着，"气候永远……"

咔嗒一声，复归寂静。柏纳把电源关掉了。

"我要静静地看着海，"他说，"在那种下流的噪声里，连看一眼都没办法。"

"这音乐很可爱嘛。而且我并不想看海。"

"但是我要看，"他坚持着，"它会使我觉得好像……"他迟疑了一会儿，想找寻足以达意的词句，"好像我不仅只是我，你懂我的意思吗？更独立的，不完全是另外一样东西的一部分。不仅只是社会体中的一个细胞。它会使你觉得这样吗，蕾宁娜？"

蕾宁娜却叫了起来。"好可怕，好可怕，"她不停地重复，"你怎么能说不想做社会群体的一部分呢？毕竟，每个人为每个人工作。我们不能缺少任何一个人，即使是埃普西隆……"

"是的，我知道，"柏纳嘲笑地说，"'即使是埃普西隆也有用处！'我也是。我真他妈的恨不得不是！"

蕾宁娜因他的出言无状而震惊了。"柏纳！"她以惊讶苦恼的声音抗议，"你怎么能这样？"

他以另一种声调沉思地重复："我怎么能这样？不，问题的症结在于：我是怎么不能的？或者这么说——因为，无论如何，我深知为何我不能——如果我能，结果会怎样？如果我能自由——而不是做我自身制约的奴隶。"

"柏纳，你在说最可怕的话。"

"你难道不希望自由吗，蕾宁娜？"

"我不懂你的意思。我是自由的嘛，可以自由地拥有最美好的时光。现在人人都快乐。"

他笑了："对，'现在人人都快乐'。小孩子从五岁开始就被我们灌输那句话。但是你难道不想以另一种方式的自由去快乐，蕾宁娜？譬如说，以你自己的方式，而不是其他每个人的方式。"

"我不懂你的意思。"她再说一遍，然后转向他，"哦，我们回去吧，柏纳，"她恳求道，"我好讨厌这里。"

"你不想跟我在一起吗？"

"当然想，柏纳！我只是不想在这个可怕的地方。"

"我觉得我们在这里才更……更在一起——除了海和月亮之外什么都没有。比在人群中，甚至比在我的房间里还更在一起。你难道不懂吗？"

"我什么都不懂，"她打定主意不懂到底，"一点也不懂。"她换个声调说下去，"当你有这些可怕的念头时，你为什么不服用**索麻**？那样你就会忘掉它们。你不会觉得难过，而会高兴。高兴得**不得了**。"她重复说了一次，微笑着，带着一种诱人的、妖娆的引诱姿态，虽然她眼中仍有着困惑的忧虑。

他一语不发地看着她，面容严肃而无动于衷——一心一意地注视她。过了一会儿，蕾宁娜的眼光退缩了回去；她神经质地笑了笑，想说什么又没说成。沉默持续着。

最后柏纳开口了，声音低微而倦怠。"那么好吧，"他说，"我们回去。"他用力地踩着加速器，使飞机猛然冲入天空。到四千米高时，他发动了螺旋桨。他们沉默地飞了一两分钟。然后，突如其来的，柏纳笑了起来。真怪，蕾宁娜想，不过总算是笑了。

"觉得好过些吗？"她试探着问道。

算是一种回答：他从控制器上腾出一只手来，臂膀绕过她，开始抚弄着她的胸脯。

"感谢福特，"她对自己说，"他又正常了。"

半小时之后，他们回到了他的房间。柏纳一口气吞下四颗**索麻**，打开收音机和电视机，开始脱衣服。

第二天下午他们在楼顶上见面时，蕾宁娜带着意味深长的俏皮问道："你觉得昨天好玩吗？"

柏纳点点头。他们爬进飞机。稍微颠簸一下就起飞了。

"每个人都说我气感得要命。"蕾宁娜自我反省地说，拍拍自己的腿。

"要命。"柏纳的眼中却带种痛苦的表情。"像堆肉。"他想着。

她有点担忧地望向他。"你不会觉得我太丰满了吧，会不会？"

他摇摇头。好像一大堆肉。

"你认为我够好了？"又点点头。"在每一方面？"

"十全十美。"他大声说，却暗想："她只用那种方式想到自己。她不在乎做一堆肉。"

蕾宁娜得意地笑了。但她的满意是过早了些。

"还是一样，"他停了一会儿之后又说，"我还是宁愿我们以另一种方式作为一天的结束。"

"另一种方式？有另一种结束的方式？"

"我不想以上床作为结束。"他解释道。

蕾宁娜很惊讶。

"不要一来就这样，不要在头一天。"

"可是还会怎么样……？"

他开始说上一大套难懂而危险的胡言乱语。蕾宁娜尽可能地充耳不闻；可是总有些句子会偶尔传进耳中。"……试想，抑制我的冲动会造成什么效果。"她听到他在说，这句话好像触及了她心中的一个弹簧。

"切勿把今日之乐留待明日享受。"她一本正经地说。

"从十四岁到十六岁半，每周两次，每次重复两百遍。"这就是他的评语，然后又继续说疯话。"我要知道热情是什么，"她听到他在说，"我要强烈地感受一些事物。"

"个人有感受，组织就动摇。"蕾宁娜宣称。

"动摇一下有何不可？"

"柏纳！"

柏纳却仍然大言不惭。

"在工作和认知的时候是个成人，"他继续着，"涉及感觉和欲望时则是个婴孩。"

"吾主福特爱婴孩。"

柏纳不顾她的插嘴一直说下去："前几天，这个想法突然打动我：永远做个成人，或许是可能的。"

"我不懂。"蕾宁娜的声调很坚决。

"我知道你不懂。这就是我们昨天一起上床的原因——像个婴孩一样——而不像个能等待的成人。"

"可是这样多有趣，"蕾宁娜坚持道，"不是吗？"

"哦，莫大的乐趣。"他回答，声音和表情却透着深沉的悲哀，使得蕾宁娜感到所有的得意都烟消云散。大概他还是嫌她太丰满了。

"我早就告诉过你了，"当蕾宁娜道出心事时，芬妮说，"他们把酒精放进他的人造血液里了。"

"不管怎样，"蕾宁娜坚持，"我实在喜欢他。他的手真是好看得要命，还有他动肩膀的样子——很吸引人。"她叹口气。"我真希望他别这么怪。"

二

柏纳在主任室的门口迟疑了一下，深深地吸了一口气，扯平他的肩膀，打起精神去面对门里必然会有的不快和麻烦。他敲敲门进去了。

"请你在这张许可证上签个名，主任。"他尽量轻快地说着，把纸放在办公桌上。

主任嫌恶地看他一眼。但是"世界元首官厅"的官印在纸张的上方，"穆斯塔法·蒙德"的签名墨迹清晰地横过下方。每样东西都井然无缺了。主任别无选择。他用铅笔签上自己姓名的缩写字母——两个轻淡的小字卑微地写在穆斯塔法·蒙德的脚下。不置一词，也没有一句温和的"福特保佑你"，就想把那张纸交回给柏纳，却突然被许可证上的什么字给吸住了视线。

"到新墨西哥的保留区？"他的声音以及抬向柏纳的面孔都表现着一股激动的惊讶。

柏纳因他的惊奇而惊奇，点了点头。一阵沉默。

主任靠回椅背，皱着眉头。"多久以前了？"他说，与其说是对着柏纳，不如说是对着他自己说的。"二十年了，我想。将近二十五年了吧。我大概像你这个年纪的时候……"他叹息着摇摇头。

柏纳极感不安。像主任这样一个如此守成、如此一丝不苟的人——竟然会语无伦次起来，这使得他想把脸藏起来跑出房间去。倒不是由于人家提到许久以前的事而觉得打心底讨厌起来，这种催眠教学造成的偏见他已经全然祛除了（他自以为如此）。使他觉得羞耻的是他知道主任不赞成如此——不赞成，却明知故犯。基于何种内在的冲动呢？柏纳不安却急切地听着。

"那时我也有跟你一样的念头，"主任还在说，"想去看看保留区。取得一张到新墨西哥的许可证，去那里度我的夏季假期。带着我那时候的女朋友。她是个负贝塔，我想，"（他闭上眼睛，）"我想她的头发是金黄色的。总之，她很气感，特别气感，我记得这点。于是，我们到了那里，看到野蛮人，我们骑着马到处跑，诸如此类。然后——大概是我假期的最后一天——然后……她不见了。那天我们骑马到一座险恶的山上去，闷热得要命，午餐后我们睡了一觉。或者说，至少我睡着了。她一定是一个人散步去了。反正，当我醒来时，她不在那儿。却突如其来地碰上一场我前所未见的最可怕的大雷雨。大雨倾盆，电闪雷鸣，马挣脱跑掉了，我跌下地，想抓住马，却摔伤了膝盖，几乎寸步难行。我仍是叫着找了又找，她却杳无踪影。我猜她是独自回到我们的招待所去了，于是我顺着来的路爬下山谷。我的膝盖痛得要死，又失去了我的**索麻**，费了几小时的工夫，直到午夜之后，才回到招待所。而她没在那里，她不在那里。"主任重复道。一阵沉默。"于是，"他终于拾回话头，"第二天，我们展开搜索。可是我们找不到她。她一定是掉进哪个峡谷里了，或者被山狮吃掉了。福特才晓得。总之，这真可怕。那时我简直难受极了，超过了应当的程度，我敢说。因为，这毕竟只是一个可能发生在任何人身上的意外事件；而且，纵然构成社会体的细胞有所更迭，社会体仍然延续。"可是这两句催眠教学的安慰话似乎并没有什么效果。他摇摇头。"有时我还会做梦，"主任以一种低沉的声音说下去，"梦见被隆隆的雷声惊醒，发现她不见了，梦见在树林中一直找寻她。"他坠入回忆的沉默中。

"你一定有过可怕的震惊。"柏纳几乎带着嫉妒说。

主任因他的声音而惊觉到自己置身何处以及犯下的错误，瞪了柏纳一眼，却避开了他的眼睛，脸红得像猪肝一样；突然疑心起来，又看了他一眼，摆出威严愤怒地说："不要把我跟那个女子想象成有什么不正当的关系。没有感情成分，没有持续长久。关系完全健康而正常。"他把许可证递给柏纳。"我真不懂为什么我会对你唠叨这些陈年琐事。"他因泄露了一件不名誉的秘密而对自己发怒，却把怒火发泄在柏纳身上。现在他的眼睛带着明显的恶毒。"我想趁这个机会告诉你，马克斯先生，"他说，"我接到关于你工作余暇的行动报告，我不很满意。你可以说这与我无关。但是，有关的。我必须为本中心的名誉着想。我的工作人员必须不容置疑，特别是最高级的干部们。阿尔法们经过制约，使得他们在情感行为上不一定要像个婴儿。但是正因为如此，他们更得特别努力去遵守规矩。他们要故作婴儿状，这是他们的责任，即使违反他们的意向。因此，马克斯先生，我要好好警告你，"主任的声音因愤慨而颤抖，他的愤慨现在已经转变为全然正直无私的了——成了社会本身不以为然的表示，"如果我再听到有任何不符合婴孩式适当标准的过失，我就申请将你调职到中心分部去——很可能是冰岛。请吧。"他在椅子里转了一下身，拿起笔开始写字。

"这会给他一个教训。"他自语道。可是他料错了。柏纳兴高采烈地昂然离开办公室，当他砰然关上身后的门时，想着自己在独力对事物的井然秩序备战，他因陶醉地觉得自己个人的举足轻重而得意扬扬。即使想到自己被迫害，也并不泄气，不但不沮丧反而精神奕奕。他觉得自己坚强得足以面临且克服忧伤，坚强得足以面对冰岛。他根本就未曾真正相信过他会被逼面对任何事情，因此他这份信心就更强了。不会有人因为那些事情而被调差的。冰岛只是一个恐吓——一个最刺激而生动的恐吓。当他行过走廊时竟吹起口哨来。

他对自己会见主任那晚的评语是"够英雄"。结论是："于是，我就叫他回到过去的无底洞去吧，然后趾高气扬地走出房间。就是那么回事。"他期盼地望着汉姆荷兹·华森，等待着他必然会有的同情、鼓舞、赞美。可是汉姆荷兹未置一词，只是沉默地坐着，望着地板。

他喜欢柏纳。他感激他，在他相识的人中，柏纳是唯一能与他谈及他觉得重要的话题的人。虽说如此，柏纳仍有令他厌恶之处，譬如这种吹牛，与这轮番出现的是一种低劣的自怜情绪的爆发。还有他那可悲的习惯：在事过境迁之后才表现得勇气十足，人没出现过却有许多高见。他讨厌这些事情——正因为他喜欢柏纳。时间一秒一秒地过去，汉姆荷兹仍旧在注视着地板。柏纳突然面红耳赤地掉开头。

三

旅行一路平安无事。蓝太平洋火箭提前两分半钟到达新奥尔良，在得克萨斯上空遇到龙卷风而损失了四分钟时间，不过到西经九十五度时飞进了一股有利的气流中，所以在圣塔菲着陆时只比时刻表上的时间迟了四十秒不到。

"六个半钟头的飞行只慢了四十秒。不错。"蕾宁娜承认。

那晚他们在圣塔菲歇宿。旅馆完善极了——别的旅馆，譬如说去年夏天那个让蕾宁娜吃尽苦头的可怕的"奥罗拉波拉宫"，根本无法望其项背。流畅的空气、电视、真空震动按摩、无线电广播、滚烫的咖啡因溶液、热腾腾的避孕剂，而且每个人卧室里装有八种不同的香气。当他们走进大厅时，合成音乐设备正在播放着，令人简直别无他求。电梯里的告示牌宣称这座旅馆里有六十个自动扶梯橡皮球场和网球场，在公园里可以兼玩障碍高尔夫球和电磁高尔夫球。

"听来简直太好了，"蕾宁娜叫道，"我真希望我们能留在这里不走了。六十个自动扶梯橡皮球场……"

"保留区里什么也没有，"柏纳警告她，"没有香气，没有电视，甚至没有热水。如果你觉得会无法忍受，就留在这儿等我回来。"

蕾宁娜恼了："我当然可以忍受。我说这里好只是因为——嗯，因为'进步就是美好'，对不对？"

"从十三岁到十七岁，每星期重复五百遍。"柏纳无精打采地说，似乎是讲给自己听的。

"你说什么？"

"我说进步就是美好。所以你是去不得保留区的，除非实在想去。"

"我实在想去呀。"

"那么，好吧。"柏纳说，几乎有着威胁的意味。

他们的许可证需要保留区监守长的签名，于是第二天早晨他们就到监守长办公室求见。一个正埃普西隆黑种门房收下柏纳的名片，他们几乎立刻就获许进入了。

监守长是个金发碧眼短头的负阿尔法，五短身材、红面孔、大圆脸、阔肩膀，声音大得隆隆震耳，对于催眠教学的智慧内容融会贯通。他是个东拉西扯的话匣子，又爱给不求自来的忠告。一旦开了口，就轰隆轰隆地说个不停。

"……五十六万平方公里，分为四个各有特色的次保留区，每区都绕有高压电线的围墙。"

不知什么缘故，柏纳此刻突然记起他浴室的花露水龙头还开得大大地汩汩流着。

"……由大峡谷水力发电站供应电力。"

"等到我回去，就要破费一大笔了。"柏纳想象着香水计量表上的指针，像蚂蚁似的不休不止地爬了一圈又一圈。"赶快打电话给汉姆荷兹·华森。"

"……五千多公里的围墙，带有六万伏特的电压。"

"真的呀？"蕾宁娜礼貌地说。她根本就不知道监守长在说什么，只在他戏剧化地停顿时接一句茬儿。当监守长开始疲劳轰炸时，她就偷偷地吞下了半克**索麻**，所以她能静静地坐着，充耳不闻，什么也不想，只用她那双蓝色的大眼睛盯住监守长的脸，带着一副全神贯注的表情。

"一触到围墙就会当场致命，"监守长一本正经地宣称，"从蛮族保留区逃走是办不到的。"

"逃走"一词颇富建议性。"或许，"柏纳略略起身说，"我们该走了。"小黑针走得飞快，像只小虫，随着时间一点点地咬噬着他的钞票。

"逃走是办不到的。"监守长又说了一遍，挥手叫他坐回到椅子上去；既然许可证还未经副署，柏纳只得从命。"那些在保留区出生的人——记着，我亲爱的小姐，"他加了一句，色眯眯地瞟着蕾宁娜，用鬼鬼祟祟的低语说道，"记着，在保留区，小孩子仍然是被生下来的，真的，的确是生下来的，那该多恶心……"（他希望这可羞的话题会使得蕾宁娜面红耳赤，但她只是假装懂得地微笑着说："真的呀？"监守长失望了，又拾回话头。）"我再说一遍，那些生在保留区的人注定要死在那里。"

注定要死……每分钟一百毫升花露水。一小时六升。"或许，"柏纳再接再厉，"我们该……"

监守长俯身向前用食指敲着桌子。"你问我保留区有多少人。我回答你，"——胜利地——"我回答你，我们不知道。我们只能猜测。"

"真的呀？"

"我亲爱的小姐，真的。"

六乘二十四——不对，应该是六乘上三十六。柏纳因不耐烦而苍白发抖，但是使人无可逃遁的疲劳轰炸仍然继续着。

"……大约是六万个印第安人和混血种……全是野蛮人……我们的视察员常常去视察……除了那以外，他们跟文明世界毫无沟通……仍然保留着他们可厌的风俗习惯……婚姻，你可知道那是什么玩意，我亲爱的小姐？家庭……没有制约……稀奇古怪的迷信……基督教、图腾、祖先崇拜……过了时的语言，像祖尼语、西班牙语和阿塔派斯坎语……美洲狮、箭猪和其他凶猛野兽……传染病……祭师……毒蜥蜴……"

"真的呀？"

最后他们总算脱身了。柏纳冲向电话机。快，快！但他费了将近三分钟的时间才接通汉姆荷兹·华森。"我们大概已经陷身蛮夷之中了，"他抱怨道，"该死的，无能！"

"来一克吧。"蕾宁娜提议。

他拒绝了，宁可生他的气。最后，感谢福特，总算接通了，正是汉姆荷兹，他向汉姆荷兹说明发生了什么事。汉姆荷兹答应马上去，马上，关上龙头，好，马上去，不过顺便告诉他一声，主任昨天晚上当众说的话……

"什么？他要找人替代我的职位？"柏纳的声音显得好痛苦。"那么大势已去了？他提过冰岛了吗？你说他提到了？福特，冰岛……"他挂断电话，转向蕾宁娜。他的脸色苍白，表情极度沮丧。

"什么事呀？"她问道。

"什么事？"他重重地跌进椅子里。"我要被送到冰岛去了。"

过去他常会想到：当他遭遇到某些大的磨难、某些痛苦、某些迫害（没有**索麻**，除了倚靠自己内在能力之外一无所有），那该是什么情形；他甚至期待着苦难。近至一星期以前，在主任的办公室里，他还想象着自己勇敢地抵抗着、坚忍地接受苦难而一语不发。主任的威吓确实使他意气昂扬起来，使他觉得比本人更伟大了。但他现在明白了，那只是因为他不曾十分严重地受到威胁；当事情临头的时候，他还不信主任真会做出什么来。现在这威胁好像真的付诸实行了，柏纳魂飞魄散。以那份画饼充饥的坚忍，那份纸上谈兵的勇气，根本就无路可逃。

他对自己发怒——好一个傻瓜——对主任发怒——多么不公平。竟然不给他另一个机会，他现在才知道，自己一直是愿意接受另一个机会的。而冰岛、冰岛……

蕾宁娜摇着头。"过去和未来都令我难耐，"她引经据典道，"我吃下一克就只有现在。"

最后她说服了他吞下四片**索麻**。五分钟以后，过去的根和未来的果都遁形了，当下繁花灿然盛开。门房报告说：监守长派来一个保留区的向导，已经开了飞机来，在旅馆屋顶上等着了。他们立刻上去。一个八分之七白色血统和八分之一黑色血统的混血种，穿着甘玛的绿色制服，向他们敬礼并陈述晨间的节目。

对十来个主要的村落做一番鸟瞰，然后在马培斯山谷停下来午餐。那里的招待所很舒适，在那上头的村落里，野蛮人可能正在庆祝他们的夏季节日。这会是个最好的过夜地方。

他们坐进飞机，然后起飞。十分钟之后，他们越过了文明与野蛮的分野。围墙不间断地前进着：上山下山，横越盐和沙的荒漠，穿过森林，进入紫色的峡谷深处，越过悬崖、山峰和桌面般的平顶山——这是无可抗拒的直线，人类必胜意志的几何学象征。在墙脚下，屡屡可见嵌缀着的嶙峋白骨，那些尚未腐烂的尸体在黄褐色的土地上是黝黑的，显示出那里曾有太靠近致命电线的鹿、小牛、美洲狮、箭猪、郊狼，或者是贪婪的兀鹰，被一阵腐肉的气味吸引下来，结果就像罪有应得般地被电死了。

"它们总是学不会。"穿绿制服的驾驶员指着他们下头地上的骨骸说道。"它们也永远学不会的。"他加了一句，而且笑了起来，活像是他个人战胜了那些被电殛的动物。

柏纳也笑了，服用两克**索麻**之后，这个笑话不知怎的好像蛮好。笑过之后，几乎立刻就陷入沉睡中，在睡眠中飞过了陶斯和特苏克，飞过南布、匹古里斯和波哈克，飞过西雅和柯奇地，越过拉古那、阿柯马和"魔法山"，飞过祖尼、西波拉和欧厚卡里

央特 [1]。最后醒来时发现飞机已经着陆了，蕾宁娜拎着手提箱走进一间小小的方形屋，那个甘玛混血种在跟一个年轻的印第安人讲着听不懂的话。

"马培斯。"当柏纳走出来时，驾驶员说道。"这是招待所。今天下午在村子里有一场舞蹈。他会带你们去的。"他指指那个绷着脸的年轻野人。"我希望会很好玩。"他咧着嘴笑。"他们做的每一样事都好玩。"他说着便爬上飞机，发动引擎。"明天见，而且记着，"他向蕾宁娜保证，"他们很驯服，野蛮人不会伤害你的。他们从毒气弹得到充分的经验，知道自己是要不得花样的。"他仍然笑着，发动了直升机的螺旋桨，加足速度飞走了。

---

[1] 这些地名都在美国新墨西哥州 (New Mexico)。

第七章

那座平顶山有如一艘船，静泊在狮黄色沙砾的海峡中。在险峻的山崖之间裂开着的海峡，像一匹绿带从一道崖壁上倾斜下来，穿过山谷通向另一道崖壁——这是一条河及其河岸地带。海峡中间那艘石船的船首上，有一块呈几何形的光秃秃岩石突出来，有如那艘船的一部分，便是马培斯村落的所在地。高耸的房子是一层叠一层的，每一层都比下面一层小些，像座可拾级而上却被截了头的金字塔，一直矗入苍穹之中。在这些高房子的脚下，星罗棋布着一些低矮的建筑物和筑成交叉线的墙，峭壁的三侧都险峻地直削入平原。几柱白烟笔直上升并消逝在无风的天空里。

"奇怪，"蕾宁娜说，"真奇怪。"这是她用以贬责的口头禅。"我不喜欢这里。我也不喜欢那个人。"她指指那个被派定带他们到村落来的印第安向导。那人显然也有同感：他走在他们前面，背影就充满敌意、愠怒和轻蔑。

"而且，"她压低嗓门，"他有臭味。"

柏纳不想否认。他们继续走着。

突然之间，好似整个大气都生气勃勃了起来，随着血液不倦的流动而搏动、搏动。上头的马培斯传来鼓声。他们按着那神秘心脏的节拍踩着步子，加快了速度。小路引着他们到达峭壁的脚下。平顶山大船的船侧在他们面前高耸着，离船舷有三百米。

"我真希望我们带了飞机来，"蕾宁娜说，恼火地仰望着悬在头顶上那光秃秃的石面，"我最恨走路。在山脚下你会觉得自己好渺小。"

他们沿着平顶山的阴影走了一段路，绕过一块岩突，那里有一座被水侵蚀的峡谷，就是上到梯子的通路。他们爬了上去。这是一条很陡的小径，在沟壑间曲折蜿蜒着。有时鼓声几乎听不见，有时候却似乎就在转角不远处敲打着。

当他们爬到半路时，一只老鹰飞了过去，由于离得太近，它的翅膀扇了他们一脸寒气。岩石一处罅隙里有一堆枯骨。这一切都古怪得予人压迫之感，而那印第安人的臭味是愈来愈浓了。最后他们总算从幽谷走入阳光下。山顶是一块平坦的石头甲板。

"好像嘉林T塔。"蕾宁娜的评语。但发现这种令人安心的相似处，并没能让她高兴很久。一阵轻悄的脚步声使他们转过头去。两个印第安人从小径上跑过来，他们从脖子到肚脐都是赤裸的，深棕色的身体上画着白线（后来蕾宁娜说："好像沥青网球场。"），脸上涂抹着的红、黑和黄褐色使他们不像人样。他们的黑头发用狐皮和红法兰绒编成辫子。火鸡毛做的斗篷在他们肩膀上拍动着，大羽冠围着他们的头绚丽地辐散着。每走一步，他们的银手镯、他们用骨头和绿松石珠子做成的沉重的项圈，就叮叮当当咔嗒咔嗒地响起来。他们穿着鹿皮靴，一语不发地静静跑过来。其中一个握着一柄羽毛拂帚，另一个两只手各抓住一把远远看去好像三四条粗绳子的东西。其中一条绳子不自然地扭动，蕾宁娜突然看出来那些是蛇。

那两个人愈走愈近了，他们深黑的眼睛望着她，却完全视若无睹，没有任何看到了她或者觉察到她存在的迹象。那条扭动着的蛇又随着其他的蛇无力地垂挂下来。两人走过去了。

"我不喜欢这些，"蕾宁娜说，"我不喜欢。"

她更不喜欢的在后头。当那向导进村落里去取得指示时，把他们留在入口处。只见污秽、垃圾堆、尘土、狗、苍蝇。她厌恶得皱出了一张苦脸，用手帕掩住鼻子。

"他们这样怎么能活？"她爆出一种愤慨而怀疑的声音。（这简直是不可能的。）

柏纳带着哲学意味地耸耸肩。"不管怎样，"他说，"他们已经这样做上五六千年了。所以我想他们现在一定习惯了。"

"可是，'清洁仅次于福特精神'。"她坚持道。

"对，而'文明就是消毒'。"柏纳接着道，以一种讽刺的声调念着催眠教学基本卫生第二课作为结论，"但是这些人从未听说过'吾主福特'，而他们也不文明。所以没有必要……"

"哇！"她使劲抓住他的手臂，"你看。"

一个近乎裸体的印第安人，极缓慢地从邻近一间屋子的阳台梯子上爬下来——一级一级，因极度的老迈而致怯生生、颤巍巍的。他的脸黝黑皱缩，有如一个黑曜石的面具。无牙的嘴陷了进去。在嘴角和下巴两侧，有几条长髭须在黑皮肤的衬托下显得白闪闪的。披散着的灰色长发一把一把地绕着脸侧垂下来。身子伛偻着，憔悴得几乎皮包骨。他蹒跚地走下来，每走一级，在迈步之前总要先停一下。

"他怎么啦？"蕾宁娜低声问道。她惊怖地瞪大了眼睛。

"他老了，如此而已。"柏纳尽量装得满不在乎地回答。他也受惊了，但他努力做无动于衷状。

"老了？"她复诵着，"但是主任老了，很多人老了，他们可不像这样。"

"那是因为我们不让他们像这副样子。我们保养他们不生病。我们用人工使他们的内分泌保持一种年轻的平衡状态。我们不让他们的镁钙比值降低到低于三十岁的人。我们给他们输入年轻人的血。我们永远保持、促进着他们的新陈代谢。于是，他们当然不会这样子了。一方面，"他补充道，"也由于他们大部分都死得比这老人早得多。青春差不多可以驻留到六十岁，然后，咔啦！完蛋了。"

蕾宁娜却并没有在听，她正注视着这个老人。他慢慢、慢慢地爬下来。他的脚触着地面了。他转过身来。在那深陷下去的眼眶里，他的眼睛仍旧炯炯有神。这双眼睛无表情地望了她好一段时间，毫不惊奇，好像她根本就不在那儿。然后，这老人驼着背，慢慢一瘸一拐地经过他们身边走过去了。

"这真可怕呀，"蕾宁娜低语道，"吓死人了。我们真不该来这儿的。"她伸手进口袋探索她的**索麻**——却发现她把瓶子留在招待所了，这是前所未有的疏忽。柏纳的口袋亦复空空如也。

蕾宁娜是被无助地留下来面对马培斯的恐怖景象了。它们冲着她纷至沓来。两个年轻女人给婴儿喂奶的景象使得她羞红了脸掉转过头去。她生平未曾见过如此不堪的事情。更糟的是，柏纳不但没有得体地假装视若无睹，反而公然阔论这种恶心的胎生情景。**索麻**的药力消失了，他为着早晨在旅馆所表现的软弱而觉得羞耻，便故意一反常态地显示自己坚强而离经叛道。

"多美好而亲密的关系啊！"他有意地故作惊人之语，"这一定会产生出多么强烈的感情！我常想：一个人没有母亲必然会缺少一些什么。或许你会由于没有作为母亲而损失了一些什么，蕾宁娜。想象你坐在那里，抱着一个你自己的小娃娃……"

"柏纳！你敢这么说！"一个患眼结膜炎和皮肤病的老妇走过去，分散掉了她的愤怒。

"我们走吧，"她恳求道，"我不喜欢这里。"

这时候他们的向导正好回来，招手要他们跟进去，领他们走向房屋之间的一条窄路。他们转了个弯。一只死狗躺在垃圾堆上；一个患甲状腺肿的女人，正在替一个小女孩在头发里捉虱子。向导在一只梯子底下停住，垂直地举起手，然后水平地伸向前去。他们照着他无声的命令做了——爬上梯子、穿过门口、走进一间狭长的屋子，很暗，有烟、油腻和久穿未洗的衣服的气味。屋子的另一端还有一个门口，从那里透进来一线阳光和嘈杂的鼓声，声音很大且近。

他们跨过门槛，发现自己置身于一个宽阔的阳台上。在他们下面，许多高房子团团围住村落方场，方场中挤满了印第安人。鲜明的毛毡、黑发上的羽毛、闪烁的绿松石，以及热得油亮的黑皮肤。蕾宁娜又用手帕掩住她的鼻子。方场中央的空地上，有两座用石块和碎泥堆成的圆形平台——显然那是地窖的屋顶；因为每个平台中央都有一个洞口，一架梯子从底下黑暗中露出来。一阵从地下室发出的长笛声传上来，却几乎消失在锲而不舍的鼓声中。

蕾宁娜喜欢那鼓声。她闭上眼睛，将自己委身在那轻轻的咚咚复奏中，让它越来越完全地侵入她的意识里，直到最后世界上的一切都已荡然无存，只剩下那深沉音响的搏动。这使她更确切地想到在团结礼拜和福特纪念庆典日的合成音响。"喔奇泼奇。"她对自己低语。这些鼓敲着同样的节拍。

突然爆出惊人的歌声——几百个男声凶狠地嘶叫出刺耳的金属般的和声。几个长音符之后是一阵沉寂，鼓声沉寂而隆隆之感犹在；然后在最高音的嘶叫声中，女人尖叫着回应了。鼓声又响起，男人们再度低沉野蛮地肯定他们的男性。

奇怪——真的。这个地方奇怪，音乐怪，服装、甲状腺肿、皮肤病和老人都怪。但是这演奏本身——看来倒没有什么特别奇怪之处。

"它使我想起一首低阶级的团歌。"她告诉柏纳。

可是一会儿之后，她就再也无法想起那无害的庆典了。因为突然间，从那些圆地窖里攀上来一群可怕的怪物。他们戴着骇人的面具或者在脸上涂抹色彩，变得不成人样，绕着方场踏着一种奇怪的、有气没力的舞蹈；绕了又绕，边走边唱，转了又转——每次加快一点；鼓声也随之变快了节拍，变得像耳中发热的脉动；众人开始随着舞蹈者歌唱，愈来愈大声；起先是一个女人尖叫起来，接着一个又一个，好像正被屠杀着似的；然后带头的舞蹈者忽然冲出队伍，跑向方场一角的一座大木箱前，揭起箱盖，拉出一对黑蛇。人群中发出一声大叫，其余的舞蹈者伸出手跑向他。他把蛇掷向先到的人，然后伸进箱子再取。愈拿愈多，黑色的蛇、棕色的、有花纹的——他把它们抛出来。舞蹈以不同的节拍再度开始。他们拿着蛇绕了又绕，膝盖和臀部也像蛇似的轻轻波动着。

绕了又绕。然后领头的人做了一个手势，所有的蛇一条又一条地被抛在方场中央；一个老人从地窖上来，把玉米屑撒向它们，从另一个窖口走出一个女人，用一个黑瓶里的水洒它们。那老人举起手，于是，吓人的、可怕的，全然沉寂下来。鼓声停止，生命好似到了尽头。老人指向那个通往地下世界的窖口。慢慢地，从下面被看不见的手举起来，一个窖口浮现出一只彩绘的鹰，另一个窖口出现一个被钉在十字架上的赤裸的男人像。它们被竖在那里，却好像不待扶持地屹立着、注视着。老人拍了拍手。一个约莫十八岁的男孩子，赤身只穿条白棉裤，走出人群站到老人面前，他的双手在胸前交叉，低垂着头。老人在他头上做了个十字架的记号便转身走了。慢慢地，男孩子开始绕着扭曲的蛇堆走着。当他走完一圈而第二圈走到一半时，从舞蹈者群中走出一个戴着郊狼面具的高个子，手里拿着一个打结的皮鞭朝他走过来。男孩子继续走着，好像无觉于旁人的存在。狼面人举起他的鞭子；一段长时间的期待，然后一个飞快的动作，皮鞭呼呼作响，击在肉上发出大而沉浊的声音。男孩子的身体战栗着；但他不哼一声，仍以同样缓慢稳重的步伐走着。狼面人打了又打；每打一下，人群里先是喘气，再就是发出低沉的呻吟。男孩继续走着。两圈，三圈，四圈地走着。血泪泪流下。五圈、六圈。蕾宁娜倏地以手掩面啜泣起来。"哦，叫他们停住，叫他们停住！"她恳求道。但是皮鞭无可制止地落了又落。七圈。男孩子突然步履蹒跚了，但仍然一声不响，向前迎面倒了下去。老人朝他弯下身去，用一根白色的长羽毛触着他的背，举起来让大家看一下——鲜红的，然后在蛇堆上摇了三下。几滴血落了下去，鼓声忽然再度爆发成惊惶急促的音符；人们大叫起来。舞蹈者冲向前去,捡起蛇跑出方场。

男人、女人、小孩，所有的人都跟着他们跑。一忽儿之后方场就空了，只有那男孩子留在那儿，伏在他倒下的地方，一动不动的。三个老妇人从一间房子里出来，费了一番工夫才把他抬进屋里去。那只鹰和十字架上的人还对这空荡荡的村落守望了一下；然后他们好像看够了似的，慢慢从他们的窖口沉下去，进到下面的世界里，看不见了。

蕾宁娜还在抽噎着。"太可怕了。"她一再地说，柏纳的安慰全归徒然，"太可怕了，那些血！"她战栗着，"哦，我但愿有**索麻**。"

里头的房间响起脚步声。

蕾宁娜没有动，就坐在那儿把她的脸埋在手中，不看也不睬，只有柏纳回转头去。

走上屋顶来的这个青年穿的是印第安服装；可是他那结了辫子的头发是稻草色的，眼睛是浅蓝色，皮肤是白皙而晒成古铜色的。

"哈啰。晨安。"这陌生人用着正确但奇特的英语说道，"你们是文明人，是吗？你们是从'那边'——保留区的外头来的？"

"你究竟是……？"柏纳惊讶地开了口。

年轻人摇头太息。"一位最不快乐的绅士。"他指着方场中央的血迹，"你看见那该死的地方吗？"他以一种富感情的颤抖的声音问道。

"一克好过一声咒骂。"蕾宁娜从她手后头机械地说道，"我但愿有**索麻**！"

"应该是**我**在那儿的。"年轻人继续道，"为什么他们不让我做牺牲？我会绕上十圈——十二圈、十五圈。帕洛提哇只走七圈而已。他们可以从我得到双倍多的血。无边的大海染为鲜红。"[1]
他挥臂做了个夸张的手势，然后又失望地垂了下来。"可是他们
不让我。他们因我的肤色而不喜欢我。永远是这个样子。永远是。"
年轻人泪水盈眶，他不好意思地掉转开头。

惊讶使得蕾宁娜忘记了**索麻**的丧失。她露出了脸来，头一回
注视着这个陌生人。"你是说你真想要挨那鞭子抽？"

年轻人仍然背着她，做了个肯定的表示。"为了这个村子——
使得雨水充足谷物丰收，也为着取悦普公和耶稣。还可以表现我
能一声不哼地忍受痛苦。对，"他的声音突然有了新的共振，他
骄傲地挺直肩膀，骄傲地、挑战地抬起下巴，转过身来，"表现
我是个男人……啊！"他喘口气静了下来，目瞪口呆。他生平第
一次看见：一个女孩子的面颊不是咖啡色或者狗皮色的，她的头
发赤褐色、卷曲如波浪，她的表情（惊人的新奇！）带着一份和
善的关怀。蕾宁娜正朝着他微笑；这么一个好看的男孩子，她想
道，而且有一副漂亮的身材。血液涌上了少年的脸颊；他垂下眼睛，
却又抬起来一下，发觉她还在朝他微笑，他被深深吸引住了，必
得转过头去假装很注意地看着方场另一端的什么东西。

柏纳的问话转移了窘境。你是谁？怎么来的？什么时候？从
哪儿？这青年把眼光固定在柏纳脸上（他太热切地想看蕾宁娜的
笑容，却根本不敢看她），试着解释自己。琳达和他——琳达是
他的母亲（这个字眼使得蕾宁娜看起来很不自在）——是保留区
的外来客。琳达是许久以前从"那边"来的，在他生下来之前跟
一个男人来的，那人就是他父亲。（柏纳竖起了耳朵。）她独自走

---

[1] 语出莎士比亚剧《麦克白》，第二幕，第二景。

到朝北边的山里，摔落到一个险陡的地方，伤了头部。（"说下去，说下去。"柏纳激动地说。）一些马培斯的猎人发现了她，就把她带到村落里来。至于他父亲那个男人，琳达再也没有见到他了。他的名字是汤玛金。（对，主任的名字就是"汤玛金"。）他一定已经飞走了，回到"那边"去，却不带着她——真是一个不善良、无人性的坏男人。

"于是我就生在马培斯了，"他做了结论，"在马培斯。"他摇着头。

那间坐落在村子外头的小房子真是肮脏极了！

一块垃圾场把它跟村子隔了开来。两只饿极了的狗卑猥地嗅着房子门前的垃圾。当他们进去时，里面乌烟瘴气，蝇声嘈杂。

"琳达！"年轻人叫道。

里间屋子传来一个女人的哑嗓门："来了。"

他们等着。地板上的碗里还剩着残肴，可能是好几餐的了。

门打开了。一个粗壮的金发碧眼人跨过门槛站住，不能置信地注视着这两个不速之客，嘴巴张开着。蕾宁娜嫌恶地注意到她缺了两颗门牙，其余牙齿的颜色……她为之不寒而栗，比那个老人更糟。这么肥。还有她脸上的线条，松弛、打皱。松垂的面颊上有好些浅紫色的疙瘩。鼻头上的红筋，充血的眼睛。还有她的颈子——那个颈子！头上披的毯子——褴褛污秽。在褐色布袋似的衣服下面，那硕大的胸脯，鼓胀的腹部、臀部。啊，比那老人糟糕多了，糟糕太多了！忽然间，这家伙冒出滔滔不绝的话来，伸出手臂冲向蕾宁娜，而且——福特！福特！太恶心了，她马上就要呕吐了——把她压向那腹部、那胸部，开始亲吻她。福特！

亲吻！这个家伙垂着口涎，臭味熏人，显然从未洗过澡，这恶臭简直就是那种放进德塔和埃普西隆瓶子里的脏东西（不，关于柏纳的事不会是真的），确实是酒精的臭气。她尽快地挣脱了。

一张哭泣的、扭曲的脸孔面对着她，这个家伙在哭着。

"哦，我亲爱的，我亲爱的。"这些滔滔不绝的话随着啜泣泻了出来，"你可知道我多么高兴——在这许多年之后！一张文明的面孔。真的，还有文明的服装。因为我以为自己再也看不到一块真正的人造丝了。"她以手指触摸着蕾宁娜的衬衫袖子。手指甲是黑的。"还有这可爱的纤维胶天鹅绒短裤！你可知道，亲爱的，我还收留着旧衣服呢，就是我来的时候穿的，放在一个箱子里。等一下给你看。当然人造丝免不了会蚀出洞来，但那条白皮带真是漂亮——然而我得承认你的绿摩洛哥皮带更漂亮。那东西并没有给我多大的好处——那条避孕药丸带。"她的眼泪又夺眶而出。"我想约翰已经告诉你了。我受着什么苦——却连一克**索麻**也没有。只有偶尔喝点'麦斯柯'[1]，波培总是带来的，波培是我老早就认识的一个男孩子。但是喝了麦斯柯以后会觉得很难受，喝'皮欧脱'[2]就会吐；而且，它们总带给人那份可怕的感觉；你第二天会因为觉得可耻而更难受。我真觉得可耻。只要想到：我，一个贝塔——有一个孩子：你替我设身处地想想看。"（仅仅这个提议就使得蕾宁娜打了寒噤。）"然而这并不是我的过错，我发誓；因为我仍然不知道这是怎么发生的，我照着所有的马尔萨斯训练去做——你知道的，用数字，一、二、三、四，一直做着，我发誓；

---

[1] 麦斯柯 (mescal)，美洲印第安人用暗绿龙舌兰酿制的一种烈酒。

[2] 皮欧脱（Peyotl），印第安语，意为"神圣使者"是美洲印第安人由 Peyote 仙人掌酿制出来的一种有迷幻作用的酒精，原用于祭典中。

可是还是发生了，而这里当然没有像'堕胎中心'那种地方。对了，它还在却尔西亚吗？"她问。蕾宁娜点点头。"还是在星期二和星期五泛光照明吗？"蕾宁娜又点点头。"那座可爱的粉红色玻璃塔！"可怜的琳达仰面闭目，忘我地沉思着记忆中鲜明的景象。"那晚上的河流。"她低语道。大颗的泪珠缓缓地从她紧闭着的眼帘中渗出来。"晚上从史托波奇飞回来。然后洗一个热水浴，一次真空震动按摩……只有那里。"她深深抽了口气，摇摇头，又睁开眼睛，吸了一两下鼻子，用手指擤擤鼻涕，揩在罩衫的裙子上。"哦，对不起，"她说，由于蕾宁娜不自觉地皱起眉头表示嫌恶，"我不该这么做的。对不起。可是你根本就没有手帕时该怎么办呢？我记得那些污物如何地困扰着我，而且没有东西是防腐的。当他们初次带我来这里时，我的头上有一个很深的伤口，你不能想象他们把什么东西放上去。用粪，真的是粪。'文明就是消毒。'我总对他们这么说。还说：'链霉素 G，到班布里 T，找个干净浴室，和马桶间。'[1] 好像他们还是小孩子。但是，他们当然不懂。他们怎么会懂？最后我想我就习惯了。无论如何，没有热水供应的时候，你怎么能保持干净？再看看这些衣服。这些粗陋的羊毛不像纤维织品。它们可以一直穿下去。如果破损了，你得补好它。可是我是个贝塔，我在受精室工作，从来没有人教过我做那种事情。那不关我的事。何况，补衣服本是不对的。衣服破了洞时就该丢掉买新的。'越缝越穷。'对不对？补衣服是反社会的。可是这里就完全不同了。好像跟疯子们生活在一起似的。他们做的每件事

---

[1] 班布里（Banbury），英国一镇名。此段新世界的清洁谣改自英国儿歌："骑匹木马，到班布里十字架，找个漂亮小姐，在白马上。"

都是疯狂的。"她四下望望，看见约翰和柏纳已经离开了她们，在屋外的垃圾堆之间走来走去；虽然如此，她还是神秘兮兮地压低声音靠过去，蕾宁娜发僵地退缩着，靠得太近了，那"胚胎毒药"的臭味熏得蕾宁娜颊上的汗毛都耸立起来。"比方说，"她嘎哑地低语道，"就拿他们得到彼此的方式来说吧。疯狂，我告诉你，完全是疯狂。每一个人都属于每一个人——对不对？对不对？"她追问道，拉着蕾宁娜的袖子。蕾宁娜点点她躲开着的头，呼出她屏住的一口气，还设法吸进另外一口比较干净的气。"可是呢，在这里，"这一个还在说下去，"没有人该属于一个以上的人。如果你想用平常的方式要人，别人会当你不道德、反社会。他们就厌恨你、藐视你。有一次一大群女人跑来大闹，因为她们的男人来看我。有什么不可以呢？然后她们冲向我……不提了，太可怕了。我不能告诉你这些。"琳达以手掩面，颤抖起来。"这里的女人太可恶了。疯狂，又疯狂又残酷。当然她们根本不晓得有关马尔萨斯训练，或者瓶子、或者倾注、或者任何这类的事情。所以她们的孩子生个不停——像狗似的。太恶心了。再想想我……哦，福特，福特，福特！不过约翰是我一大安慰。要没有他，我真不知道该怎么办。虽然他很会惹麻烦，甚至还是个小男孩的时候就很会了——每当有男人……有一回（那却是当他长大了些的时候）他想杀死可怜的瓦呼西瓦——还是波培？——只不过由于我有时候要了他们罢了。因为我永远无法使他了解，那是文明人的必然行为。被疯狂传染了，我相信。无论如何，约翰似乎是从印第安人那儿传染上的。因为，他当然常跟他们在一起。即使他们总是对他很坏，不准他做其他男孩所做的一切事情。在某一方面来说这倒是件好事，因为这会使我较易于稍稍制约他。虽然你无从知道那会多困难。一个人不知道的事情太多了，那不是我该知道的。我的意思是说，当一个孩子问你一架直升机怎么会动的，或者谁创造了世界——如果你是个贝塔，而且一直在受精室里工作，你会怎么回答？你会回答什么呢？"

第八章

在屋子外头的泥巴和垃圾堆之间（现在那儿有四只狗了），柏纳和约翰慢慢地往返踱着。

"我真难以了解，"柏纳说，"难以设想。我们好像生活在不同的星球上，不同的世纪中。一个母亲，还有这些污物、神祇、老迈、疾病……"他摇着头。"简直不可想象。我永远无法了解，除非你加以解释。"

"解释什么？"

"这个。"他指指村落。"那个。"指指村外的小屋子，"每一桩事物。你的整个生活。"

"可是该怎么说呢？"

"从头开始说。就你记忆所及的。"

"就我记忆所及。"约翰皱着眉头。一段长时间的沉默。

天气很热。他们吃了许多玉米饼和甜玉米。琳达说："来躺下吧,宝宝。"他们一起躺在大床上。"唱歌。"琳达就唱了。唱着"链霉素 G,到班布里 T"和"再会吧,饿宝宝,你就要被倾注了"。[1] 她的声音愈来愈低微……

一阵响动把他惊醒了。一个男人站在床前,高大而吓人。他正在跟琳达说话,琳达笑着。她把毯子拉到下巴上,可是那个人又把它拉下去。他的头发像两根黑绳子,手臂上戴着一个好看的镶蓝石头银镯子。他喜欢那个镯子,可是他还是害怕,他把脸藏在琳达的身后。琳达把手放在他身上,他就觉得比较安全了。她用着那些他不十分听得懂的话对那男人说:"不行,约翰在这里。"那人看着他,然后又看看琳达,轻声说了几个字。琳达说:"不行。"但是那人从床边向他弯过身来,他的脸孔又大又可怕:黑辫子触着毯子。"不行。"琳达又说,他感到她的手把他搂得更紧了。"不,不!"可是那人抓住他的一只手臂,弄痛了他,他尖叫起来。那人伸出另一只手把他拎了起来。琳达还抱着他说:"不,不。"那人简短而恼怒地说了一句什么,她就忽地放开了手。"琳达,琳达。"他又踢又扭,那人把他带到房门口,开了门,将他放在另一间房间中央的地板上,自己关上身后的门走掉了。他站起来跑向门,踮起脚尖刚好碰到那根大木闩。他抬起门闩推着门,可是门却推不开。"琳达。"他叫着。她没有回答。

他记得有一间大屋子,很黑;里头有一些大的木制东西,上面系着线,许多女人站在那四周——织毯子,琳达叫他跟别的小孩坐到角落去,她去帮那些女人。他和小男孩们玩了许久。突然人们开始很大声地说话,女人们把琳达推开,琳达哭着。她走到

---

[1] 改自英国儿歌:"再会吧,乖宝宝,爸爸要去打猎了。"

108

门口，他跑过去跟着她。他问她为什么她们生气了。"因为我搞坏了东西。"她说。然后她也恼怒了。"凭什么我该会做她们那种粗鄙的织工？"她说。"粗鄙的野蛮人。"他问她什么是野蛮人。当他们回到家时，波培在门口等着，然后随他进去。他带着一个大葫芦，里头装满了看起来像水的东西；但那不是水，而是一种气味难闻的东西，会烧你的嘴，使你咳嗽。琳达喝了些，波培也喝了些，琳达就笑个不停，大声说话；然后她和波培走进另一个房间。波培离开之后，他走进那间屋里。琳达在床上沉沉熟睡，他喊也喊不醒。

波培常常来。他说葫芦里的东西叫作"麦斯柯"，琳达却说那该叫作**索麻**，只是它事后会使你感到难受。他恨波培。他恨他们所有的人——所有来看琳达的男人。有一天下午，他跟其他孩子玩耍之后——他记得天气很冷，山上有雪——回到家里，听见卧室里有愤怒的声音。那是女人们的声音，她们说些他不懂的话，可是他知道那是凶狠的话。突然，砰的一声，有东西翻了；他听到她们很快走动着，又是砰的一声，接着发出一种像抽打骡子的声音，只是不那么骨嶙嶙的；然后琳达尖叫了起来。"噢，不要，不要，不要！"她说。他跑了进去。那里有三个披着暗色毛毡的女人。琳达在床上。其中一个女人抓住她的手腕。另外一个横躺着压着她的腿，使她不能乱踢。第三个女人用一根鞭子抽打着她。一下，两下，三下，每抽一下琳达就尖叫起来；他哭叫着扯那女人的衣摆，"求求你，求求你。"那女人用空出的一只手把他拎走。鞭子又落了下去，琳达又叫起来，他的双手抓住那女人棕色的巨灵之掌，拼了命去咬。她叫起来，挣脱了手，用劲把他推倒在地上。他倒在地上时，她用鞭子抽了他三下。他觉着前所未有的痛楚——

像火灼似的。鞭子又嗖嗖抽下。不过这回尖叫的是琳达。

"她们为什么要伤害你呢，琳达？"那天晚上他问道。他哭着，因为背上的红色鞭痕依然痛得厉害。他也为着人们如此残忍、不公平而哭，为着他只是个小孩子、根本无法反抗他们而哭。琳达也在哭着。她已经是个大人了，可是大得还不足以抵抗她们三个。这对她也不公平。"为什么她们要伤害你，琳达？"

"我不知道，我怎么知道呢？"很难听清楚她在说什么，因为她把脸埋在枕头里俯卧着。"她们说那些男人是她们的男人。"她又说，她根本不像在对他说话，她好像同一个在她心里的人说话。一段他听不懂的长谈，最后她开始了前所未有的大哭。

"哦，不要哭，琳达。不要哭。"

他把身体靠紧她，手臂圈住她的脖子。琳达叫了起来。"哦，放轻点。我的肩膀！哦！"她用力推开他，他的头撞上了墙壁。"小白痴！"她叫道，然后，突如其来的开始捶他，打了又打……

"琳达，"他叫了出来，"哦，母亲，不要！"

"我不是你的母亲。我不要做你的母亲。"

"可是，琳达……哦！"她捶着他的脸颊。

"变成了一个野人，"她喊道，"像畜生一样生孩子……如果不是为了你，我就会到视察员那里，我就会走掉了。可是不能带着个孩子。那实在太可耻了。"

他看她又要打他了，便举起手臂护住面孔。"哦，不要，琳达，请不要。"

"小畜生！"她把他手臂拉下来，他的面孔露出来了。

"不要，琳达。"他闭上眼睛，等着挨耳光。

可是她没有打他。过了一会儿，他又睁开眼睛，看她正注视着自己。他试着向她微笑。突然间她搂住他，一再地亲吻着他。

有时候接连好几天，琳达根本不起床。她悲伤地躺在床上。要不然就是喝着波培带来的东西，笑得很厉害，然后睡去。有时候她呕吐。她常忘了替他梳洗，他除了冷玉米饼之外没有东西吃。他记得第一次发现他头发里的小虫子时，她是怎么样地尖叫个不停。

最快活的时光是当她告诉他关于"那边"的事。"任何时候，只要你高兴，你就真能飞行吗？"

"任何时候，只要你高兴。"她就会告诉他：一种盒子里会发出好听的音乐，你能玩许多好玩的游戏，能吃美味的食物和饮料，当你按着墙上的一个小东西时就会有光，你不但可以看到，还可以听到、感觉到、闻到的图画，还有一种盒子会发出香气来，粉红色、绿色、蓝色和银色的屋子像山一样高，每个人都快乐，没有一个人伤心或者生气，每一个人属于每一个人，还有一种盒子可以让你看到听到世界另一边发生的事，小宝宝在干净可爱的瓶子里——每一样东西都好干净，没有难闻的气味，根本就没有脏东西——人们永远不寂寞，欢欢喜喜快快乐乐地生活在一起，快活得好像马培斯这儿的夏季舞蹈，但是还更快活，那儿每一天都是快乐的，每一天……他一听就是几个钟头。有时候，和其他的孩子们玩厌了，村里的一个老人就会用另一种语言讲故事给他们听：讲那伟大的世界变幻者，"右手"和"左手"、"湿"和"干"之间的长期战争；讲阿翁那威罗拉，他在夜间思索造成了一场大雾，然后从雾里造出了整个世界；讲天公和地母；讲阿哈约塔和马赛里玛，那对"战争"和"机缘"双生子；讲耶稣和普公；讲玛利亚和伊珊娜特莱喜[1]，那个使她自己重获青春的女人；讲拉古那的黑石、巨鹰和阿柯玛的圣母。这些稀奇古怪的故事，用另一种他不能完全听得懂的语言道出，就显得更神奇了。躺在床上时，他会想着天堂、伦敦、阿柯玛的圣母，一排一排干净瓶子里的小孩子，会飞翔的耶稣，会飞翔的琳达，伟大的世界孵育中心主任和阿翁那威罗拉。

很多男人来看琳达。小男孩们开始对他指指点点。他们用那种奇怪的语言说琳达坏；他们骂她的字眼他不懂，但是他晓得那是坏字眼。有一天他们唱一首关于她的歌，一遍又一遍。他向他们丢石头。他们扔回来，一块尖锐的石头划伤了他的面颊，血流如注。鲜血遮盖了他的面孔。

琳达教他念书。她用一块木炭在墙上画图——一只动物坐着，一个婴孩在瓶子里；然后她写上字："小猫咪在席子上。小宝宝在瓶子里。"他很快且轻易地就学会了。当他学会了读她写在墙上所有的字以后，琳达打开她的大木箱，从那些她从未穿过的好玩的红裤子底下，抽出一本薄薄的小书。他以前常看见。"等你长大点以后，"她曾说过，"你就可以读它了。"好了，现在他够大了。他感到骄傲。"我怕你会觉得它不太引人入胜，"她说，"可是这是我仅有的东西。"她叹了口气。"真希望你能看到我们在伦敦那

---

[1] 伊珊娜特莱喜（Estsanatlehi），美洲阿帕契和那伐荷族印第安人信奉的"变易"女神。

些可爱的阅读机器！"他开始读了。"《化学及细菌学上之胚胎制约作用。胚胎处贝塔工作人员实用指导手册》。"只读书名就花掉他一刻钟时间。他把书扔到地板上。"讨厌，讨厌的书！"他说着哭了起来。

男孩子们仍然唱着关于琳达的难听歌谣。有时候他们也嘲笑他衣衫褴褛。他弄破了衣服，琳达不会缝补。她告诉他：在"那边"，人们丢掉破洞的衣服再买新的。"破烂、破烂！"孩子们总是向他叫着。"可是我会读书，"他对自己说，"而他们不会。他们甚至不晓得读书是怎么回事。"如果他全力想着念书，当他们嘲笑他时，他就会轻而易举地装作满不在乎。他要琳达再把那本书给他。

孩子们愈是指指唱唱得厉害，他就愈努力念书。不久他就能把所有的字句念得很好了，甚至是最长的字句。但那是什么意思呢？他问琳达，可是即使她会回答，也并不十分清楚，而大部分问题她根本就答不出。

"化学品是什么？"

"呃，像镁盐之类的东西，还有用来使得德塔和埃普西隆个子小而低能的酒精，以及用在骨骼的碳酸钙，所有那一类的东西。"

"可是你们怎么制造化学品呢，琳达？它们从哪里来的？"

"嗯，我不知道。反正是从瓶子里拿出来的。瓶子空了，你就送到化学部去再要。我想是化学部的人造出来的。要不就是他们到工厂要来的。我不知道。我从未搞过什么化学。我的工作一直是弄胚胎。"

他问到每一样别的事物也是同样情形。琳达似乎总不知道。

村子里的那位老人可回答得明确多了。

"人类和万物的种子，太阳、地球和天空的种子——阿翁那威罗拉从'繁殖之雾'中造出了这一切。世界有四个子宫，他把种子放在四个子宫深处。渐渐地，种子开始成长……"

有一天（约翰后来算出来那该是他十二岁生日过后不久）他回到家里，发现一本他从未见过的书，摊在卧室地板上。那是一本厚书，看来很旧。封面被老鼠咬啮了，其中有几页脱落皱折。他拾起来看看首页，这本书叫作《威廉·莎士比亚作品全集》。

琳达正躺在床上，喝着杯子里那臭得要命的麦斯柯。"波培拿来的。"她说。她嗓子沉浊粗哑，简直不是她的声音了。"这本书放在'羚羊圣穴'的一口箱子里。据说在那里已经有几百年了。我想这是真的，因为我看它好像全是胡说八道。不文明。不过它还可以让你继续练习阅读。"她喝下最后一口，把杯子放在床前地板上，翻了个身，打了一两下嗝，就睡去了。

他信手打开书本。

不，只消在
油渍汗臭的破床上度日，
在淫秽里熏蒸着，蜜语做爱
在那肮脏的猪圈里……[1]

这些奇怪的字句翻滚过他的心灵，轰轰作响有如雷鸣贯耳，

---

[1]　莎士比亚剧《哈姆雷特》，第三幕，第四景。此段为哈姆雷特署骂其不贞的母亲。

有如夏季舞蹈的鼓声——如果鼓声会说话；有如人们咏唱着玉米颂，多美，多美，使你为之泪下；有如老米西玛对着他的羽毛、雕花手杖、碎骨和石头念着魔咒——Kiathla tsilu silokwe silokwe. Kiai silu silu, tsithl——不过它比米西玛的魔咒更好，因为它的意义更深长，因为它是在对他说话；奇妙地、半听不懂地说着，一种绝美的魔咒，关于琳达的；琳达躺在那儿打鼾，空杯子放在床旁边的地板上；关于琳达和波培，琳达和波培。

他愈来愈恨波培。一个可以总是笑着、却仍是个恶棍的人。残忍、奸诈、淫邪、凶毒的恶棍。[1] 这些字眼究竟是什么意思？他只一知半解。可是它们的魔咒却强烈地在他脑海中轰轰作响，而且好像他以前从未真正地恨过波培；从未真正恨过，因为他从未能说出他是如何的恨。可是现在他有了这些字句，这些字句像鼓声、歌声和魔咒。这些字句加上它们所来自的那些奇奇怪怪的故事（他无法了解这些故事的来龙去脉，但那是奇妙的，一样地奇妙）——它给予他恨波培的理由，它们使得他的恨更加真实，它们甚至使得波培本人也更形真实了。

有一天，当他玩耍之后回家时，里间屋子的门敞开着，他看见他们一起躺在床上，睡着了——白皮肤的琳达，旁边是近乎黑色的波培，他一只手臂在她的肩下，另一只黑手放在她的胸上，他的一根长辫子横过她的喉头，好像一条黑蛇正想要勒死她。波培的葫芦和一只杯子放在床边地板上。琳达打着鼾。

他的心好似被挖掉了，只留下一个洞。他觉得空虚。空虚、

---

[1]　语出《哈姆雷特》，第二幕，第二景。

寒冷、晕眩、欲呕。他靠着墙稳住自己。残忍、奸诈、淫邪……
这些字句像鼓声，像人们唱的玉米颂，像魔咒，在他脑海中反反
复复着。他忽然不再感到冷，反而热了起来。他的面颊因血液上
涌而灼烧起来，房间在他眼前飘浮、变暗。他咬牙切齿。"我要
杀死他，我要杀死他，我要杀死他。"他不停地说着。突然间，
更多的字句出现了：

> 当他醺醉沉睡的时候，或盛怒的时候
> 或在床上乱伦淫乐的时候……[1]

这魔咒是为他而说的，魔咒在解说，在发号施令。他走回外
间屋子。"当他醺醉沉睡……"割肉刀放在火炉近旁的地上。他
拾起来，蹑足走回房门口。"当他醺醉沉睡，醺醉沉睡……"他
跑过房间，举刀刺下——啊，血——再刺一刀，波培自沉睡中惊
醒，他举起手还要再刺下去，手腕却被一把抓住，而且——喔！
喔！——被扭着。他不能动弹，他被逮住了，波培的小黑眼睛逼
近地凝视着他的眼睛，他移开了目光。波培的左肩上有两个伤口。
"哇，看那血啊！"琳达叫着。"看那血呀！"她最不能忍受看到
血。波培举起他另一只手——要打他了，他想。他僵直地准备接
受巴掌。可是波培的手只是抓住他的下巴，把他的脸扳过来，使
他又得看着波培的眼睛。过了许久许久，好像有几个钟头。突然
间——不由自主地——他哭了起来。波培爆出一阵大笑。"走吧，"
他用印第安语说，"走吧，我勇敢的阿哈约塔。"他跑进另一间屋子，

---

[1] 《哈姆雷特》，第三幕，第四景。

不让人看到他的眼泪。

"你十五岁了，"老米西玛用印第安语说，"现在我可以教你弄黏土了。"

他们蹲在河边一同做着。

"首先，"米西玛说着，取了一团濡湿的黏土在手中。"我们做一个小月亮。"老人把泥团挤压成一个圆饼后，把边弯上来，月亮变成了一个浅杯子。

他笨手笨脚地慢慢模仿着老人精巧的手法。

"一个月亮，一个杯子，现在是一条蛇。"米西玛把另一块黏土搓成一个弯曲的长条，然后圈成一个圆圈，压在杯口上。"再来一条蛇。一条又一条。"一圈又一圈，米西玛造出了瓶子的边来；起先是窄的，然后膨胀起来，到瓶颈处又窄下去。米西玛捏着拍着，打着刮着；最后竖在那儿的，是马培斯常见的水缸形状，但不是黑色而是乳白色，摸起来还是软的。他自己那歪歪扭扭不高明的模仿品立在旁边。看着这两个瓶子，他忍俊不禁。

"不过第二个会好一点。"他说着又开始濡湿另一块黏土。

造型、定模、感到自己的手指在掌握着技巧和力量——这些给予他一种异乎寻常的愉悦。"A、B、C、维生素D，"他工作时对自己唱着，"脂肪在肝脏，鳕鱼在海里。"米西玛也唱着——是一首关于杀熊的歌。他们工作了一整天，他整天都充满一股强烈而专注的快乐。

"明年冬天，"老米西玛说，"我要教你做弓。"

他在屋子外头站了许久，最后里面的仪式完毕了。门开处，他们走了出来。柯斯鲁首先走出来，右手前伸紧握，好似握着什么珍贵的珠宝。卡基美跟着，她那紧握的手同样地向前伸着。他们静静地走着，后面是沉默的兄弟姐妹、表亲和整群老人。

他们走出村子，横过平顶山，停步在峭壁的边缘，面朝着初升的旭日。柯斯鲁松开他的手。一撮白色的玉米屑在他掌中，他在上面吹了口气，念念有词，然后将这把白色的粉屑向着太阳抛了出去。卡基美依样做了。卡基美的父亲走向前来，举起一根饰着羽毛的祈祷杖，做了一个冗长的祷告，然后把杖随着玉米屑抛出去。

"仪式完了，"老米西玛高声说道，"他们成婚了。"

"哼，"当他们转回去时，琳达说，"我的感想是：这简直是小题大做。在文明国度中，一个男孩子想要一个女孩子，他只消……你到哪里去呀，约翰？"

他对她的呼唤置之不理，只是一直跑着，跑开，跑开，到任何可以独处的地方去。

仪式完了。老米西玛的话在他心里重复着。完了，完了……他一直爱着卡基美，默默地、隔得远远地，却是强烈地、不顾一切地、不抱希望地爱着。现在完了。他那时是十六岁。

月圆之夜，在"羚羊圣穴"中，会有秘密被人道出，会有神秘之事发生。男孩子要走下洞里去，出来的时候已是一个男人。男孩子们全都是又怕却又迫不及待。这天终于到了，太阳落下，月亮升起。他和别人一同去。男人们站在圣穴入口处，黑影幢幢的，梯子往下伸入那发着红光的深处。带头的男孩子们已经开始爬下去了。突然，一个男人趋前抓住他的手臂，把他拉出队伍。他挣脱了，躲回队伍中他的位置上。这回那人打了他，扯他的头发。"不准你来，白毛子！""狗娘养的不准来！"另一个人说。男孩子们笑了起来。"滚！"他还在人群附近徘徊，"滚！"人们又叫起来。有一个人弯下身捡了一块石头扔过来。"滚，滚，滚！"石头如雨落下。他流着血跑到黑暗中去。从发出红光的圣穴里响起了歌声。最后一个男孩子爬下了梯子。他是全然孤独了。

全然孤独，在村子外头，平顶山的荒原上。石头在月光下好似漂洗过的白骨。山谷下，郊狼对月而嗥。伤处很痛，伤口还在流血；但他并非为了痛楚而哭泣，只为他如此孤寂，只为他独自被放逐到这石砾和月光的白骨嶙嶙的世界里来。他在悬崖边缘坐下。月亮在他身后，他俯视着平顶山的黑影，死亡的黑影。他只需迈出一步，轻轻纵身一跳……他将右手伸在月亮下。血仍然从手腕上的伤口里流出来。每隔几秒钟就落下一滴，在那死寂的月光下，是深暗而几乎无色的。一滴，一滴，又一滴。明天，明天，又明天……[1]

他发现了时间、死亡和神。

"孤独，永远是孤独。"年轻人说道。

这句话在柏纳的心灵中唤起了哀诉的共鸣。孤独，孤独……"我也是，"他说，感情因着有所托付而迸发出来了，"孤独得要命。"

"你也是？"约翰看来很惊讶。"我以为在'那边'……我的意思是，琳达总是说在那里从来就没有人是孤独的。"

柏纳不自在地红了脸。"你知道，"他避开眼光嗫嚅道，"我跟大多数人很不相同，我想。如果一个人不幸被倾注得不同……"

---

[1]　语出莎士比亚《麦克白》，第五幕，第五景。

"对，正是那样。"年轻人点点头。"如果一个人与众不同，他就注定了要孤独。人们会对他很坏。你可知道，他们拒斥我于一切事物之外？别的男孩子被送到山里过夜时——你知道，你得要去梦你的'圣兽'是什么——他们不让我跟其他男孩子们一起去，他们不告诉我任何秘密。我还是自己做了。整整五天没有吃任何东西，然后有一夜独自走到那儿的山里去。"他指着。

柏纳做出一个纡尊俯就的微笑。"你梦见了什么没有？"他问。

那一个点点头。"可是我不能告诉你是什么。"他沉默了一下，然后压低了声音，"有一次，"他说，"我做了一样别人全没有做过的事：我在夏日正午，靠着一块岩石站住，伸出手臂，像耶稣在十字架上一样。"

"到底为着什么？"

"我要知道被钉在十字架上的滋味。在太阳底下吊着……"

"可是为什么呢？"

"为什么？嗯……"他犹豫了一下，"因为我觉得我应该那么做，如果耶稣可以忍受的话。而且，如果一个人做错了什么……此外，我不快乐，那是另一个理由。"

"看来这是一个治疗你不快活的怪法子。"柏纳说。可是再一思索，他就认定了那毕竟有点道理。总比服用**索麻**好……

"过一阵子我昏倒了，"年轻人说，"迎面倒下。你看到我摔的伤疤吗？"他撩起额上浓厚的金发。伤疤在他的右太阳穴上露出来，苍白而起皱。

柏纳看着，微微打了一个寒噤，赶快避开视线。他所受的制约，使他的怜悯之情不及深厌欲呕之心来得多。仅仅只是暗示着病痛或伤害，对于他不但是可怕的，而且还是讨嫌的、可厌的。就像污秽、畸形或者老迈。他连忙换个话题。

"我不知道你是否愿意跟我们回到伦敦去？"他问道，使出了一场战役的第一招。自从在那小屋子里知道了谁是这个小野蛮人的"父亲"之后，他就秘密地精心策划了战略。"你愿意吗？"

年轻人的脸亮了起来。"你当真的？"

"当然，如果我得到许可，就成了。"

"琳达也去？"

"呃……"他犹疑不决。那个恶心的家伙！不，不行。除非，除非……柏纳突然想到：她的恶心之处正是一大笔本钱。"当然啦！"他叫道，以一种过分虚夸的热忱来掩饰他起初的犹豫。

年轻人深深吸了口气。"想想看那竟然成真了——我一生都在梦寐以求的。你可记得米兰达说的？"[1]

"米兰达是谁？"

年轻人显然没有听到这个问话。"哦，多么奇妙！"他说道，双眸闪亮，面孔通红焕发。"这里有多少好人啊！人类是多么美丽！"[2] 赧颜突然地变深了，他想到了蕾宁娜：一个穿着墨绿色纤维胶的天使，她那由于青春和滋养而光润的皮肤，她的丰腴，她那和善的微笑。他的声音颤抖起来。"啊，美丽的新世界，"他说，然后忽地停住了，血液从他面颊上褪去，面白如纸，"你跟她结婚了？"他问。

"我跟她什么？"

---

[1] 米兰达是莎士比亚剧《暴风雨》中的女主角，自幼在一与外界隔绝的孤岛上长大。

[2] 《暴风雨》，第五幕，第一景。米兰达初见一批衣饰华丽的外人，无知于他们丑恶的内心，惊喜之下所说的赞叹之语。

"结婚。你知道——永远的。印第安话说'永恒的',无法破除的。"

"福特,没有!"柏纳忍不住大笑。

约翰也笑了,不过是基于另一种理由——纯为高兴而笑。

"啊,美丽的新世界,"他复诵着,"啊,美丽的新世界,有这样的人们在里面[1]。我们马上动身吧。"

"你有时候有一种很奇特的说话方式,"柏纳说,惊奇不解地注视着这个年轻人,"不过,你能不能最好等到真正看到那新世界再说?"

---

[1] 《暴风雨》,第五幕,第一景。

第九章

在经历了这一天的怪异与惊怖之后，蕾宁娜觉得她有权享受一个完全而绝对的假日。他们一回到招待所，她就吞下六颗半克量的**索麻**，躺到床上，十分钟不到，她便神游太虚幻境了。至少要十八个钟头之后，她才会回到现实来。

柏纳此刻却睁大了眼睛躺在黑暗中沉思着。他睡着时已是午夜过后很久了。午夜过后很久，可是他的失眠并没有白费，他有了一套计划。

第二天早上十点整，穿绿制服的黑白混血种准时地步出他的直升机。柏纳在龙舌兰的花丛间等着他。

"克朗小姐还在度**索麻**假期，"他解释道，"五点钟以前恐怕醒不过来。我们就有七个钟头的时间。"

他可以飞到圣塔菲去做完所有他要做的事，然后远在她醒来之前回到马培斯。

"她独自在这儿安全吗？"

"跟直升机一样的安全。"混血儿向他保证。

他们爬进飞机，立即起飞。十点三十四分，他们降落在圣塔菲邮政局的屋顶上；十点三十七分，柏纳接通了"白府"的世界元首官厅；十点三十九分，他与元首阁下的第四私人秘书通话；十点四十四分，他向第一秘书复述他的故事；十点四十七分半，穆斯塔法·蒙德本人那深沉而洪亮的声音在他耳畔响起。

"我斗胆以为，"柏纳结结巴巴地说道，"您阁下会发现这件事具有充分的科学趣味……"

"是的，我是发现了充分的科学趣味，"低沉的声音说道，"把这两个人一起带回伦敦来。"

"您阁下知道的，我需要一个特别许可证……"

"必要的命令，"穆斯塔法·蒙德说，"此刻就送达保安区监守长。你立刻动身到监守长办公室去。日安，马克斯先生。"

静默了下来。柏纳挂上话筒，急忙跑上屋顶。

"监守长办公室。"他向绿衣甘玛混血种说。

十点五十四分，柏纳在跟监守长握手。

"幸会，马克斯先生，幸会。"他的隆隆话声中带着敬意，"我们刚收到了特别指令……"

"我知道，"柏纳打断了他的话头说道，"几分钟前我才跟元首阁下在电话里谈过。"他不耐烦的音调暗示着他一周七天都惯于跟元首谈话。他坐进椅子里。"请你尽快进行所有必要的程序。尽快。"他加重语气重复道。他已全然地自我陶醉了。

十一点零三分，所有必要的文件都在他衣袋里了。

"再会。"他向监守施恩似的说道。监守长一直把他送到电梯门口。"再会。"

他步行到旅馆，洗了个澡，真空震动按摩、电解修面了一番，收听晨间新闻，看了半小时电视，闲逸地进了午餐，在两点半时与混血儿飞回马培斯。

那年轻人站在招待所外头。

"柏纳，"他叫道，"柏纳！"没有回答。

他穿着鹿皮靴，无声无息地跑上石阶，试着打开门。门被锁上了。

他们走了！走了！这是他所发生过的最可怕的事情。她曾请他来看他们，现在他们却走了。他坐在石阶上哭泣起来。

半小时之后，他想到从窗口张望一下。他最先看到的东西是一只绿色的手提箱，箱盖上印着 L.C. 的姓名缩写字母。喜悦如火焰般在他内心燃亮起来。他拾起一块石头。玻璃稀里哗啦地碎散到地板上。不消一会儿，他就在屋子里面了。他打开那绿皮箱，顷刻间，他呼吸着蕾宁娜的香味，使他整个肺部充满了她的真实存在。他的心狂跳着，有一阵他几乎昏倒。然后，他俯身向这珍贵的箱子，抚摸着里面的东西，举向亮处细细查看。蕾宁娜备换的几条纤维胶天鹅绒短裤上的拉链起初使他困惑不解，然后懂了，就成了一股欣喜。拉上，拉下；拉上，拉下，他着迷。她绿色的拖鞋是他前所未见的最美丽的东西。他打开一件折着的拉链连裤内衣，羞红了脸，急忙把它放回去；却吻了吻一条洒了香水的醋酸盐纤维手帕，把它当成围巾绕在颈子上。打开一个盒子，里面溢出一股芳香的粉雾。他的手沾满了这种粉末。他把粉擦在他的胸前、肩头、裸露的手臂上。甜美的香气！他闭起眼睛，面颊揉擦着自己抹了粉的手臂。柔滑的皮肤触着他的脸，麝香气的尘雾香味在他的鼻孔里——她真正地现身。"蕾宁娜,"他喃喃道,"蕾宁娜!"

一个响声惊动了他,使他做贼心虚地转过身。他把赃物塞进箱子,关上盖子,然后再听听瞧瞧。没有一丝动静,没有声息。可是他确曾听到了什么——像一声叹息,像一块板子的咯吱声。他蹑足走到门前,小心翼翼地推开门,发现面前是一座宽阔的梯顶。梯顶对面另有一扇半掩的房门。他走出来,推开那扇门向内窥视。

屋里一张矮床上,被单掀开着,蕾宁娜穿着一件粉红色拉链长睡衣,睡得正熟,在她鬓发中间的面容是如此美丽,她那粉红色的脚趾和庄穆沉睡的脸庞是如此稚气动人,她那娇嫩的纤手和柔弱的四肢,显得楚楚无助、充满着依赖。他眼中涌起了泪水。

他怀着无比的小心谨慎——其实是不必要的,因为除了枪击之外,再没有事物能在预定时间之前把蕾宁娜从**索麻**假期中唤回来——走进了房间,跪在床旁地板上。他凝视着,交握着双手,嘴唇嚅动。"她的眼眸,"他喃喃道:

> 她的眼眸、她的头发、她的脸颊、她的脚步、她的声音;
> 你总是口口声声地说,啊!她的那只手,
> 一切白的东西和它比起来都变成黑墨水,
> 而自惭形秽;握上去柔若无骨,
> 天鹅绒都显得粗糙……[1]

---

[1]　莎士比亚剧《脱爱勒斯与克莱西达》(*Troilus and Cressida*),第一幕,第一景。

一只苍蝇在她身畔嗡嗡而飞，他把它挥走了。"苍蝇，"他想起：

> 可以抓住朱丽叶雪白的玉手，
>
> 从她嘴唇偷取永恒的幸福，
>
> 她的双唇虽是纯洁而又贞静如处子，
>
> 却仍会赧颜羞红，
>
> 好像思及她们自己相吻也是罪过。[1]

非常缓慢地，如同一个人要捕捉一只胆小而又可能有危险性的鸟儿，他以那种犹疑的姿势伸出自己的手。他的手悬在那儿颤抖着，距离那些柔软的指头只有一寸之遥，就快要触及了。他敢吗？他敢以自己不配的手去亵渎那……不，他不敢。鸟儿太危险了。他的手又垂了下来。她是多么美丽啊！多么美丽！

突然间，他发现自己正在想着：他只要抓住她颈子上的拉链钩，然后往下用力地长长一拉……他闭上眼睛摇着头，那姿态就像一只狗从水里浮出来时摇着它的耳朵。可恶的想法！他为自己感到羞耻。纯洁而又贞静如处子……

空中响起嗡嗡声。又是一只想偷取永恒幸福的苍蝇？一只黄蜂？他看看，什么也没有。嗡嗡声愈来愈大，好似集中在关闭着的窗子外面。飞机！他惊惶地爬起身来跑进外间屋子，从打开的窗子一跃而出，沿着高高的龙舌兰花丛间的小径急跑，正好迎上从直升机里爬出来的柏纳·马克斯。

---

[1] 莎士比亚剧《罗密欧与朱丽叶》，第三幕，第三景。

第十章

位于布鲁斯伯利 [1] 的孵育中心四千个房间里的四千座电钟指针都指着两点二十七分。"这工业的蜂房"（主任总喜欢这么称呼它，）正在嗡嗡地忙着工作。每个人都在忙碌着，每件事物都井然有序地运作着。显微镜下，精虫正狂暴地挥动着它们的长尾，把头钻进卵子里；卵子受精后膨胀、分裂，如果是经过波卡诺夫斯基化的卵，则出芽而分裂成整批各个分离的胚胎。自动梯辘辘响着，从社会先定室降到地下室去，在那深红的暗昧中，胚胎在它们闷热的腹膜衬垫上饱餐人造血液和激素，不断地茁长，有些则受毒而凋萎沦为发育迟滞的埃普西隆。在轻微的隆隆轧轧声中，瓶架难以觉察地蠕行着，经过许多星期具体而微的永世而进入倾注室，刚离瓶的婴儿们在那里发出他们第一声恐怖和惊骇的哭叫。

次地下室里的发电机呜呜作响，电梯忙着上上下下。育婴室

---

[1]　布鲁斯伯利（Bloomsbury），伦敦市内大英博物馆所在的地区。

整个第十一楼都到了哺育时间。一千八百个被仔细地标着签条的婴儿，同时从一千八百个瓶子中吮吸下他们一品脱消过毒的外分泌物。

在其上有连续十层楼的宿舍，那些小得还需要午睡的小男孩和小女孩们也同别人一样忙，只是他们并不知道，他们正在无意识地接受着催眠教学：卫生学和交际学、阶级意识和幼年情爱生活。再上去是游戏室，由于天正下着雨，九百个较大的孩童玩着砖块和泥土模子、找拉链游戏和性爱游戏以自娱。

嗡嗡，嗡嗡！蜂巢忙碌而愉快地哼着。少女在试管旁欢笑唱歌，先定员工作时吹着口哨，倾注室中的空瓶上头能信口扯出多少痛快的笑话！但是，当主任与亨利·福斯特进入受精室时，他的脸色却是凝重得严肃呆滞。

"用以儆示众人，"他正说着，"所以在这间屋里，因为这是中心里拥有最多高阶层工作者的地方。我告诉了他两点半在这儿。"

"他工作表现很好。"亨利假慈悲地插嘴。

"我晓得。但那就更形严重了。他知识上的卓越承担着相应的道德责任。一个人愈有才能，误入歧途的力量就愈大。以一儆百，可免得多数人腐化。平心静气地想想这回事，福斯特先生，你就会明白：没有任何罪过比离经叛道更可恶。谋杀只是杀掉一个个体——而个体到底算是什么？"他手一扫，指着成排的显微镜、试管和孵育器。"我们可以不费吹灰之力地造个新的——要多少有多少。离经叛道不单是威胁到一个个体的生命，而是威胁到整个社会本身。对，整个社会本身。"他重复着。"啊，他来了。"

柏纳进入房间，从一排排受精员中间朝他俩走过来。表面上的快活自信掩藏不了他的紧张。他说"早安，主任"的声音高得不对劲，为了改正自己的错误，他说："你要我到这里来跟你谈话。"声音却滑稽地变轻，短促刺耳。

"是的，马克斯先生，"主任趾高气扬地说，"我正是要你来这里见我。我知道你昨天刚度假回来。"

"是的。"柏纳答道。

"是的——"主任重复他的话，把尾音拖得像条蛇。然后，蓦地提高声音，"诸位，"他宣告道，"诸位。"

试管旁女孩子的歌声和显微镜人员出神的口哨声都戛然而止。一股深沉的寂静，人人四顾着。

"诸位，"主任又叫一遍，"原谅我这样打断你们的工作。沉痛的责任驱使着我。社会的安全和稳定岌岌可危了。是的，岌岌可危，诸位。这个人，"他控诉地指着柏纳，"这个站在诸位面前的人，这个正阿尔法，这个接受了那么多，因而必然是被期望甚高的人，这位你们的同事——我是否该提前说他是你们过去的同事？——已经大大地背叛了加诸其身的信赖。由他对运动和索麻的异端观点，由他性生活可耻的变态，由他违背吾主福特的教导，拒绝在工作余暇举止'像个婴儿'，"（主任说到这里做了个 T 的手势。）"他已经证明了自己是社会公敌，诸位，一个所有的秩序与安定的颠覆者，一个反对文明本身的阴谋家。因此，我要将他撤职，把他从本中心担任的位置上做不荣誉撤职；我更进一步建议将他调到最底层的分中心去，尽可能远离任何重要的人口中心，他的惩罚便可带给社会最佳的利益。在冰岛，他这种不符福特精神的榜样就不大有机会把别人导入歧途了。"主任停顿住，然后交叠起手膀，发人深省地转向柏纳。"马克斯，"他说，"你能不能提出任何我不该执行对你判决的理由？"

"是的，我能。"柏纳高声回答。

主任有些吃惊但仍然庄严地说："那么提出来。"

"当然。不过理由还在走道上。请稍候。"柏纳匆匆走向门口推开门。"进来。"他命令道，那理由就进来现形了。

一阵喘息、一片惊讶恐惧的低语，一个年轻女孩子尖叫起来；有人为着能看得清楚而站到椅子上，结果打翻了两根装满精子的试管。在那些坚实年轻的躯体和那些匀称的脸孔中间，一个鼓胀、憔悴、骇人的中年怪物——琳达走进屋里来了，卖弄风情地摆出她那支离破碎而褪了色的微笑，走路时扭动着她那本想使人觉得肉感的粗腰。柏纳走在她身边。

"他在那儿。"他指着主任说。

"你以为我认不出他了呀？"琳达生气地问道，然后转向主任，"我当然认得你，汤玛金，在任何地方，在上千人中，我都认得出你。但你或许早忘了我。你还记得我吗？你可还记得，汤玛金？你的琳达。"她站着注视他，她的头偏着，仍然微笑着，但是看到主任吓呆了的厌恶的表情，她的笑容逐渐失去了自信而为之动摇，终于消失掉了。"你不记得了,汤玛金？"她用颤抖的声音再问道。她的双眸渴望而痛苦。肮脏憔悴的面孔怪异地扭曲成极度悲伤的苦脸。"汤玛金！"她伸出臂膀。有人嗤笑起来。

"这是什么意思，"主任开口了，"这个可怕的……"

"汤玛金！"她跑向前去，毛毯拖在身后，她张臂抱住他的脖子，把脸贴在他胸前。

一股压制不住的哄笑爆发了出来。

"……这个可怕的恶作剧。"主任大吼着。

他涨红着脸想从她的拥抱中解脱出来。她却拼命地缠住他。

"我是琳达呀,我是琳达。"笑声盖过了她的声音,"你使我有了孩子。"她的尖叫穿过了哄闹声。一阵突如其来的慑人的寂静,人们的眼光都不安地游移着,不知道该看哪里才好。主任突然脸色苍白,停止挣扎站定了,他的手还放在她的手腕上,恐怖地俯瞪着她。"是的,一个孩子——而我是他的母亲。"她让这句猥亵话冲口而出,像在对这侮辱性的沉寂挑战;随后突然从他面前跑开,羞愧无比地以手遮脸饮泣起来。"那不是我的错,汤玛金。因为我总是照着训练做的,对不对?对不对?总是……我不知道是怎么回事……你不晓得有多可怕的,汤玛金……但他仍然是我的安慰。"转身朝门。"约翰!"她唤道,"约翰!"

他应声而入,刚进门时停了一会儿,四处看看,穿着柔软的鹿皮靴子的脚阔步急行过房间,跪在主任面前,用清晰的声音说:"我的父亲!"

这个字眼(因为"父亲"一词还不算顶猥亵的——它并不包含着生孩子的那种恶心和道德上的暧昧——而只是很粗劣,一句粗话总比下流的色情文学好些),这令人发噱的脏话松弛了那难以忍受的紧张。大笑哄然爆开来,笑得厉害,近乎神经质的,一阵又一阵,好像永不停止了。我的父亲——而这竟是主任!我的父亲!噢,福特,噢,福特!实在太妙了。喝叫和狂笑周而复始,脸孔似乎要笑裂开来了,笑得眼泪直流。又有六个精虫试管被打翻掉。我的**父亲**!

主任面色苍白、眼神狂乱,以一股困惑羞辱的痛苦环视自己周遭。

我的**父亲**!好像要逐渐消沉不去的哗笑,又再度更大声地爆了开来。他用手掩住耳朵冲出房间。

第十一章

受精室的那一幕发生之后，整个伦敦的上层阶级都风靡着要一睹这个妙人的庐山真面目，这家伙竟然跪在孵育暨制约中心主任的面前——其实是前任主任了，因为这个可怜虫在事后立即辞职，再也不曾踏入中心一步——跪得砰然有声，而且称呼他（这个玩笑开得太妙，妙得简直不像真的了！）"我的父亲"。相反地，琳达却不受注目，根本没人有一丝胃口想看琳达。自称是个母亲——那已经超过玩笑的限度了：那是下流。何况，她不是一个真正的野蛮人，是跟旁人一样地从一个瓶子里孵育出来，接受制约，因此不可能有真正怪诞的念头。还有——这是人们不要看可怜的琳达的最大原因——便是她的尊容：肥胖，青春已逝，一嘴烂牙，满脸疙瘩，还有那个身材（福特！）——你看了她简直不能不作呕，真的，绝对作呕。所以这些上流人执意不看琳达。至于琳达那方面呢，也不想看他们。对她来说，回归文明只是回归**索麻**，可以躺在床上度过一个又一个的假日，绝不会醒来碰上头痛或者呕吐，也绝不会有像喝了皮欧脱酒之后的感觉：觉得自己好像做了什么可耻的反社会行为而再也抬不起头来。**索麻**绝不会搞出这些不愉快的花样。它带来的假日是完美的，即使次晨会觉得不快，也不是真有什么，而只是与假日的欢乐相比之下的结果。治疗的方法便是把假日延续下去。她贪婪地吵着要更大更频繁的剂量。萧医生起初不肯，后来只好随她要多少给多少。她每天服用达二十克之多。

"她这样子会在一两个月之内完蛋，"医生向柏纳透露，"总有一天她的呼吸中枢会被麻痹掉。不能呼吸，就完蛋了。也算是件好事情。如果我们能使人返老还童，那当然就不同。可是我们不能。"

约翰表示反对，这倒是出乎大家意料，因为琳达在**索麻**假日中就一点都不碍事了。

"你岂不是给她这许多药来缩短她的生命吗？"

"自某一观点来说，是的。"萧医生承认。"可是从另一方面来说，我们实在是在延长着它。"年轻人瞠目不解。"**索麻**是会使你失去现实中几年的时光，"医生说下去，"可是想想看它给你的现实时光之外那巨大而无限的期间。每一个**索麻**假日都是一点我们祖先尝谓的'永恒'。"

约翰开始了解了。"永恒存在我们的嘴唇与眼睛之中。"[1] 他喃喃道。

"呃？"

"没什么。"

---

[1]　语出莎士比亚剧《安东尼与克丽奥佩特拉》，第一幕，第三景。

"当然，"萧医生继续说，"假如人们有重要的工作待做，你就不能让他们投身于永恒。但是既然她没什么重要工作……"

"不管怎样，"约翰坚持道，"我还是不以为然。"

医生耸耸肩："好吧，当然，假如你宁可让她整天狂吼……"

最后约翰还是被迫屈服。琳达得到了她的**索麻**。其后，她就留在柏纳公寓房子第三十七楼上的一个小房间里，躺在床上，收音机和电视成天开着。广藿香龙头涓滴不断，**索麻**药片伸手可及——她就这么留在那儿，其实根本就不在那儿，她始终都留在无限远之外的假期中；在一个太虚幻境里度假，收音机播出的音乐在那儿成了一座有声有色的仙宫，一座滑转跃动着的迷宫；让人被一种何等美丽而无可避免的蜿蜒的道路，带往一个不容置疑的光明核心；电视中舞蹈着的影像在那儿成了甜美得无可形容的歌唱感觉电影；涓滴的广藿香在那儿已经不仅是香水了——而是太阳，是上百万的萨克斯风，是与波培做爱，而且还更有胜之，更无可比拟，无穷无尽。

"是的，我们没有回春术。但我很高兴，"萧医生下了结论，"有这个机会观察一个人类老迈的实例。非常感谢你找我来。"他热络地握着柏纳的手。

约翰成了他们大伙追逐的对象。而且似乎只有通过柏纳这个他所信赖的监护人，才能看得到约翰。柏纳有生以来首次发现，自己不仅受到了正常待遇，而且是一个显要人物了。再没有关于酒精渗入他人造血液里的说法了，也没有对他个人外貌的嘲骂了。亨利·福斯特一反常态地对他友善起来，班尼托·胡佛送了他六包性激素口香糖作为礼物，副先定主任近乎卑躬屈节地来要求参加一次柏纳举行的晚会。至于女人，柏纳只消暗示一下邀约的可能性，就可以任他挑选。

"柏纳请我下星期三会见那野人。"芬妮得意地宣称。

"我真高兴，"蕾宁娜说，"现在你可承认错看了柏纳吧。你不觉得他实在蛮可爱的吗？"

芬妮点点头。"我不得不说，"她说，"我真是惊喜交集。"

装瓶总管、先定主任、三位受精副理、情绪工程学院感觉电影学教授、西敏团歌堂堂长、波氏作用总监督——柏纳的达官显要名单是很长的。

"上星期我有六个女孩子，"他向汉姆荷兹·华森吐露，"星期一一个，星期二两个，星期五又是两个，星期六一个。如果我还有时间或者兴趣的话，至少还有一打女孩子迫不及待地要……"

汉姆荷兹阴郁而不以为然地默默听着他的吹嘘。这惹恼了柏纳。

"你嫉妒了。"他说。

汉姆荷兹摇摇头。"我很悲哀，如此而已。"他回答道。

柏纳勃然大怒。绝不，他告诉自己，绝不再跟汉姆荷兹说话了。

日子一天天过去，成功冲昏了柏纳的头，使他跟这个世界完全重归于好，正如同任何一个自我陶醉的人一样；而这个世界，是才在不久以前还令他十分不满的。事物的秩序既然承认他的重要性，便该是好的了。可是，他虽为成功而心满意足，却仍然拒绝放弃批评这些秩序的特权。因为批评的行为能提高他的重要感，使他觉得更伟大。而且，他实在相信有事情需要批评的。（同时，他也实在喜欢作为一个成功者，有着所有他想要的女孩子。）在那些为了看野人而向他谄媚的人面前，柏纳会夸示出一种吹毛求疵的离经叛道之举。人们有礼貌地听着他，可是在他背后摇着头。

"那个年轻人会不得好下场。"他们说道，且更有信心地预估自己到时候会亲见确保那个下场是坏的，"他不会再找到另一个野人来帮助他渡过第二次难关。"他们说。不过，到底这是第一个野蛮人：他们都很礼貌。正由于他们有礼貌，柏纳感到伟大无比——伟大，而同时又趾高气扬得轻飘飘的，比空气还轻。

"比空气还轻。"柏纳朝上方指着说。

高高在他们之上，气象局系着的气球像一颗天上的珍珠，在阳光中闪耀着玫瑰红的光。

"……该野蛮人，"柏纳接到的谕令上如此写着，"须示之以文明生活之各个方面……"

现在，他就从嘉林 T 塔的平台上被示以一次鸟瞰。站长和驻站气象学家权充向导。可是柏纳说得最多。在自我陶醉中，他的一举一动少说也像个来访的世界元首。比空气还轻。

孟买绿火箭自天外而降。乘客下来了。八个穿着卡其服的一模一样的南印度德拉维甸孪生子，从座舱的八个窗口望出来——他们是空中服务员。

"时速一千二百五十公里，"站长动人地说道，"你觉得如何，野人先生？"

约翰觉得很好。"不过，"他说，"爱丽儿会在四十分钟之内给地球围一条腰带。"[1]

"该野蛮人，"柏纳在他向穆斯塔法·蒙德的报告上写道，"出

---

[1] 爱丽儿（Ariel）是《暴风雨》中的小仙女。

人意外地，对于文明的发明并不表惊讶或敬畏，无疑地，此乃部分归因于下列事实：他早已听人提及了，其人便是该女子琳达，即他的××。"

（穆斯塔法·蒙德皱起眉头。"这傻瓜难道以为我神经紧张到看不得那两个字吗？"）

"部分亦因其兴趣专注于其所谓之'灵魂'，他坚信此乃一独立于物质环境外之实体，因而，当我要向他指出……"

元首略过下头几句，正想翻过一页找出些较具体有趣的话，眼光却被一系列极为触目的句子所吸引。"……然而我必须承认，"他念道，"我同意于该野人之认为文明的幼稚在于太轻而易举了，或者用他的话来说，代价不够昂贵；我想借此机会请阁下注意到……"

穆斯塔法·蒙德的怒火几乎立刻就转变为好笑了。这家伙居然想一本正经地教训他——**他**——社会秩序的事，真是荒唐透顶。这人一定疯了。"我该给他一个教训。"他自语道，然后昂起头大笑起来。无论如何，这个教训暂时还用不着。

这是一个制造直升机照明配备的小工厂，隶属于电器公司。技术长和人事经理亲临屋顶迎接他们（因为那份通用的元首的推荐信法力无边）。他们下楼进入工厂里。

"每一段程序，"人事经理说道，"尽可能地用一个波氏种群来贯彻完成。"

果真如此，八十三个几乎没有鼻子的黑肤短头型德塔正从事于冷压。五十六具四轴机器忽停忽动，由五十六个鹰钩鼻的、有活力的甘玛操纵着。一百零七个受过高热制约的塞内加尔埃普西隆在铸工车间。三十三个长头、沙色发、窄骨盆的女性德塔，身高全在一六九厘米左右，相差不到二十毫米，正切着螺丝钉。装配室里，两组正甘玛侏儒在装配着发电器。两排矮工作桌面对面，运送机载着零件从中间通过，四十七个金发的头颅对着四十七个褐发的。四十七个狮子鼻对着四十七个鹰钩鼻；四十七个凹下巴对着四十七个凸下巴。十八个一模一样的赭色鬈发绿衣甘玛女郎检验着完工的机器，三十四个短腿左撇子的男性负德塔将之包装入箱，六十三个蓝眼、淡黄头发、一脸雀斑的埃普西隆半白痴们，将箱子装进等着的卡车里。

"啊，美丽的新世界……"野人因某种记忆中的恶感而发现自己正在复诵着米兰达的话。"啊，美丽的新世界，有这样的人在里面。"

"我向你保证，"当他们要离开工厂时，人事经理下结论道，"我们的工人几乎从来不替我们惹任何麻烦。我们总是发现……"

然而那野人却突地脱离了他的伙伴们，跑到一丛月桂树后面猛烈地呕吐起来，好像坚实的土地变成了一架乱流中的直升机。

"该野人，"柏纳写道，"拒绝服用**索麻**，而且似乎极为苦恼，因为那女子琳达，他的××，始终陷于假日之中。值得注意的是：这野人不在乎他××的老迈和极端可厌的外表，而经常去探望她，且对她显得极为亲近——这是一个有趣的例子，说明早期的制约可以用来修正甚至违反自然的冲动（在此个案中，是指退避一种不快的对象之冲动）。"

他们在伊顿公学[1]的高年级学校屋顶上降落。校园对面是五十二层楼的鲁普顿塔,在阳光中白闪闪的。左边是学院,右边是学校团歌会堂,这些庄严的大建筑物是由钢筋混凝土和维他玻璃建成的。四方形空地的中央竖立着古雅的铬钢福特雕像。

他们步出飞机之时,院长戈弗尼博士和教务长齐特小姐前来迎接。

"你们这里有许多孪生子吗?"当他们开始巡视时,野人心有余悸地问道。

"哦,没有,"院长回答,"伊顿是专门保留给高阶层男女孩子的。一个卵子,一个成人。当然,这会使教育比较困难。可是他们将会被征召担当重任,应付突发的紧急变故,就不得不如此了。"他叹息着。

此时柏纳正对齐特小姐想入非非。"如果你星期一、三、五任何一晚有空的话,"他朝野人指了指说,"他很怪的,你知道,"又加上一句,"怪得好玩。"

齐特小姐微笑了(她的微笑真迷人,他想),道了谢,说乐于参加一回他的晚会。院长打开一扇门。

在那间双正阿尔法教室里的五分钟时间,带给了约翰些许困惑。

"什么是'初级相对论'?"他低声问柏纳。柏纳正要解释,却又想还是不说为是,就提议到别的教室去。

在走向负贝塔地理教室的走廊上,一扇门后头传出一个银铃般的女高音在叫:"一、二、三、四!"然后疲倦而不耐烦地说:"就

---

[1] 伊顿(Eton),位于伦敦西面的一所贵族中学。赫胥黎本人即曾就读于此。

照你们那样。"

"马尔萨斯训练，"女教务长解说道，"当然，我们大多数的女孩子是不育女。我自己就是个不育女。"她朝柏纳笑笑，"不过我们还是有将近八百个人未经绝育，需要不断地训练。"

在负贝塔地理教室里，约翰学到了"蛮族保留区是一个由于气候不佳、或许地理情况不良、或者缺乏自然资源，而不值得传播文明的地方。"咔嗒一声，屋子暗下来，教师头上的银幕忽然映出了阿柯玛的**忏悔者**匍匐在圣母的面前，如同约翰所听到过的那样痛哭着，对着十字架上的耶稣和普公的鹰像忏悔他们的罪过。年轻的伊顿学生全都又叫又笑。**忏悔者**仍然痛哭着，站起身来，剥去他们的上衣，然后用打结的鞭子抽着自己，一鞭又一鞭。笑声愈发地大了，即使把他们呻吟的录音放大，也被笑声淹没了。

"他们为什么要笑？"野人沉痛不解地问道。

"为什么？"院长把那张还带着浓厚笑意的面孔转向他，"**为什么**？只因为这实在太可笑了。"

在放映电影的暗朦中，柏纳放胆做了个动作，如果是在从前，即使是一片漆黑，他也不会有勇气这么做的。新的重要性壮了他的胆子，他把手臂环到女教务长的腰上。它柳条般地依顺了。正当他想攫取一两个亲吻或者轻轻捏一把的时候，灯光又咔嗒亮了起来。

"我们最好还是继续看吧。"齐特小姐说着走向门口。

"这里，"一会儿之后院长说道，"是催眠教学控制室。"

几百个合成音乐箱，每个宿舍一具，一排排放在房间三面的架子上；第四面墙是方格架，里面放着印上各种催眠教学课程的声带纸卷。

"你把纸卷滑到这儿，"柏纳打断了戈弗尼博士，解说道，"按下这个开关……"

"不，那一个。"院长恼火地修正了他。

"好吧，那一个。纸卷就展开来了。铜电池把光的撞击转化成声波，然后……"

"然后你就听得见了。"戈弗尼博士做了总结。

"他们念莎士比亚吗？"当他们走向生物化学实验室的途中经过图书馆时，野人问道。

"当然不。"女教务长红着脸说道。

"我们的图书馆，"戈弗尼博士说，"只容参考书籍。如果我们的年轻人需要消遣，他们可以从感觉电影得到。我们不鼓励他们沉溺于任何孤独的娱乐。"

五辆校车在玻璃状公路上超过他们，里面载着的男女孩子们有的唱着歌，有的不声不响地搂抱着。

当柏纳正和女教务长低声约定哪一晚会面时，戈弗尼博士解释着："他们刚从泥沼火葬场回来。死亡制约十八个月大时开始。每个小孩子一星期有两个早晨要在临终医院度过。所有最好的玩具都在那里，而且在死亡日子里他们有得巧克力冰激凌吃。他们就学会了视死亡为理所当然之事。"

"一如其他的生理学上的过程。"女教务长专业性地插嘴道。

八点钟到萨伏依去。全安排妥当了。

他们回伦敦的途中，在柏兰特福的电视公司的工厂停了一会儿。

"我去打个电话，你不介意在这里等一下吧？"柏纳问道。

野人边等边望着。大日班正在下班，成群的低阶级工人在单轨列车站前排着队——七八百个甘玛、德塔和埃普西隆男女，面孔和体形的变化却不超过一打。售票员给他们每个人票时，同时推出一个小小的纸药盒。男男女女的长龙慢慢向前移动着。

"那些盒子里（想起《威尼斯商人》）装着什么东西？"[1]柏纳回来时野人问他。

"一天的**索麻**口粮，"柏纳口齿不清地答道，因为他正在嚼一块班尼托·胡佛的口香糖，"他们工作完毕后就得到这个，四颗半克药片。星期六有六颗。"

他热络地挽起约翰的胳膊走向直升机。

蕾宁娜一路唱着走进更衣室。

"你看来很高兴。"芬妮说。

"我**是**很高兴。"她答道。嗞地拉下拉链。"柏纳半个钟头之前打电话来。"嗞！嗞！她从短裤里跨出来。"他临时有个约会。"嗞！"所以问我今晚能不能陪野人去看感觉电影。我得赶快了。"她匆匆走向浴室。

"她是个幸运的女孩子。"芬妮目送着蕾宁娜自语道。

这句评语中没有嫉妒的成分，天性善良的芬妮只是在陈述一件事实。蕾宁娜是幸运的，幸运在与柏纳分享了好一部分那野人的大名气，幸运于从她那无关重要的身份上却反映出了目前最时髦的光荣。福特女青年会的秘书不是邀请她去做一次有关她的经

---

[1] 莎士比亚剧《威尼斯商人》，剧中人波蒂亚以金、银、铅三个盒子让她的求婚者猜哪一个装有她的画像。结果选铅盒者猜中，获得了她的芳心。

历的演说吗？她不是应邀出席爱神殿俱乐部一年一度的晚宴吗？她不是已经出现在"感觉音响新闻"上了吗？——看得到,听得到,而且触得到地出现在全球无数人之前。

显赫人物对她的注意中带着不少的谄媚。常驻世界元首的第二秘书邀请她共进晚餐和早餐。她跟福特首席大法官共度了一个周末,另一个周末则是陪坎特伯里主乐官。内外分泌公司总裁不断打电话给她,她还跟欧洲银行的副理到多维尔去了一趟。

"当然,这样很好。可是,"她向芬妮说实话,"我觉得自己是担了个虚名的。因为,理所当然啰,他们第一件全都想知道的事情就是:跟野人做爱的滋味如何。我必得回说我不知道。"她摇着头,"当然这些人多半不相信我。可这是真话。我但愿这不是真的,"她伤心地加了句,叹息着,"他真是漂亮得要命,你说是不是？"

"他可喜欢你？"芬妮问。

"有时候我想他是喜欢我,可是有时候我又觉得并不是。他总是尽可能回避我,我走进房间时他就出去,不愿触着我,甚至不看我。可是有时候当我突然转身,就发觉他在注视我;然后——嗯,你知道男人们喜欢你的时候是怎么瞧着你的。"

对,芬妮知道的。

"我实在不懂。"蕾宁娜说。

她实在不懂,不仅是困惑,而且是乱了方寸。

"因为,你清楚的,芬妮,我喜欢他。"

愈来愈喜欢他。好了,现在有一个大好机会了,她浴罢喷香水的时候想道。噗！噗！噗——一个大好机会。她的高昂兴致洋溢于歌声之中。

搂紧我使我酥麻，爱人；

亲吻我使我昏花：

搂紧我，爱人，抱紧我，亲亲；

爱情美好如索麻。

香味乐器正在演奏一首轻快的"草本随想曲"——百里香和熏衣草、迷迭香、罗勒、桃金娘、龙蒿，组成了潺潺的琶音，一串大胆的变调，从香料的调子转成龙涎香；然后又慢慢经过檀香水、樟脑、雪松和新刈的干草味（偶尔会有微妙的不谐调——一股腰子布丁和极稀的一丁点儿猪粪味）而回到曲子开头时的植物芳香。最后一股百里香逐渐消逝，一阵掌声，灯亮了。合成音乐机器里的声带卷展了开来。这是一首超高小提琴、超级大提琴和双簧管代替品的三重奏，此刻空气中弥漫着它悦人的懒散。三十或四十小节之后，在乐器的陪衬之下，一个远超过人类的声音开始以颤音唱起来；一会儿用喉音，一会儿从头部发出，一会儿像长笛般的空寥，一会儿是充满着渴切的和声，它轻易地从"格斯帕的福斯特"的音域边缘低音记录升到了一个颤抖的蝙蝠音，高过那最高的 C 调，有史以来的歌唱家只有露克瑞西亚·阿裘格丽[1]有一回尖着嗓子发出了这个音（一七七〇年在巴尔马的公爵歌剧演唱时，使得莫扎特吃了一惊）。

蕾宁娜和野人陷在前排的充气座椅里边嗅边听着。现在该轮到视觉和触觉了。

厅中的灯光熄了下去，火焰般的字迹立体醒目，有如自行竖

---

[1]　露克瑞西亚·阿裘格丽（Lucrezia Ajugari），十八世纪意大利花腔女高音歌唱家。

立在黑暗之中。**直升机里的三星期。一部全超音歌唱、合成对话、彩色、立体感觉电影。香味乐器同步伴奏。**

"握住你椅子扶手上那些金属球，"蕾宁娜低语道，"否则你就得不到任何感觉效应了。"

野人依言而行。

火焰般的字体就在这时候消失了，十秒钟的漆黑一片；突然间，那里就站着两个立体的形象，比他们所认为的真实血肉之躯还更具有无比的实体感，比实物更真实得多，令人为之目眩，一个是身材巨大的黑人，一个是年轻的金发短头型正贝塔女郎，两人紧紧搂抱着。

野人吃了一惊。他嘴唇上的感觉！他把一只手举向自己的嘴唇，痒感消失了；再把手放回金属球上，又觉到了。同时，香味乐器也喷出了纯麝香味。超鸽声的声带哼着"喔——呜"；一个每秒钟只颤动三十二次而低于非洲低音的声音回答："啊——啊。""呜——啊——呜——啊！"立体的嘴唇又碰到一起，阿罕布拉剧院六千名观众面部的动情地带，又再度为着难以忍受的电流般的快感而颤动起来。"呜……"

影片的情节非常简单。在开头的呜呜啊啊几分钟之后（有一段二重唱和一次小小的做爱，在那出了名的熊皮上，上面每一根毛——副先定主任说对了——都能个别地、清清楚楚地感觉得到），那黑人乘直升机失事，撞伤了头部。砰！额头上好一阵剧痛！观众们异口同声地发出"呜""啊"的声音来。

这个震荡使那黑人把他所有的制约忘得一干二净。他对那金发碧眼的贝塔女郎产生了一股独占性的疯狂激情。她抗议，他却坚持。于是有了挣扎、追赶、对情敌的袭击，最后是耸人听闻的绑架。贝塔女郎被掳掠到空中，留在上面翱翔着，跟那疯黑人做了三星期狂野的反社会的面对面谈心。最后，三个年轻英俊的阿尔法，在一整套冒险和许多空中特技之后，将她援救了出来。黑人立刻被送到一所"成人再制约中心"去，贝塔女郎成了她三个救命恩人的情人，影片就皆大欢喜而正正当当地结束了。结束之前，他们在全套超管弦乐团和香味乐器的栀子味伴奏下，唱了一首合成四重唱。然后熊皮最后出现一次，在萨克斯风的吹奏中，最后的立体接吻在黑暗中消退了，最后那股电流的痒感在嘴唇上渐渐消逝，像一只将死的飞蛾般颤动着、颤动着，愈来愈软弱、愈来愈轻微，终于完完全全静止了。

可是对于蕾宁娜来说，那只飞蛾并未完全死去。即使在灯亮之后，当他们缓缓地随着人群移向电梯时，那飞蛾还阴魂不散地在她嘴唇上鼓翼，仍然在她的肌肤上探触着那渴切和快感的战栗途径。她的两颊烧红，她的双眸水汪汪发亮，她的呼吸浊重起来。她抓住野人的手臂，把它软绵绵地压向自己的侧身。他俯视着她一会儿，苍白、痛苦、渴欲，却又耻于自己的渴欲。他不配，不……他们的目光相遇了片刻。她的眼光许诺着何等的宝藏！她的气质是一位女皇的身价。他急急地望向别处，挣脱了他被扣住的手臂。他有一份模糊的惧怕，怕她会不再是个使他自己觉得不配的人。

"我不赞成你看这类东西。"他说。对于蕾宁娜任何过去的、或者将来可能会有的美中不足，他都急忙把怪罪从她本人转移到周遭环境上去。

"哪类东西，约翰？"

"像这种可怕的影片。"

"可怕？"蕾宁娜大吃一惊。"可是我觉得很可爱哩。"

"那是下流，"他愤愤地说，"那是卑鄙。"

她摇着头。"我不懂你的意思。"他为什么这么奇怪？他为什么要故意地把事情搞糟呢？

在出租直升机里，他几乎看都不看她一眼。他被一个从未宣示过的坚强誓言所约束，服从着一个久未执行的法则，而在沉默中避开她坐着。偶尔，他整个身体会倏地神经紧张地惊动颤抖，好像有个手指在拉扯一根绷紧得快断了的弦。

出租直升机降落在蕾宁娜公寓的屋顶上。"终于——"她跨出飞机时大喜过望地想着。终于——虽然他刚刚还那么怪。她站在一盏灯下窥视自己的小镜子。终于。对了，她的鼻子有一点油亮。她用粉扑沾了一些粉。趁着他在付钱打发直升机——这正是时候。她把粉搽在发亮的鼻尖，想着："他漂亮得要命，实在不必像柏纳那样害羞的。可是……任何其他男人老早都会这么做了。好啦，现在终于来了。"小圆镜子里的半张面孔突然朝她微笑起来。

"晚安。"她身后一个压抑住的声音说道。蕾宁娜急忙旋回身去。他站在机门口，他的眼睛定定地凝视着；显然当她在鼻子上扑粉时他一直都在凝视着，等着——等什么呢？还是在犹豫，想要下决心，一直在想着、想着——她无法想象是怎样不寻常的想法。"晚安，蕾宁娜。"他又说一遍，做了一副怪相想要微笑。

"可是，约翰……我以为你会……我是说，你难道不……"

他关上门，弯身向前对驾驶员说了句什么。飞机冲入空中。

野人从脚底下的窗户往下看，可以看到蕾宁娜仰望着的面孔，在淡青色的灯光下是苍白的。嘴是张开的，她在呼唤着。她渐小的身形飞快地离他而去，在缩小着的屋顶方块看起来有如在黑暗中坠落了下去。

五分钟后他回到自己屋里。他把那本被老鼠咬啮过的书本从秘藏的地方取出来，以一种宗教性的谨慎翻着污损起皱的书页，开始阅读《奥赛罗》。奥赛罗，他记得是像那《直升机里的三星期》中的英雄一样——一个黑人。

蕾宁娜揩干她的眼泪，越过屋顶走向电梯。在不到第二十七楼的途中，她掏出她的**索麻**药瓶。她算定一克是不够的，她的痛苦不止一克。可是如果服用两克，就得冒着明晨不能准时醒来的危险。她折中了一下，把三粒半克的药片倒进她圈起来的左手掌心里。

第十二章

柏纳必得在锁着的门外大叫，因为野人不肯开门。

"可是每个人都在那里等着你呀。"

"让他们等吧。"从门里传出按捺住的声音。

"可是你是知道得很清楚的，约翰（扯大嗓门却还要有说服力，该有多困难！），我特意请他们来见你的。"

"你该先问问我是否想见**他们**。"

"可是你以前总是来的，约翰。"

"正因为如此，我不想再来了。"

"看在我的面上，"柏纳吼着哄劝着，"难道你不看我的面子吗？"

"不。"

"你真是这个意思？"

"对。"

"那我怎么办呢？"柏纳绝望地悲叹道。

"下地狱去！"从屋里发出激怒的咆哮。

"可是，坎特伯里主乐官今晚在那儿呢。"柏纳泫然欲泣。

"Ai yaa tákwa！"野人只有用祖尼语才能充分表达他对主乐官的观感。"Háni！"他想想又加了一句，然后（用着多么嘲弄的凶狠！），"Sons éso tse-ná."他朝地上吐唾沫，正如波培那时也会这么做一样。

结果柏纳只得藏头缩尾地溜回他的屋子，对那已经等得不耐烦了的集会宣告：野人今晚不出面了。这个消息激起了众愤。男士们因为被戏弄而恼怒，自己居然会对这声名败坏、想法乖张的无名小卒彬彬有礼。愈是德高望重之辈就愈感愤恨之深。

"对我开这样的玩笑，"主乐官不断地重复道，"对**我**！"

至于女人，她们愤懑地感觉到：自己被一个仅具负甘玛体形的家伙用虚言伪语骗取了——被一个酒精误入瓶子里的险恶小矮子骗了。真是奇耻大辱，她们愈来愈大声地说着。伊顿的女教务长尤其凶狠尖刻。

只有蕾宁娜一语不发。她的脸色苍白，蓝色的眸子蒙眬着一层罕见的忧郁，坐在屋角，以一份不为人知的情绪隔开了她周围的人。她是满怀着奇特的渴切欣喜之情来参加这宴会的。"几分钟之内，"当她进入这间屋子时对自己说道，"我就要看见他，跟他说话，告诉他（她来的时候是下定了决心的）我喜欢他——超过我所认识的任何人。这样，或许他会说……"

他会说什么呢？血液涌上了她的脸颊。

"他那天晚上看完感觉电影之后为什么这么奇特，这么怪？可是我又确信他真的很喜欢我。我相信……"

就在那个时候，柏纳宣告野人不出席宴会了。

蕾宁娜顿时感觉到"激情替代治疗"开始时通常经验到的一切感觉——一股可怕的空虚之感，一种窒人的忧伤，一阵恶心。她的心跳好像停止了。

"也许因为他不喜欢我。"她自语道。这份可能性立刻变成一种已经确立了的事实：约翰拒绝前来，因为他不喜欢她。他不喜欢她……

"真是有点太过分了，"伊顿女教务长正在对火葬及磷质收回主任说着，"我没想到我还真……"

"对，"芬妮·克朗的声音传过来，"关于酒精的事是千真万确的。我认识的一个人认得一个当时在胚胎处工作的人。她告诉我的朋友，我的朋友再告诉我……"

"太糟了，太糟了，"亨利·福斯特附和着主乐官说道，"你或许有兴趣知道：我们的前任主任差一点就把他调到冰岛去了。"

每个字都像针一样，刺穿了柏纳那只紧绷着快乐自信的气球，使它从千疮百孔里泄着气。他脸色苍白、心神错乱、卑屈而激动地在他的宾客间走动着，结结巴巴语无伦次地道着歉，向他们保证下回野人一定来，请求他们坐下来吃一块胡萝卜素夹心面包、一些维他命A肝酱、喝一杯代用香槟。他们理直气壮地吃了，却并不理会他；也喝了，却当着他的面对他无礼，或者彼此大声而肆无忌惮地谈论着他，好像他不在场似的。

"现在，朋友们，"坎特伯里主乐官用他那领导福特庆典活动的美丽响亮的声音说道，"现在，朋友们，我想时间差不多了……"他站起身来，放下他的杯子，挥掉他那紫红色纤维胶背心上精美茶点的碎屑，向门口走去。

柏纳冲向前去拦阻他。

"主乐官，您真要……？还早得很呢。我希望您肯……"

真是的，当蕾宁娜悄悄地告诉他：如果他送上请帖，主乐官会接受邀请的，他是多么意外啊！"他人真是挺好的，你知道。"她给柏纳看那 T 字形的小金拉链扣，那是主乐官送给她作为在蓝白斯[1] 共度周末的纪念品。"会见坎特伯里主乐官和野人先生。"柏纳在每一份请帖上宣示着他的成功。但是，野人偏偏在那么多晚上选了今晚来把自己锁在房里。大叫"Háni！"甚至于（柏纳幸亏听不懂祖尼语）"Sons éso tse-ná！"原来该是柏纳生涯中登峰造极的时刻，却变成了他奇耻大辱的时刻。

"我多么希望……"他结巴地重复道，用乞求和惶乱的眼光仰望着这位大贵人。

"我年轻的朋友，"主乐官以一种高昂而庄严的声调说道，大家都静了下来，"让我给你一句忠告。"他对柏纳摇摇手指头，"趁着还来得及的时候。一句好忠告。"（他的声音趋于阴沉）"改正你的作为，我年轻的朋友，改正你的作为。"他在柏纳头上做了个 T 的手势，转开身去。"蕾宁娜，我亲爱的，"他用另一种声调呼唤着，"随我来。"

蕾宁娜顺从了，可是毫无笑容，而且对于降临己身的殊荣一无所感，毫无得意之态地随着他走出了房间。其余的宾客们隔着一段表示尊重的距离跟了出去。他们中最后一个人砰然关上房门。柏纳全然孤独了。

他被刺伤了，完全泄了气；跌坐到椅子里，用手遮住自己的脸，开始哭泣起来。不过几分钟之后，他想想还是别管它了，便服下

---

[1]　蓝白斯（Lambeth），英国坎特伯里大主教在伦敦蓝白斯区的宫殿。

了四片**索麻**。

楼上，野人正在他的房间里读着《罗密欧与朱丽叶》。

蕾宁娜和主乐官跨出飞机，站在蓝白斯宫的屋顶上。"快点，我年轻的朋友——我是说，蕾宁娜。"主乐官在电梯口不耐烦地叫道。蕾宁娜正停步望了一会儿月亮，这时便垂下她的眼睛，快步穿过屋顶向他走去。

"**一个生物学上的新理论**"，这是穆斯塔法·蒙德刚刚读完的论文的题目。他坐着皱眉沉思片刻，然后拿起他的笔在首页上写下："作者对于目的概念之数学处理法，是新颖且富高度独创性的，但却是旁门左道，而且就目前社会秩序而言，是危险且具有潜在的颠覆性的。不许发表。"他在这四个字下头画道线。"作者将予以监视。如属必要，他将被调往圣海伦那的海洋生物学站。"可惜——当他签署自己名字的时候这么想到。这是一篇杰作。可是一旦你开始容许用目的论的观点来做解释时——你就料不到会有怎样的结果了。这是一种容易使高阶层中较不稳定的心灵消除制约的观念——会使他们失去自己把快乐当作"至善"的信心，转而相信最终目标是在超越其外的什么地方，在现今人类世界之外的某个地方：相信生命的目的不是在于幸福的保持，而是在于一些意识的增强和锻炼，一些知识的扩大。那绝对可能是真的，元首思索着。可是在现今的环境中是不被容许的。他又拿起笔来，在"不许发表"四个字下头画上第二道线，比第一条更粗更黑。然后叹了口气。"如果一个人不必想着快乐，那该会多么有意思！"

他想道。

眼睛合拢，面容因喜乐而焕发，约翰正在轻轻地对着空气朗诵：

啊，她比火炬还亮！
她有如悬在黑夜的面颊上，
好像黑人耳上的珠宝耳坠；
佩戴时太美丽，在世间又太宝贵……[1]

金色 T 字在蕾宁娜胸脯上闪亮着。主乐官戏谑地一把抓住它，戏谑地往下拉、往下拉。"我想，"蕾宁娜突然打破一段漫长的沉默说道，"我最好吃两克**索麻**。"

柏纳此刻正熟睡着，在他梦境中的私人乐园里微笑着。微笑，微笑。可是，他床头电钟的分针却是铁面无私的，每隔三十秒便以一声几乎觉察不出的嘀嗒向前跳一下。嘀嗒，嘀嗒，嘀嗒，嘀嗒……于是早晨到了。柏纳回到悲惨的空间和时间里来。他无精打采地雇了出租飞机到制约中心上班。成功的陶醉之感早已烟消云散，他清醒地恢复了昔日的自我，而昔日的自己与前几星期短暂的气球对比之下，似乎是空前地沉重，重过了周遭的大气。

对于这个泄了气的柏纳，野人却表示了出乎意表的同情。

"你比较像你在马培斯的样子了。"当柏纳向他诉苦时他说，"你可记得我们初次在一块谈话的时候？在小房子外面。你现在

---

[1] 《罗密欧与朱丽叶》，第一幕，第五景。

比较像那时候了。"

"因为我又不快乐了，原因在此。"

"噢，那我宁可不快乐，也不要你有过的那种虚伪、欺骗的快乐。"

"我喜欢那样，"柏纳苦涩地说，"而这一切都是你惹的祸。竟然拒绝出席我的宴会，使得他们全跟我作对！"他明知自己的话不公正得简直荒唐，他先是暗地里、后来干脆大声承认了野人此刻指出的是对的，那种会因小事故而翻脸成仇的人是不值得做朋友的。可是尽管明知且承认了这回事，尽管他这朋友的支持和同情是此刻唯一的慰藉，柏纳仍然刚愎任性地对野人怀着一份秘密的恨意，尽管他对野人也有点感情，却仍在策划着对他来一场小小的报复行为，以雪己恨。对主乐官怀恨是毫无用处的，向装瓶主任或者副先定主任报复根本不可能。对于柏纳来说，野人是一个最好的牺牲者，因为他具有超过其他人的一大优点：他是能接近的。朋友的主要功用之一，是忍受我们意欲而不得加诸自己仇敌的惩罚。而这种惩罚是以一种较缓和而象征的方式施行的。

　另一个成为柏纳牺牲者的朋友是汉姆荷兹。柏纳狼狈不堪地去要求重得旧日的友情，那份友情在他得意的时候是认为不值得保持的，而汉姆荷兹给了他，没有责备，没有批评，好似他根本忘却了他们曾经吵过架。柏纳深受感动，却同时因这份宽容而自惭形秽——愈是特别的宽容大度，羞辱之感就愈重，因为这份宽容大度不是由于**索麻**的力量，而全是汉姆荷兹的性格使然。忘却前嫌而宽恕人的是日常中的汉姆荷兹，不是半克假期中的汉姆荷兹。柏纳当然感激（重得旧友是一大欣慰），却又怨恨（对汉姆荷兹的慷慨大度横施报复，将会是一种快意）。

在他们重归于好的第一次会面中，柏纳倾诉了他悲惨的故事，接受了安慰。直到好几天之后，他才惊讶而又惭愧万分地知道：他并不是唯一倒霉的人。汉姆荷兹也跟权威当局起了冲突。

"事情起于几句歌谣，"他解释道，"我教三年级学生'高等情绪操纵'惯常的课程。有十二堂课，第七堂是有关歌谣的。正确地说，就是'歌谣在道德宣传及广告上的用途'。我一向在讲课中举出许多技术上的例子。这回我想到给他们看一首我自己刚写好的。当然，这纯粹是疯狂，可是我忍不住。"他笑了。"我好奇地想看看他们做何反应。此外，"他比较严肃地说，"我要做一点宣传；我试着要操纵他们去感觉到我写这首歌谣时的感觉。福特！"他又笑了，"好强烈的抗议！校长把我叫去，威胁着要将我立刻解聘。我是个黑名单上的人了。"

"你的歌谣里写些什么？"柏纳问。

"关于孤独。"

柏纳抬起了眉毛。

"如果你想，我就背给你听。"汉姆荷兹开始背了。

昨日的委员会、指挥棒，

不过是破鼓一张，

城市里的午夜，

真空中的笛簧，

紧闭的嘴唇，熟睡的面庞，

机器停工收场，

喑哑又凌乱的地方，

那曾是挤满着人的地方——

所有的寂静都在欢唱，

在哭泣（或低或高昂），

在诉说——却是我不认得的

人们的声音。

嘿，苏珊的在何处，

依格丽亚的在何处，

她们的手臂和胸脯，

樱唇和，啊，臀部，

慢慢成形现出；

谁的？我问，什么是

如此荒谬的本质，

一些事物虽非如是，

却仍使得空洞的夜晚

停留得更形坚实，

甚于我们交欢之时，

又何以显得卑劣可耻？

"哼，我把这给他们做例子，他们就把我告到校长那儿去。"

"我一点也不惊讶，"柏纳说，"这显然违反他们所有的催眠教学。记住，他们至少接受了二十五万次抗拒孤寂的警告。"

"我晓得。可是我觉得我想看看效果如何。"

"好啦，你现在可看到了。"

汉姆荷兹只是笑笑。"我觉得，"他沉默了一会儿之后说，"似乎我正要开始有些东西可写了。似乎我开始能够运用那股我感觉是存在体内的力量——那股额外的、潜伏的力量。好像有什么东西朝着我来了。"在柏纳看来,他似乎根本不在乎自己的麻烦而非常快乐。

汉姆荷兹与野人一见如故。两人亲切得使柏纳感到一阵受刺痛的嫉妒。这么多个星期以来,他跟野人从未如此亲密过,而汉姆荷兹立刻就做到了。看着他俩,听着他们的说话,他发现自己有时候会愤恨地希望自己从来不曾把他俩拉到一块。他对自己的嫉妒感到羞耻,便轮流用意志的努力和**索麻**来避免自己那份感觉。可是努力并不十分成功,而**索麻**假日之间必定会有空档。那份可憎的感觉不断地回转来。

汉姆荷兹第三次与野人会面时,朗诵了他那首描写孤寂的歌谣。

"你觉得如何?"他念完后问道。

野人摇着头,"听听**这个**,"他答,打开锁住的抽屉,取出那本鼠啮的书,翻开念道:

> 让高声啭唱的鸟,
> 栖息在那孤零零的阿拉伯树上
> 传达凶耗,吹奏号角……[1]

汉姆荷兹以逐渐高昂的兴奋之情聆听着。念到"孤零零的阿拉伯树"时他吃了一惊;念到"你这尖鸣着的报凶者"时,他因突发的愉悦而微笑;念到"所有凶暴的野禽"时,血液冲上他的脸颊;但是念到"死亡的音乐"时,他脸色转为苍白,因一股前

---

[1] 莎士比亚的寓言诗《凤凰与斑鸠》(*Phoenix and Turtle*)。

所未有的激情而颤抖起来。野人继续念着：

> 财富是如此惊愕，
> 自我不复如旧，
> 单一天性的两个名字，
> 无人分而称之，也无人只称其一。

> 理性本身为之迷惑，
> 眼见分者合为一体……

"喔奇泼奇！"柏纳说，以一阵高亢而令人不快的笑声打断了朗诵，"这只是一首团结礼拜的圣歌。"他在对自己的两个朋友施以报复，由于他们彼此喜欢的程度超过了对他的喜欢。

在他们以后的两三次会面中，他不时重复这个小小的报仇把戏。这是很简单的，而且非常有效，因为汉姆荷兹和野人都会因一颗心爱的诗之水晶被污损破坏而痛苦不堪。最后，汉姆荷兹威吓他：如果他再敢捣蛋，就把他踢出房间。然而奇怪的是：下一次打断了的却是汉姆荷兹本人，而且是最煞风景的一次。

野人正在高声念着《罗密欧与朱丽叶》——以一股强烈而战栗的热情念着（因为他一直都把自己当作罗密欧，而把蕾宁娜当作朱丽叶）。汉姆荷兹一知半解却饶感兴趣地听着这对情侣初度会面的一幕。果园那一景的诗意使他愉快，不过那种情感的表达使他微笑了起来。为了要得到一个女孩子竟至如此地步——看来十分可笑。可是，逐字细细推敲之下，这是情绪操纵学上的杰作！"那个老头，"他说，"他把我们最好的宣传技术员都比下去了。"

野人得意地笑了，继续他的朗诵。一切都大致不差，直到第三幕最后一景，卡帕莱特和卡帕莱特夫人开始威迫朱丽叶嫁给巴利斯。这整整一景，汉姆荷兹自始至终都没沉住气，当野人模仿着朱丽叶悲惨地叫出：

> 难道在天上就没有慈悲，
> 能深深了解我的哀伤？
> 啊，我亲爱的母亲，不要抛弃我！
> 把这桩婚事延迟一个月，一个星期；
> 或者，如果你不肯，就把婚礼的床
> 放置在那提伯特安睡着的幽暗坟墓里……[1]

当朱丽叶说到这里，汉姆荷兹轰然爆出一阵控制不住的狂笑。母亲和父亲（既怪诞又猥亵）强迫女儿要一个她不要的人！而这个白痴姑娘，竟然不说她另有心上人（至少在那个时候是）！这种淫猥荒唐的情况真是令人忍不住发噱。他一直以一种英雄式的努力，设法让自己按下那股急迫高升的笑意；可是"亲爱的母亲"一词（用野人那痛苦的颤音说出来），还有提伯特之死的提及——显然在那幽暗的坟墓里未经焚化，浪费了磷质，这些对他是太过分了。他笑个不停，直到眼泪流下了他的脸。在他压抑不止地大笑的时候，野人却因盛怒而面色苍白，从书本边上望着他，他还大笑不止，野人便愤怒地合上书本站起身来，以一个人把他的珠宝从猪猡面前拿开的姿势，将书锁进抽屉里。

---

[1] 莎士比亚《罗密欧与朱丽叶》，第三幕，第五景。

"然而，"当汉姆荷兹回过气来能道歉时，他使野人心平气和来听他解释，"我十分了解一个人需要像那样子可笑而疯狂的情境；没有身历其境是无法真正写得好的。为什么那个老家伙是一个如此了不起的宣传技巧家？因为有这许多疯狂的、苦恼的事情处处刺激着他。你必得受到伤害和烦恼，否则你不能想出真正好的、有刺穿力的、X光似的句子。可是父亲和母亲！"他摇着头，"你不能要求我对父亲母亲这种字眼道貌岸然。谁又会为一个男孩子是否得到一个女孩子而激动呢？"（野人畏缩了一下，可是汉姆荷兹正若有所思地注视着地板，不曾注意到。）"不行，"他以一声叹息做了结论，"那没用。我们需要另外一些疯狂和暴烈。可是，是什么呢？是什么呢？哪里找寻得到？"他沉默下来，然后摇着头，"我不知道，"最后他说，"我不知道。"

第十三章

亨利·福斯特从胚胎室朦胧的光线中隐隐约约出现了。"今晚想不想去看一场感觉电影？"

蕾宁娜无言地摇摇头。

"要跟别人出去？"他对于自己的朋友中谁跟谁好过的事情很感兴趣，"是班尼托吗？"他问。

她又摇摇头。

亨利发觉了那双紫色眸子中的疲惫，那层狼疮色下的苍白，那毫无笑意的鲜红唇角上的悲伤。"你该不是生病了吧？是不是？"他有点担忧地问道，恐怕她患上那少数几种还残留着的传染病。

可是蕾宁娜还是摇摇头。

"无论如何，你该去看看医生，"亨利说，"每天看一个医生，百病不生。"[1] 他诚恳地加句话，为了强调他这句催眠教育谚语，

---

[1] 改自西谚："每天吃一个苹果，不看医生。"

还一巴掌拍在她肩膀上。"也许你需要一次怀孕替代,"他建议,"或者一次特强的激情替代治疗。你知道,有时候一般的激情替代并不十分……"

"哦,看在福特的分上,"蕾宁娜打破她顽强的沉默说,"闭嘴!"然后转向那被她疏忽了的胚胎。

什么激情替代治疗!如果她不是正差一点就要哭的话,她会笑出来。好像她还没受够她自己的激情似的!她一面重新灌满注射器一面深深地叹息。"约翰,"她向自己低语,"约翰……"然后一声"吾主福特,"她搞不清了,"我究竟给这个胚胎昏睡病注射了没有?"她实在记不起来了。最后,她决定不要冒上给它注射两回的风险,便沿着长列移向下一个瓶子。

那一刻之后的二十二年八个月零四天,在汪沙汪沙一个年轻有为的负阿尔法行政人员死于锥虫病——半个多世纪以来的第一个病例。蕾宁娜叹息着继续她的工作。

一小时之后,在更衣室里,芬妮理直气壮地驳斥着她。"把你自己弄到如此地步真是荒唐。实在荒唐,"她重复着,"而为着什么呢?一个男人———一个男人。"

"可是他是我所要的那一个。"

"好像世界上就没有别的成千上万的男人了。"

"可是我不要他们。"

"你没试过你怎么知道?"

"我试过了。"

"多少个?"芬妮问,轻蔑地耸耸她的肩膀。"一个,两个?"

"成打的。可是,"她摇摇头,"根本没用。"她说。

"好吧,你必得要坚持下去。"芬妮简捷有力地说。然而,显然她对于自己的处方的信心也不强。"没有坚持则一事无成。"

"可是同时……"

"别去想他。"

"我会情不自禁。"

"那么，服用**索麻**。"

"我吃了。"

"好，继续吃。"

"可是在空档的时候我依旧喜欢他。我会一直喜欢他的。"

"好吧，如果情形果真这样，"芬妮下决心说道，"你何不直接去找他。不管他要不要。"

"可是你不晓得他是怎样的怪得要命！"

"因此就更该采取一条坚决的路线。"

"说起来容易罢了。"

"废话不足取。行动第一。"芬妮的声音有如一个号角，她大概做过一个Y.W.F.A（福特女青年会）[1] 的讲师，对负贝塔青少年们做一次晚间谈话，"对，立刻行动。现在就去。"

"我会害怕。"蕾宁娜说。

"那你只消先吃上半克**索麻**。现在我要洗澡去了。"她拖着毛巾走掉了。

门铃响了起来，野人正迫不及待地盼望汉姆荷兹这天下午会来（因为他终于下定决心要跟汉姆荷兹谈蕾宁娜，他无法忍受把

---

[1] 英美国家里有许多Y.W.C.A.（基督教女青年会），"新世界"中当然以福特取而代之。

自己的心腹话再多延搁一下），连忙跳起来跑向门口。

"我有预感是你，汉姆荷兹。"他边喊边打开门。

在门口处，穿着一件白色醋酸纤维人造缎子的水手装，一顶白色的小圆帽轻俏地斜盖着左边的耳朵——是蕾宁娜站在那儿。

"啊！"野人好像被什么人重重打了一记似的。

半克足够让蕾宁娜忘却她的畏惧和羞窘。"哈啰，约翰。"她微笑地说着，走过他的身边进入屋里。他无意识地关上门跟随着她。蕾宁娜坐下来。一段漫长的沉默。

"你好像不太高兴看见我，约翰。"她终于开口了。

"不高兴？"野人责怪地注视着她，突然跪到她面前，握住蕾宁娜的手，虔诚地吻着。"不高兴？哦，但愿你晓得，"他低语道，鼓起勇气抬眼望向她的面孔，"可敬爱的蕾宁娜，"他说下去，"绝顶的可敬可爱，抵得世上的无价之宝。"[1] 她甜美而温存地向他微笑。"啊，你是如此完美"（她微启双唇向他靠过来），"由一切美好无匹的（愈靠愈近了）万物的至美造出的。"更靠近了。野人突然站起身来。"因此，"他把脸转开说道，"我要先做些事情……我的意思是，以表示我配得上你。实际上我是永远够不上的。可是无论如何要表示出我并非完全不配。我要做出些**事情**来。"

"为什么你会认为必须……"蕾宁娜有头无尾地说。她声音中有种恼怒的语气。当一个人向前靠过去，愈靠愈近，双唇微启——却突如其来地发觉自己只是向空无一物之处靠过去，原来那个傻瓜已经一骨碌站了起来——好吧，这总有理由了，即使有半克**索麻**在血液里循环着，也有充分的理由恼火吧。

---

[1] 语出《暴风雨》，第三幕，第一景。

"在马培斯，"野人语无伦次地喃喃道，"你必须送给她一只山狮的皮——我的意思是，当你要娶一个人的时候。或者一只狼也行。"

"英格兰根本就没有什么狮子。"蕾宁娜没好气地说道。

"即使有，"野人忽然带着轻蔑的怨恚说，"我想人们也会从直升机里，用毒气之类的东西把它们杀死。我不会那么做的，蕾宁娜。"他挺直肩膀，壮起胆子注视着她。碰上的却是恼怒不解的瞪眼。他茫然了，"我愿意做任何事情，"他继续道，愈来愈语无伦次，"任何你吩咐我的事情。有些运动是很吃苦的——你知道。可是它们的劳苦更显示了其中的喜悦。[1] 这便是我所感觉到的。我想如果你要的话，我愿意扫地板。"

"可是我们这儿有真空清洁器，"蕾宁娜大惑不解地说，"扫地是不必要的。"

"对，当然是不**必要**。可是有些卑贱之事却是高贵之行。我喜欢高贵行事。[2] 你难道不明白吗？"

"但是如果有真空清洁器……"

"问题不在那里。"

"而且有埃普西隆半白痴来操作，"她继续道，"好吧，说真的，为什么？"

"为什么？只为了你，为了**你**。只是要表示我……"

"而真空清洁器跟狮子究竟扯得上什么关系……"

"以表示我是何等……"

---

[1]　语出《暴风雨》，第三幕，第一景。
[2]　语出《暴风雨》，第三幕，第一景。

"或者狮子跟高兴看到我这回事又……"她越发激愤起来。

"我是多么爱你啊，蕾宁娜。"他几乎是不顾一切地表白了出来。

像是内心的惊喜交集之情如潮涌，血液冲上了蕾宁娜的双颊。"你说的是真话吗，约翰？"

"可是我本来没有要说出来呀，"野人叫道，痛苦地紧握着双手，"除非要到……听着，蕾宁娜，在马培斯的人们要结婚的。"

"要什么？"恼怒又开始渗进她的声音里。此刻他在说些什么？

"永远。他们许诺永远生活在一起。"

"多么可怕的主意呀！"蕾宁娜震惊之至。

"比美貌的外表更能持久，内心恢复青春的力量比色欲衰退还要快些。"[1]

"什么？"

"同样的，这也是莎士比亚说的：'如果你在未用盛大仪式举行神圣的婚礼之前就破坏她的童贞之结……'"[2]

"看在福特的分上，约翰，不要胡说八道了。你说的我一个字也不懂。先是真空清洁器，然后是什么结。你要把我逼疯了。"她跳起来抓住他的手腕，好像生怕他的身体也会跟着心神一起跑掉，"回答我这个问题：你是真喜欢我呢，还是不喜欢？"

沉寂了片刻，然后，他以极低的声音说："我爱你胜过世上任何一切。"

"你到底为什么早不这么说？"她叫道，激愤之情强烈得使她把尖指甲掐进了他手腕的皮肤里。"却鬼扯到什么结、真空清

---

[1] 语出《脱爱勒斯与克莱西达》，第三幕，第二景。

[2] 语出《暴风雨》，第四幕，第一景。

洁器和狮子，还叫我难受了好多好多个星期。"

她放松他的手，狠狠地摔开去。

"如果我不是这么喜欢你的话，"她说，"我会气死你了。"

她的手臂突然圈住他的脖子，他感觉到她的嘴唇轻柔地触上了他的唇。如此甜美的轻柔，如此温暖且如触电，他无可避免地发觉自己在想《直升机里的三星期》中的拥抱。呜！呜！那立体的金发女郎，啊！比真人还逼真的黑人。恐怖，恐怖，恐怖……他试着挣脱，可是蕾宁娜搂抱得更紧了。

"为什么你早不这么说？"她低语道，抬起脸注视着他。她的眼中有着温柔的责备。

"最幽暗的巢窟，最适切的地点。"（良心的声音诗意地隆隆响起），"我们恶劣的天性最强烈的诱惑，也永不会将我的节操化为淫欲。永不，永不！"[1] 他下定决心。

"傻小子！"她说着，"我这么想要你。如果你也想要我，为什么不……"

"但是蕾宁娜……"他开始抗议，当她立即松开手臂转身而去时，他一刹那间还以为她接受了他无言的暗示。可是当她解开那条专利的白腰带，把它小心地挂在椅背上的时候，他开始怀疑自己弄错了。

"蕾宁娜！"他担心地又叫了一声。

她把手伸到脖子上，然后直往下长长一拉，她的白水手衫便直裂到底，怀疑凝结成了非常非常坚强的肯定。"蕾宁娜，你**到底**在做什么？"

---

[1] 语出《暴风雨》，第四幕，第一景。

嗞！嗞！她的回答是无言的。她跨出她的灯笼裤。她的拉链内衣是浅粉贝壳色。主乐官的金T字在她胸脯上悬荡着。

"由于那些透过镂花胸衣的乳头钻进男人的眼睛……"[1] 那唱着的、隆隆响着的魔句使她显得加倍危险，加倍诱惑。轻轻、轻轻的，可是多么有穿透力！钻孔进入理性，掘道通进决心。"最坚强的誓言碰到狂炽的欲火，就成了干草。要多忍制，否则……"[2]

嗞！浑圆的粉红分了开来，像一只齐齐切开的苹果。手臂一阵扭动，先是伸出右脚，再是左脚：拉链内衣死了般摊在地上，好像被抽空了气似的。

她仍然穿着鞋袜、轻俏地斜戴着白色圆帽，朝着他走过来。"爱人。**爱人！**你要早这么说多好！"她伸出臂膀。

可是野人并不曾张开臂膀回一声"爱人"，反而恐怖地退缩着，两手朝她乱打乱挥，好似要吓走什么闯入的恶兽。后退四步，他靠上了墙壁，陷入后退无路之境。

"甜心！"蕾宁娜说着就把双手搁在他肩膀上，紧贴住他，"用你的双臂搂住我，"她命令道，"搂紧我使我酥麻，蜜糖。"她的命令也是诗意的，她知道那些可唱的、有魅力的、有鼓声节奏的字句。"亲吻我，"她闭上眼睛，声音沉入梦呓般的呢喃，"亲吻我使我昏花。搂紧我，蜜糖，抱紧我……"

野人抓住她的手腕，把她的手从自己肩膀上扯开，粗鲁地将她推开。

"哦，你弄痛了我，你……啊！"她突然住口。恐惧使她忘了

---

[1] 莎士比亚剧《雅典的泰蒙》，第四幕，第三景。
[2] 语出《暴风雨》，第四幕，第一景。

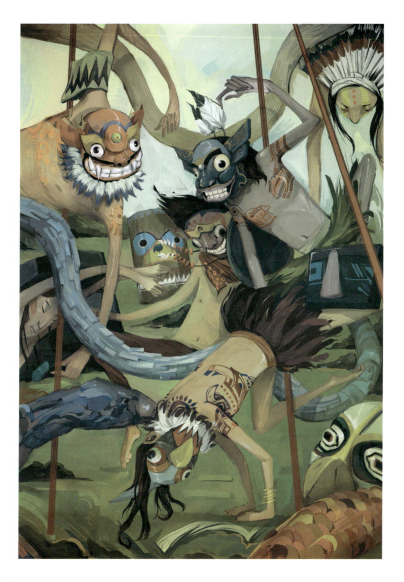

　　他们戴着骇人的面具或者在脸上涂抹色彩，变得不成人样，绕着方场踏着一种奇怪的、有气没力的舞蹈；绕了又绕，边走边唱，转了又转……

曾翔立　插图

　　嗞！浑圆的粉红分了开来，像一只齐齐切开的苹果。手臂一阵扭动，先是伸出右脚，再是左脚：拉链内衣死了般摊在地上，好像被抽空了气似的。

耶娃·柯佳特（Ieva Kuojaite）插图

疼痛。她睁开眼睛，看到了他的脸——不，不是他的脸，那是一个凶恶的陌生人，因着疯狂的莫名其妙的暴怒而苍白、扭曲、痉挛。她大吃一惊，"怎么回事，约翰？"她低声问。他没有回答，只是以那双疯狂的眼睛盯住她的面孔。抓住她手腕的那双手在颤抖。他的呼吸浊重而不规则。她忽然听到他咬牙切齿的声音，虽然低得几乎觉察不出，却令人害怕。"怎么回事？"她几乎是尖叫着。

好似被她的叫声所唤醒，他抓住她的臂膀摇撼着她。"淫妇！"他吼道，"淫妇！无耻的娼妓！"

"啊，不要，不——乌要。"她抗拒道，声音因他的摇撼而滑稽地颤抖着。

"淫妇！"

"七——求你。"

"该死的淫妇！"

"一古翁——克……喝——好过……"她开始说。

野人使劲地把她推开，她踉踉跄跄地跌倒了。"滚，"他叫道，威吓地站在她面前，"给我滚，不然我就宰掉你。"他握紧拳头。

蕾宁娜抬起手臂遮住她的面孔。"不，请别这样，约翰……"

"快滚。快！"

她爬起来蹲着，惊惶的眼神随着他每一个动作，然后仍举着一只手臂遮住头，快步冲向浴室。

狠狠的一巴掌打下来，声音有如枪响，催得她更加快速地逃之夭夭。

"噢！"蕾宁娜跳向前去。

她安全地把自己锁在浴室里，才有空鉴定一下她的伤势。背对着镜子，转头从左肩望过去，她看到一个张开的手掌印清晰而鲜红地显现在她珍珠般的皮肉上。她小心翼翼地揉着伤处。

在外头另一间屋子里，野人正大步地走来走去，前进，向那鼓声和乐声的魔句前进。"鹟鹟在交尾，小金蝇也在我面前宣淫。"这些字句疯狂地在他耳边轰然作响。"连臭鼬或喂了鲜草的马也及不上她的淫欲邪荡。自腰以下她们是半人半马的妖怪，虽然上半截全是女人。仅仅腰带以上是属于神的，以下全是魔鬼的。那里有地狱，有黑暗，有硫黄窟，燃烧、恶臭、腐烂；啐，啐，啐，呸，呸！给我一两麝香，好药剂师，来熏香我的脑筋。"[1]

"约翰！"一个细微而讨好的声音壮着胆子从浴室里发出来，"约翰！"

"啊！你这莠草！你是那么美艳芬芳，使得感官为你痛苦。这么好的一本书册，是为了写上'娼妓'两个字的吗？上天都要掩鼻……"[2]

然而她的香水味仍然弥漫在他四周，他的外套被那熏香她天鹅绒般肌肤的香粉沾白了。"无耻的娼妓，无耻的娼妓，无耻的娼妓。"节奏不停地自动拍打出来，"无耻的……"

"约翰，你想我是不是可以拿我的衣服？"

他拾起灯笼裤、上衣、拉链内衣。

"开门！"他踢着门命令道。

"不，我不开。"声音带着惊惧和反抗。

"那你要我怎么递给你？"

"从门上的气窗丢进来。"

---

[1] 语出莎士比亚剧《李尔王》，第四幕，第六景。
[2] 语出《奥赛罗》，第四幕，第二景。奥赛罗疑其妻不贞而加以詈骂之言。

他依着她的话做了，然后照旧在房间里不安地踱着。"无耻的娼妓，无耻的娼妓。淫欲魔鬼耸着她那肥臀和甜薯般的指头……"[1]

"约翰。"

他置之不理。"肥臀和甜薯般的指头。"

"约翰。"

"干什么？"他粗暴地问。

"不知道你愿不愿意把我的马尔萨斯腰带递给我。"

蕾宁娜坐着倾听另一间房里的脚步声，边听边想他会那样子踏步来来去去多久；她是否要等到他离开这幢公寓，或者等他的疯狂经过一段相当的时间平息之后，才打开浴室门冲出去，不知这样是不是够安全。

正当她费劲思索的时候，另一间屋子里响起电话铃声。踏步声突地停止了。她听到野人的声音，在跟听不见声音的对方谈话。

"喂。"

……

"是的。"

……

"如果我没有冒名顶替自己的话，我就是。"

……

"是的，难道你没听见我这么说？正是野人先生。"

……

"什么？谁生病了？我当然想知道。"

---

[1] 语出《脱爱勒斯与克莱西达》，第五幕，第二景。

……

"严重吗？她真的很糟啦？我马上去……"

……

"不在她的屋子里了？她给送到哪里去了？"

……

"啊，我的上帝！地址是什么？"

……

"公园巷三号——是吗？三号？谢谢。"

蕾宁娜听到听筒挂断的咔嗒声，然后是急促的脚步。一扇门砰然关上。一片寂静。他真走掉了吗？

她无比小心翼翼地把门打开四分之一寸宽；从细缝里往外窥视，空空如也的景象使她鼓起了勇气；又推开些，把她整个头伸了出去；最后蹑足走进房间，怀着一颗狂跳着的心站了几秒钟，听了又听；然后蹿向前门，打开门溜出去，摔上门跑掉了。直到她进入电梯确确实实地往下降时，才开始感觉到自己安全了。

第十四章

　　公园巷临终医院是一座樱草花砖的六十层高塔。野人跨出他的出租直升机时，一队颜色鲜艳的空中枢车队正从屋顶上呼啸起飞，冲过公园，往西朝着泥沼火葬场而去。在电梯门口，门房回答了他的询问，他便降到第十七楼的八十一号病房（据门房解释，是"急性老迈"病房）。

　　这是一间被阳光和黄色油漆照亮了的大房间，有二十张床，全睡着人。琳达临终有着同伴——有同伴和一切新式设备。甜美的合成旋律使得空气鲜活。每张床尾都有一架电视机，面对着床上濒死的人。电视机像个开着的水龙头，从早到晚不关。每过一刻钟，房里的香气就自动更换。"我们试着，"在门口招呼着野人的护士解说道，"我们试着在这儿造出一种完完全全愉快的气氛——像在第一流的旅馆和感觉电影厅里——你可懂得我的意思？"

　　"她在哪里？"野人问道，对这些礼貌的解说置若罔闻。

　　护士被触怒了。"你可急得很哪。"她说。

"还有希望吗？"他问。

"你是指她不死？"（他点点头。）"没有，当然没有。一个人被送到这里来，就没有……"她忽然住口，他苍白的面孔上那痛苦的表情令她吃了一惊。"咦，怎么啦？"她问。她不习惯于访客这个样子。（这地方根本就没有多少访客，也没有任何理由该有许多访客。）"你没觉得不舒服吧？有没有？"

他摇摇头。"她是我的母亲。"他以几乎听不见的声音说道。

护士用惊恐的眼光看着他，然后很快地转开去。她从脖子到太阳穴全涨得通红滚烫。

"带我去她那儿。"野人说，努力用一种平常的音调讲话。

她仍然红着脸，带着他穿过病房。当他们走过时，那些还新鲜未凋的面孔转了过来（由于老迈来得太快了，以致来不及让面孔衰老——只有心脏和头脑）。目送着他们的，是那些空无表情、属于第二度婴儿期的眼睛。野人看着为之战栗。

琳达躺在一长排床位的最后一张靠墙的床上。她倚在枕头上，看着床尾电视机里静默而缩小了的南美黎曼面网球半决赛的转播。在那发亮的玻璃方块里，小小的身形无声无息地穿梭来去，有如水族箱里的鱼儿们——另一个世界里无声却骚动的居民。

琳达看着，恍惚而不知所以然地微笑着。她那苍白浮肿的面孔带着一种愚钝的快活表情。她的眼皮不时会合上，有几秒钟她好像在打盹。然后她又会惊醒过来——醒向这网球赛的水族箱滑稽戏中，向这"伍立哲瑞安娜氏超音响"的"搂紧我使我酥麻，蜜糖"的表演，向这从她头顶上的空气调节器吹送出来的马鞭草暖香里——向着这些东西醒过来，或者毋宁说，是向着被她血液中的**索麻**将这些东西转化、修饰而成的美妙梦境。她再度展出了一个残破褪色、婴儿式的满足的微笑。

"好啦，我得走了，"护士说，"我这儿有一群小孩子要来。而且，那边的三号，"她指向病房前头，"随时都可能死掉。好，你请随意吧。"她轻快地走开了。

野人在床畔坐下。

"琳达。"他轻唤道，执起她的手。

听到她的名字，她转过头来。她模糊的眼睛因认人而亮了起来。她紧握住他的手，微笑着，嘴唇嚅动着，然后突如其来地头颅向前俯落下去。她睡着了。他坐着注视她——从那疲惫的肌肉里去搜求，去寻找那张他童年在马培斯俯顾他的年轻光灿的面孔，回忆着（他合上眼睛）她的声音，她的举止，所有他们俩共同生活的种种。"链霉素 G，到班布里 T……"她的歌声曾是多么美好！还有那些童谣，是多么神奇而奥妙！

A、B、C、维生素 D，

脂肪在肝脏，鳕鱼在海里。

当他回想这些字句，以及琳达复诵着它们的声音时，他觉着热泪充满在闭着的眼睛里。然后是阅读课程：小宝宝在瓶子里，小猫咪在席子上，还有《胚胎处贝塔工作人员实用指导手册》。火炉边的漫漫长夜，夏季则在小屋子的房顶上，她告诉他关于保留区外头的"那边"的那些故事：那美丽的、美丽的"那边"，在他的记忆中有如一个天堂，一个至善至美的乐园，他依然保持着那份完美无瑕的记忆，纵使接触到了这真正的伦敦和这些真正的文明男女，他的记忆也没有被玷污。

一阵突如其来的尖声吵闹使得他睁开眼睛，急忙揩干眼泪转头望去。一群相像的、八岁大的孪生男孩像一道长流似的涌进房里来。一个又一个的孪生儿，一个又一个，他们进来了——一场噩梦。他们的面孔，他们重复的面孔——他们一大群却只有一张脸——所有的鼻孔和骨碌碌转着的白眼都像哈巴狗似的张望着。他们穿着卡其制服。每张嘴巴都垂张下来。他们一路吱吱喳喳地进来。一刹那间，他们像蛆一般挤满在病房里。他们蜂拥在病床之间，爬上爬下，窥视电视机，朝病人做鬼脸。

　　琳达颇使他们讶异惊恐。有一群便围成一圈站在她床脚前，以惊惧痴呆的好奇注视着她，有如野兽突然面对了不可知的事物。

　　"哇，看哪，看哪！"他们用低低的、惶恐的声音说道，"她到底怎么了？她为什么这么肥？"

　　他们从来就不曾见过一张像她这样的脸孔——从未曾见过一张不再年轻、没有绷紧的皮肤的面孔，也未曾见过一个不再苗条直挺的身躯。所有这些濒死的六七十岁的老年人，都还有稚龄少女的外表。在对比之下，四十四岁的琳达有如一个松弛歪扭的老怪物。

　　"她好可怕呀！"传来低声的评语。"看她的牙齿！"

　　忽然间，从床底下冒出一个狮子鼻面孔的孪生儿，站在约翰的椅子和墙壁之间，开始窥视琳达睡着的面孔。

　　"我说啊……"他开始说道，可是他的语句在半途就以一声尖叫终结了。野人抓住他的领子，把他拎过椅子这边来，狠狠一记耳光，让他一路哭号而去。

　　他的号叫引得护士长急忙赶来援助。

　　"你在对他干什么？"她凶巴巴地质问。"我不准你打孩子。"

"好，那么叫他离开这张床边。"野人的声音因激愤而颤抖，"这些丑恶的小鬼头到底在这里干什么？这真是可耻！"

"可耻？你是什么意思？他们在接受死亡制约。我告诉你，"她凶狠地警告他，"如果我再发现你干扰他们的制约，我就叫门房来把你摔出去。"

野人站起来朝她走了两步。他的动作和面部表情都很吓人，使得护士长恐惧地后退了。他好不容易才压制住自己，一言不发地转开身去，坐回床边。

护士长以一份略微尖锐而不肯定的威严再强调一次："我警告过你了，"她说，"记住。"便领着那些好奇得不得了的孪生儿走开了，叫他们加入她的一个同事在房间另一头带领着玩的"找拉链"游戏。

"现在你可以走了，去喝一杯咖啡因溶液吧，亲爱的。"她向另外那个护士说。权威的运用恢复了她的自信心，使她觉得好过些了。"来吧，孩子们！"她叫道。

琳达辗转反侧，睁了一下眼睛恍惚地四周望望，然后又陷入睡眠。野人坐在她的身畔，尽力抓回他几分钟前的心情。"A、B、C、维生素 D。"他重复自语，好像这些是一种符咒，可以让过去消逝的日子回转复生。然而这符咒是无效的。美丽的回忆硬是不再浮现，只有嫉妒、丑恶和悲惨可恨地复现了。波培受伤的肩膀上滴下鲜血；琳达可憎地沉睡着，苍蝇嗡嗡地绕着床边地板上淌出来的麦斯柯酒；男孩子们在她走过的时候辱骂她的那些话……啊，不，不！他闭上眼睛摇着头，拼命甩脱这些记忆。"A、B、C、维生素 D……"他试着去回想那些时光：他坐在她的膝上，她搂着他歌唱，一遍又一遍，摇着他，摇他入睡。"A、B、C、维生素 D，

维生素 D，维生素 D……"

伍氏超音响提高到一个啜泣的增强音；突然间，香味循环系统中的马鞭草变成了强烈的广藿香。琳达有了动静，醒转过来，困惑地注视了半决赛几秒钟，然后仰起她的脸，嗅了一两下换上新香味的空气，突然微笑起来———一种童騃狂喜的微笑。

"波培！"她喃喃道，闭上了眼睛，"啊，我真喜欢这样，我真……"她叹口气又陷入枕头里。

"琳达！"野人哀求地说，"你不认得我了吗？"他已经非常努力了，已经尽了他的所能，为什么她偏不让他忘却呢？他几乎是凶猛地抓住她软弱的手，好似要迫使她从这下贱的美梦中转醒过来，从这些卑鄙可恨的记忆——回到此刻，回到现实：可怕的此刻，可畏的现实——然而却是庄严的、有意义的、极端重要的，这正因为使得现实成为如此可怕的原因是迫在眼前的。"你不认得我了吗，琳达？"

他感觉到她手部微弱的回应力量。泪水涌上他的眼睛。他弯下身来亲吻她。

她的嘴唇嚅动着。"波培！"她又低语道，这使他有如被一整桶粪泼了满脸。

怒火在他体内燃起。他悲苦的热情在第二度受挫之后找到了另一条出路：转而为一股痛苦的狂怒激情。

"可我是约翰！"他喊道，"我是约翰！"他在暴怒的痛苦中紧抓住她的肩头摇撼着她。

琳达的眼睛眨了几下睁开了，她看到他，认出他——"约翰！"——但是把这真实的面孔、真实而猛力的手，放进一个想象的世界中去——放进她那内心的私人世界，一个由广藿香和伍氏超音响、由美化了的记忆和奇怪地变换着的感觉所构成的她梦中的天地。她认得他是约翰，她的儿子，但却把他幻想成一个闯入者，闯进了她跟波培共度**索麻**假期的马培斯乐园。他生气是因为她喜欢波培，他摇撼她是因为波培在她床上——就好像有什么事情不对劲了，就好像所有的文明人都不那么做似的。"每一个人属于每……"她的声音突然委顿到几乎听不见、窒息了的哑声。她的嘴巴垂张开来，她拼命努力让自己的肺充进空气。然而却好似她已经忘记了怎样呼吸。她想叫出来——可是发不出声音，只有她凝注的眼睛中的恐怖之色，显示出她正在挨受着怎样的痛苦。她的手伸向自己的喉咙，然后在空气中乱抓——她不再能呼吸的空气，那空气对她来说是不再存在的了。

野人跳起来俯向她。"怎么了，琳达？怎么了？"他的声音是哀恳的，好像在乞求她让自己放心。

她对他的一瞥包含着一种说不出的恐怖——不但是恐怖，在他看来还有责备。她试着在床上撑起来，却仍陷回枕头上去。她的脸孔可怕地扭曲着，嘴唇铁青。

野人转身跑回病房前头。

"快，快！"他叫道，"赶快！"

护士长站在玩"找拉链"的孪生儿圈子中央，转头看过来。第一刹那的吃惊几乎立刻就变成了反感。"别叫！替孩子们想想，"她皱眉说道，"你会破坏制约……你干什么？"他冲进圈子里。"当心！"一个孩子叫了起来。

"快！快！"他抓住她的袖子，拖她跟着自己。"赶快！不好了，我杀了她。"

就在他们回到病房末端时，琳达死了。

野人在凝冻的沉寂中站了一会儿，然后跪在床畔，双手遮着脸，无法抑制地啜泣起来。

护士长不知所措地站着，看看床边跪着的身子，（多可耻的表现！）又看看那些孪生儿，（可怜的孩子们！）他们已经停止了找拉链，正从病房的那一头望过来，眼睛和鼻孔都瞪着这发生在二十号病床旁边令人震惊的一幕。她是否该跟他说话？试着叫他恢复神智？提醒他置身何处？提醒他会对这些可怜无辜的小孩造成怎样不幸的损害？以这可憎的哭叫破坏他们健全的死亡制约——就好像死亡是什么可怕的东西似的，就好像真会有人在乎似的！这可能会使他们对死亡这回事产生最悲惨的观念，可能会扰乱他们的反应行为而使之变得大逆不道、彻底反社会。

她走向前来，碰碰他的肩膀。"你不能放规矩些吗？"她低声而愤怒地说道。可是，回头望望，她看见半打孪生儿已经站起身子朝病房这边走过来了。游戏的圈子已经解散了，再过一下……不行，这个危险性太大了，这一整个种群的制约会为之延后六七个月。她急忙回到她那岌岌可危的工作岗位上去。

"现在，谁要一根巧克力糖棒？"她愉快地高声问道。

"我！"整个波氏种群异口同声地叫起来。二十号病床被忘得一干二净了。

"啊，上帝，上帝，上帝……"野人不停地重复自语。在他那充满悲伤和悔恨的混乱心灵中，这是唯一清晰的字眼。"上帝！"他的低语声提高了，"上帝……"

"他说的是什么呀？"一个声音说道，离得很近，清楚而尖锐地穿过伍氏超音响的颤音。

野人猛然一惊，抬起面孔转头望去。五个穿卡其服的孪生儿，每个人右手拿着一根啃剩的长糖棒，一模一样的面孔被巧克力糖浆弄出不同的污斑，他们站成一排，狮子狗般地朝他骨碌碌望着。

他们一触上他的眼光就龇牙咧嘴地笑起来。其中的一个用那吃剩的糖棒指指点点。

"她死了吗？"他问。

野人无言地注视着他们半晌。然后，他默默地站起来，默默地缓缓走向病房门口。

"她死了吗？"那好问的孪生儿尾随着他又问。

野人俯视着他，然后一言不发地推开了他。孪生儿跌倒地上，立刻号叫起来。野人连头也没回。

第十五章

公园巷临终医院有一百六十二个德塔下级职员，分成两个波氏种群：各为八十四个红发女性和七十八个黑肤长头型男性孪生子。六点钟时，他们一日工作完毕，两个种群便集合在医院的门厅，由助理副出纳员分发他们的一日份**索麻**口粮。

野人从电梯里出来，走进他们中间。可是他的心灵却在别处——怀着死亡，怀着他的悲痛、他的悔恨；机械化而浑然不自觉地，开始从人丛中用肩膀撞开自己的路来。

"你推什么？你想干什么？"

从一大群的喉咙里发出的只有一高一低两种声音，在尖叫着或者咆哮着。无限地重复着的两张面孔，有如在一长列镜子面前，一张是有如罩了橙色月晕的无毛而生雀斑的月亮，另一张是瘦削的、尖嘴的鸟面，上头还有两天没刮的硬髭，两种脸愤怒地转向他。他们的话声和猛锐地撞着他肋骨的手肘，打破了他的浑然无觉。他再度醒转到外界的现实中，看看自己周遭，认得了他所看到的——以一份沉陷着的恐怖和厌憎之感认得了：那夜以继日循环错扰着他的，便是这拥挤着雷同之物的梦魇。孪生儿，孪生儿……他们像挤满的蛆，亵渎了琳达之死的神秘。蛆又出现了，而且更大，已经长成了，它们现在正蠕爬过他的悲伤和他的悔恨。他停下来，用迷惑而恐怖的眼光望着周遭穿卡其服的群众，他便在这中间鹤立鸡群地站着，整整高出一个头来。"这里有多少好人啊！"歌咏着的字句可笑地讥嘲着他。"人类是多么美丽：啊，美丽的新世界……"

"分发**索麻**！"一个声音在大喊。"请遵守秩序。快点过来。"

门开处，一具桌椅被搬到门厅。声音发自一个神气的年轻阿尔法，他带着一个黑铁盒子来。期待着的孪生子们发出一阵心满意足的低语声。他们把野人忘得一干二净了。他们此刻的注意力集中在黑盒子上，年轻人把它放在桌上，现在正在开锁。盖子掀开了。

"喔——喔！"全体一百六十二人同时叫着，有如在看放烟火。

那年轻人取出一把小药盒来。"现在，"他用命令的语气说，"请走向前来。一个个来，不许推挤。"

一个个来，不推挤，孪生人们走向前来了。先是两个男人，然后一个女人，然后另一个男人，然后三个女人，然后……

野人站住一直看着。"啊，美丽的新世界，啊，美丽的新世界……"那歌咏的字句在他心中似乎变了调子。它们曾经从他的悲惨和悔恨中嘲弄他，以一种多么可怕的冷嘲热讽的音调嘲弄他！它们曾如恶魔般地笑着，坚持着噩梦中卑秽和作呕的丑恶。但此刻，它们突然吹出了武装的号角。"啊，美丽的新世界！"米兰达宣示着美好的可能性，即使是噩梦也可化为美好高尚事物的可能性。"啊，美丽的新世界！"这是一个挑战，一个命令。

"那边不要推挤，喂！"助理副出纳员怒吼道。他砰然关上盒盖。"再不照规矩来，我就停止分发了。"

德塔们咕哝着彼此推了推，然后就安静下来。恐吓生效了。剥夺**索麻**——简直不堪设想！

"这样可好多了。"年轻人说着再打开他的盒子。

琳达曾是一个奴隶，而琳达已经死了；其他人应该自由地生活，把世界变得美丽。一种补救，一份责任。野人蓦然灵光闪现地了然了自己所该做的事，有如光闸打开，帘幕拉起。

"来吧。"助理副出纳员说。

另一个卡其装的女性走上前去。

"停！"野人高昂响亮地叫道。"停！"

他排开众人走向桌前，德塔们惊讶地盯着他。

"福特！"助理副出纳员低呼。"是野人呀。"他感到害怕了。

"听着，我请求你们，"野人诚挚地叫道，"请倾耳听我说……[1]"他从来未曾当众说话，发现非常难于遣词达意，"不要拿那可怕的东西。那是毒药，那是毒药。"

"我说，野人先生，"助理副出纳员息事宁人地微笑着说，"你是否能让我……"

"不仅是肉体，更是灵魂的毒药。"

"是的，但是让我继续分发吧，好不好？嗯？好老兄！"他像在安抚一只凶恶的野兽，谨慎而温柔地拍拍野人的臂膀。"就让我……"

"绝不！"野人叫道。

---

[1] 语出莎士比亚剧《朱利阿斯·西撒》，第三幕，第二景，安东尼演讲的开场白。

"可是，听我说，老兄……"

"把它扔掉，那可怕的毒药。"

"把它扔掉"这句话刺穿了包覆着德塔们的无知层面，而进入他们意识的核心。人群里发出一阵愤怒的嘀咕。

"我来带给你们自由，"野人转向着孪生人们说，"我来……"

助理副出纳员没在听了，他溜出门厅，正在找着电话簿里的一个号码。

"不在他自己屋里，"柏纳算着，"不在我那里，也不在你那里。不在爱神殿，也不在中心或者学院里。他会到哪里去了呢？"

汉姆荷兹耸耸肩。他们下班后，满以为会发现野人在他们平时碰头的一两处地方等着他们，却杳无踪影。这真令人发火，他们早就想乘着汉姆荷兹的四人高速直升机赶到比亚瑞兹去。他再不马上来，他们吃晚餐就迟了。

"我们再给他五分钟时间，"汉姆荷兹说，"假使到时候他再不出现，我们就……"

电话铃声打断了他的话。他拿起话筒。"喂。我就是。"然后倾听了许久。"福特在上！"他诅咒道。"我马上来。"

"怎么了？"柏纳问。

"一个公园巷医院的熟人，"汉姆荷兹说，"野人在那里。似乎疯了。不管怎样，事情紧急得很。你跟我去好吗？"

他们一同急忙穿过走廊往电梯去。

"难道你们喜欢做奴隶？"当他们走进医院时，野人正在说着。他的面孔涨得通红，双眸因热情和激愤而闪闪发亮。"难道你们喜欢做婴儿？对，婴儿。只会啼哭、吐奶。"他又说，他们那禽兽般的愚蠢激怒了他，使他侮辱起这些他要来拯救的人。侮辱碰上他们厚重的愚蠢的护甲又弹回来了，他们瞪着他，空茫的眼神中只有鲁钝不悦的厌恶表情。"对，吐奶！"他明明白白地叫道。悲伤与悔恨，同情与责任——此刻全都遗忘了，都被一份强烈的、压倒性的恨意所吞并，恨这群连人都不如的怪物。"你们难道不要自由、不要做人？你们难道连人性和自由是什么都不懂？"狂怒使他能畅所欲言，语句轻易地滔滔而出。"难道真是这样？"他又问，却没有人回答他的问题。"好吧，那么，"他严酷地说下去，"我来教你们，我要**使**你们自由，不管你们要不要。"他推开一扇朝向医院天井的窗子，把**索麻**药片的小盒子一把一把地摔出去。

卡其服群众被这暴殄天物的景象吓呆了，一时哑口无言，惊恐莫名。

"他疯了，"柏纳瞪大眼睛低语道，"他们会杀了他，他们会……"群众里突然发出一声大吼，人潮威吓地涌向野人。"福特救救他！"柏纳不忍卒睹地说。

"福特救自救者。"汉姆荷兹·华森笑着，是实实在在欢悦的一笑，推开众人走上前去。

"自由，自由！"野人喊着，一手不停地把**索麻**丢进天井去，另一只手则回击着那些攻击者分不清的面孔。"自由！"汉姆荷兹突如其来地在他身边——"好一个老汉姆荷兹！"——仍然反击着——"终要成为人！"——在间隙中还是一把一把地将毒药丢出窗口。"对，人！人！"再没有毒药留下来了。他拾起盒子给他们看，漆黑而空空如也。"你们自由了！"

德塔们咆哮着，有如火上加油。

柏纳在这场战役的边缘踌躇着，"他们完蛋了。"他说，被一股突发的冲动推动着，跑上前去帮助他们，旋即想想又止步了；然后感到羞惭了，又走上前去；却又转了念头，苦恼愧怍地站在那儿举棋不定——想着如果自己不去帮助他们，他们会被杀死，但如果他去了，他就会被杀死——正在此刻，（赞美福特！）警察跑进来了，他们戴着骨碌碌眼珠和猪鼻子的毒气面罩。

柏纳冲上前去迎向他们。他挥动着手臂，这就算采取行动了，他做了点事。他叫上几声"救命！"一声比一声大，以便给予自己一份救人的幻觉。"救命！救命！救命！！"

警察把他推开，进行他们的工作。三个肩上扣着喷雾机的人把浓厚的**索麻**烟雾喷到空中。还有两个忙着弄手提合成音乐箱。另外四个人拿着装满强力麻醉剂的水枪，挤进人群里一喷再喷，有条不紊地把打得最凶的几个摆平了。

"快，快！"柏纳喊着。"你们再不快点，他们就会给杀掉了。他们就会……喔！"一个警察被他的啰唆惹恼了，便用水枪给了他一枪。柏纳摇摇晃晃地站了一两秒钟，两条腿好像没了骨头、没了筋、没了肉，变成胶条，最后连胶条也不是——成了水，他瘫作一团在地上。

忽然间，从合成音乐箱里一个声音开始说话。理性之声，善意之声。声带纸卷自动开展到合成反暴动演说第二号（中等强度）。从一个乌有的心灵深处发出了声音："朋友们，朋友们！"那声音是如此感人，带着无比温柔的责备语调，连警察们在毒气面罩里的眼睛瞬间也泪眼模糊了，"这有什么意义呢？你们何不都快乐又和气地相处呢？快乐又和气，"那声音重复着，"和平相处，和平相处。"它颤抖着，沉入一阵低语而停了一会儿。"啊，我真希望你们快乐，"它又开始了，热烈而诚挚，"我真是太希望你们和和气气的了！请你们，请你们和气又……"

两分钟之后，播音和**索麻**喷雾产生了效果。德塔们含着泪水，互相亲吻拥抱着——半打孪生子一下子都在谅解的拥抱之中。甚至连汉姆荷兹和野人也几乎为之泪下。一批新供应的药盒子从出纳处拿出来，赶忙重新分配。那声音在做富有深情的、男中音的告别辞，孪生子们分开了，心碎了般地哭泣着。"再会，我最亲爱的、最亲爱的朋友，福特保佑你们！再会，我最亲爱、最亲爱的朋友。福特保佑你们。再会，我最亲爱、最亲爱……"

德塔们走光了之后，警察切断电源，天使般的声音归于沉寂。

"你们肯好好地来吗？"警官问道，"还是我们得用麻醉？"他威吓地指指他的水枪。

"哦，我们会好好来的。"野人回答，依次轻轻拍着自己划破的嘴唇、抓伤的颈子和挨咬的左手。

一直用手帕按住流血的鼻子的汉姆荷兹，也肯定地颔首。

柏纳醒转过来，腿部的功能也恢复了，便利用这个时机，尽可能偷偷摸摸地溜向门口。

"嘿，那家伙。"警官叫道，于是一个戴着猪面罩的警察马上跑过去，把手搁在这年轻人的肩膀上。

柏纳带着愤懑无辜的表情转过身来。逃走？他做梦也不会想到这种事情。"到底你要抓我干什么，"他对警官说，"我实在不懂。"

"你是这两个犯人的朋友吧，是不是？"

"嗯……"柏纳说，迟疑着。不，他实在不能否认。"凭什么不是？"他反问。

"那么，来吧。"警官说，带头走向门前停着的警车。

第十六章

三个人被引进的房间是元首的书房。

"元首阁下马上就来。"甘玛管事留下他们走了。

汉姆荷兹大笑起来。

"这简直像个咖啡聚会，而不像审讯了。"他说，便坐进一张最奢华的充气沙发椅里。"放开心点，柏纳。"他盯住他朋友铁青死板的面孔说。然而柏纳是开心不起来的，他未予置答，连看都不看汉姆荷兹，就走过去坐在房里最不舒服的一张椅子上，这是经过他小心挑选的，因为他暗中希望着能多多少少免除些那高高在上的力量的谴罚。

野人这时不住地在房间里走来走去，怀着一份模糊而粗略的好奇心窥视着架上的书籍，看着声带卷和标号的方格架里的阅读机器线圈。窗前的桌上放着一册庞然大书，书面是柔软的黑色人造皮，烙着大金 T 字。他拿起来打开。《我的生平与著作》，吾主福特著，由底特律福特知识传播协会印行。他懒洋洋地翻动着书页，这儿读一句那儿看一段，当他正下着结论认为这本书引不起他的兴趣时，门打开了，西欧常驻世界元首轻快地走进房间。

穆斯塔法·蒙德跟三个人一一握手，但只对野人做了自我介绍。"看来你不很喜欢文明，野人先生。"他说。

野人注视着他。他已经准备好要扯谎、恫吓，始终绷着脸不理不睬；可是，元首这张富有幽默感和才智的面孔使他放心了，他决定直截了当地说实话。"不喜欢。"他摇摇头。

柏纳惊恐瞠视。元首会怎么想？——公然说不喜欢，还偏偏对这全民的元首说——被认定为这个自称不喜欢文明的人的朋友，真是太可怕了。"咦，约翰。"他开口道。穆斯塔法·蒙德的一瞥迫使他乖乖地闭上嘴。

"当然，"野人接着承认，"这儿也有些很好的东西。比方说，那些空中的音乐……"

"时而是成千的弦琴萦绕耳畔，时而是声响。"[1]

野人的面容因突来的喜悦而焕发。"你也读过这个？"他问，"我还以为在英格兰没有人知道这本书呢。"

"几乎是没有人。我是极少数中的一个。这是禁书，你晓得的。不过我既然制定了这儿的法律，我也可以不遵守它，而且不会获罪。至于马克斯先生，"他加上一句，转向柏纳，"我恐怕你是办不到的。"

柏纳陷入更加绝望的惨境之中。

"可是为什么要禁掉呢？"野人问道。遇见一位读过莎士比亚的人，使他兴奋得一时忘了形。

---

[1] 语出《暴风雨》，第三幕，第二景。

元首耸耸肩膀："因为这本书旧了，这是主要的原因。旧东西在我们这儿是毫无用处的。"

"即使它们是美好的？"

"特别因为它们是美好的。美好便有吸引力了，而我们不要人们被旧东西吸引住。我们要他们喜欢新的。"

"可是新的东西却那么愚昧而可怕。那些戏剧，空洞无物，只有直升机飞来飞去，而你感觉到人家在接吻。"他颦眉蹙额，"一群山羊和猴子！"只有《奥赛罗》里的字句才能适切地表达他的轻蔑和憎恨。

"然而是驯养的好兽呢。"元首低声插嘴。

"你为什么不换成《奥赛罗》给他们看呢？"

"我告诉过你了，那个旧了。此外，他们不可能懂的。"

对，这是真话。他记起汉姆荷兹怎样地嘲笑《罗密欧与朱丽叶》。"好吧，那么，"他停顿了一下，"一些像《奥赛罗》的新东西，他们能懂的东西。"

"那正是我们一直想写的。"汉姆荷兹打破了长时间的沉默说道。

"而那也正是你永远写不出来的，"元首说，"因为，如果那真像《奥赛罗》，无论怎么新也不会有人懂的。而如果是新的，就不可能像《奥赛罗》。"

"为什么不可能？"

"对，为什么不可能？"汉姆荷兹也说。他也忘怀了这不快的现实情境。只有柏纳还记着，焦急忧虑得脸色发青，其他人则无视于他的存在。"为什么不可能？"

"因为我们的世界不像奥赛罗的世界。没有钢铁你就造不出汽车——同理，没有不安定的社会你就造不出悲剧。今天的世界是安定的。人们很快乐，他们要什么就会得到什么，而他们永远不会要他们得不到的。他们富有，他们安全，他们永不生病，他们不惧怕死亡，他们幸运地对激情和老迈一无所知，他们没有父亲或母亲来麻烦，他们没有妻子、孩子或者情人来给自己强烈的感觉，他们受的制约使他们身不由己地实实在在行其所当行。假使有什么事不对劲了，还有**索麻**。就是那些被你借自由之名而扔出窗外去的东西，野人先生。自由！"他笑了，"期望德塔们知道自由是什么！现在又想叫他们了解《奥赛罗》！我的好孩子啊！"

野人沉默了一下。"不管怎样，"他顽固地坚持道，"《奥赛罗》是好的，《奥赛罗》比那些感觉电影好。"

"当然是的，"元首同意道，"然而那是我们用来偿付安定所需的代价。你必得在快乐和从前所谓的高级艺术之间做选择。我们牺牲了高级艺术。我们以感觉电影和香味机器取而代之。"

"可是它们什么意义也没有。"

"它们的意义就是它们自己，它们对观众的意义就是大量愉悦的感觉。"

"可是它们……它们是被白痴道出的[1]。"

元首笑了。"你对你的朋友华森先生不太礼貌呢。他是我们最卓越的情绪工程学家之一……"

"他是对的，"汉姆荷兹沉郁地说，"因为那是白痴的话。没话找话写……"

"的确。可是那正需要高度的天才。你是用少之又少的钢铁

---

[1] 语出莎士比亚剧《麦克白》，第五幕，第五景。

去造出汽车——实际上除了纯粹的感觉之外一无所有，而造出了艺术品。"

野人摇着头："在我看来这全都可怕之至。"

"那当然。真实的快乐，比起对悲苦过度补偿的快乐来，往往显得十分污秽。而且，当然啦，安定似乎及不上不安定那么悲壮。心满意足就没有了狠战不幸的那份迷人，也没有了抗拒诱惑、抗拒被热情或疑惧颠覆致命的那份生动。快乐永不伟大。"

"或许如此，"野人沉默了一阵之后说，"可是难道一定要糟透到像那些孪生儿的地步吗？"他将手掠过眼睛，有如想揩掉记忆中的景象：那些装配桌前一长排一长排相同的侏儒，那些在布兰特福单轨列车站入口处排着队的孪生群，那些挤在琳达病逝的床边的人蛆，他的攻击者重复无尽的面孔。他注视着自己上了绷带的左手，不寒而栗。"可怕！"

"然而多有用处！我晓得你不喜欢我们的波氏种群；不过，我对你保证，他们是让其他一切事物建立在上面的基础。他们是国家火箭机的回转仪，使之稳定而不出轨。"深沉的声音激动人心地震动着，手势比画出了那无可抵抗的机器的活动空间和冲刺。穆斯塔法·蒙德的雄辩术几乎够得上合成标准。

"我正奇怪，"野人说，"你到底要他们做什么——看来你似乎可以从那些瓶子里予取予求。为什么你当时不把每个人都造成超正阿尔法？"

穆斯塔法·蒙德笑了。"因为我们不希望自己的喉咙给割断，"他答，"我们相信快乐和安定。一个阿尔法的社会必然会不安定而可悲。想想看，一个全是阿尔法的工厂——就是说，充满了各行其是的个人，有着良好的遗传和制约，以致能够（有限度地）

自由选择和承担责任。想想看！"他复诵。

野人试着去想象，却不很成功。

"那简直是荒唐。如果要一个受了阿尔法倾注、阿尔法制约的人，去做埃普西隆半白痴的工作，他会发疯的——发疯，或者把事情搞得一团糟。阿尔法们可以完全社会化——可是仅限于叫他们做阿尔法工作的情况之下。只有一个埃普西隆才会做埃普西隆的牺牲，理由很充分：对于他来说那些工作并不是牺牲，那些工作是他们最不在乎的。他的制约已经为他铺好轨道，他必须沿着走去。他是不由自主的，他是被命定了。即使倾注之后，他仍然是在瓶子里——一个无形的、婴儿期和胚胎固定的瓶子。当然，我们每个人，"元首深思地说下去，"都是在瓶子里过了一生。可是如果我们碰巧是阿尔法，我们的瓶子相对来说便是很大的了。我们若被局限到一个比较窄小的空间里，就会痛苦不堪。你不能把高级代用香槟倒进低级的瓶子里。理论上这是显然易见的，可是也有实际凭据。塞浦路斯实验的结果便不由人不服。"

"那是什么？"野人问。

穆斯塔法·蒙德笑起来。"嗯，你可以管它叫一个重新装瓶的实验。它开始于福元四百七十三年。元首们把塞浦路斯岛上原有的居民全部清除掉，然后移入两万两千名精选的阿尔法。一切农业和工业设备都交给他们，让他们处理自己的事情。结果完全不出理论之所料。土地经营不当；所有工厂都闹罢工；法律形同虚设，无人服从命令；所有被派着轮班做低级工作的人，都不断地密谋着高级职位，而所有的高级职员则以牙还牙，密谋着不择手段保持原位。不到六年，他们便有了一次最高级的内战。当二万二千人中有一万九千人被杀掉之后，幸存者一致请求世界元首们收回岛上的政府。元首们答应了。而这便是世界上空前绝后的阿尔法社会之终结。"

野人深深地叹息。

"最合适的人口分配,"穆斯塔法·蒙德说,"是像冰山那样——九分之八在水线之下,九分之一在上面。"

"他们在水线之下还会快乐吗?"

"比在上面还快乐。比方说,就比你这两个朋友快乐。"他指指他们。

"不在乎那种可怕的工作?"

"可怕?**他们**并不觉得呀。相反的,他们还喜欢呢。工作轻松、简单而幼稚。既不伤脑筋也不伤皮肉。七个半小时和缓又不累人的劳动,然后就有**索麻**口粮、游戏、无限制的性交和感觉电影。他夫复何求?诚然,"他又说,"他们或许会要求缩短工作时间。我们当然可以缩短他们的工作时间。在技术上来说,把所有下层阶级的工作时间减到一天三四小时是易如反掌的。可是他们会因此而更快乐吗?不,他们不会的。这个实验也做过,远在一个半世纪多之前,爱尔兰全境都订为一天四小时。结果怎样呢?扰攘不安,**索麻**的消耗大量增加,就是这样。这三个半小时的额外闲暇非但不是快乐之源,人们还会觉得在这段时间里非得要度个**索麻**假期不可。发明局里塞满了节省劳力程序的计划。有好几千。"穆斯塔法·蒙德做了个表示量多的手势,"而我们为什么不执行呢?为了劳工们的好处,用分外的闲暇去折磨他们实在是惨无人道。农业亦复如此。如果我们要的话,我们可以合成每一口食物。可是我们不要。我们宁可保持三分之一的农业人口。为了他们自己的好处——因为由土地取得食物比由工厂来得久些。何况还要顾及我们的安定。我们不要变化。每一个变化都会危及安定。这便是为什么我们如此谨慎地应用新发明的另一个原因。每一个纯科学的发明都潜伏着破坏性，即使是科学，有时也必须视为一个可能的敌人。是的，即使是科学。"

科学？野人皱起眉头。他晓得这个字，可是他说不出它的确实含意。莎士比亚和村落里的老人们从来没有提过科学，而从琳达那里，他只能把最含糊的线索集合起来：科学是一种让你用来造出直升机的东西，一种会引得你去讥笑"玉米舞蹈"的东西，一种让你不会生皱纹、掉牙齿的东西。他费尽力气想去了解元首的意思。"是的，"穆斯塔法·蒙德说着，"那是另一项为了安定而付出的代价。跟快乐不能共存的不仅是艺术，还有科学。科学是危险的：我们必须极其小心地把它拴上链子、戴上口套豢养着。"

"什么？"汉姆荷兹惊讶地说，"可是我们一直都说：科学就是一切。这句话是催眠教学的陈腔滥调了。"

"十三岁到十七岁，一星期三次。"柏纳插嘴。

"还有我们在学院里所做的一切科学宣传……"

"对的，然而是哪一种科学呢？"穆斯塔法·蒙德挖苦地问道，"你不曾受过科学训练，所以你无法判断。我当年是一个颇为高明的物理学家呢。太高明了——高明到足以了解：我们一切的科学只不过是一本烹饪书，书上有正统的烹饪理论，不容置疑，以及一份没有主厨特准就不容更改的食谱。我现在是主厨了。可是我曾经是一个好奇的年轻厨仆。我开始自行做一点儿烹饪。非正统的烹饪，违禁的烹饪。实际上，是一点儿真正的科学。"他沉默下来。

"结果呢？"汉姆荷兹·华森问道。

元首叹了口气："跟你们这三个年轻人将遭遇到的差不多。我差一点就给送到一个岛上去。"

这几个字使得柏纳像触电般，举止狂烈失态。"把我送到一个岛上去？"他跳起来，跑过房间，站在元首面前比手画脚。"你不能送我去。我什么也没干。全是别人干的。我发誓是别人。"他控诉地指着汉姆荷兹和野人。"啊，请你不要把我送到冰岛去。我答应我会做我该做的。再给我个机会吧。请求你再给我个机会。"眼泪流下来了。"我告诉你，全是他们的错，"他啜泣着。"不要到冰岛去。啊，求求你，元首阁下，求求你……"一阵卑怯之情发作，他跪倒在元首面前。穆斯塔法·蒙德想使他站起身来，可是柏纳硬是匍匐着，滔滔不绝地说着。最后元首只得按铃叫来他的第四秘书。

"带三个人来，"他命令道，"把马克斯先生带进卧室里去。好好给他一剂蒸气**索麻**，然后把他放上床，让他一个人去。"

第四秘书走出去，回来时带了三个绿制服的孪生男仆。柏纳还在叫着哭着就被带出去了。

"别人看到了会以为他要被割断喉咙了，"当门关上时，元首说道，"其实，只要他稍稍懂事一点，他就会明白：他的惩罚实在是个褒赏。他将要被送到一个岛上去。那就是说，他将会被送到一个地方，在那里他会遇见世界上最有趣的一群男女。所有在那里的人，由于种种原因，都是太过个人自我意识了，以致无法适应团体生活。一切不满正统的人，一切有他们自己独立观念的人。一句话：每一个人都是个人物。我简直要羡慕你，华森先生。"

汉姆荷兹笑了："那么你自己为什么不在岛上呢？"

"因为，最后，我宁可要了这一边，"元首答道，"我曾做过抉择：被送到一个岛上去继续我的纯粹科学研究呢，还是前途无量地被送到元首委员会，以便到一定的时候就成为一个实际的元首，我选了后者而放弃了科学。"沉默了一会儿之后他又说，"有时候，我为放弃科学感到遗憾。快乐是个残酷的主人——特别是其他人的快乐。如果一个人没有被制约到俯首帖耳的地步，快乐就是一个比真理更残酷的主人了。"他叹息着，再度陷入沉默中，然后用比较轻快的声调继续说，"不过，责任总归是责任。一个人不能只图自己的喜好。我对真理感兴趣，我喜欢科学。可是真理是一种威胁，科学是一个大众的危险。其危险一如它之有利。它给了我们有史以来最安定的平衡。在比较上来说，连中国都算是很不稳定的了，即使是原始的母系社会也不会比我们现在更稳固。我还要说一遍：感谢科学。可是我们不能容许科学损害它自己的杰作。因此我们如此小心翼翼地限制它的研究范围——那便是我几乎给送到一个岛上去的原因。除了眼前最直接的问题之外，我们不准许它跟任何东西打交道。所有其他的探究都要千方百计地被打回票。"他停了一下才说，"我读着吾主福特时代的人所写的关于科学进步的文章，感到奇怪。他们似乎想象着可以任由科学无限进展，而不顾及其他事物了。知识是至善，真理是无上的价值，其他一切皆是次要的、附属的。事实亦然，当时观念也开始改变了。吾主福特本人做了好些变动，把着重点从真与美转向舒逸与快乐。大量生产需要这种变动。普遍的快乐保持着轮轴稳定地转动，真与美却不能。而且，当然的，当大众控制住政治权力时，所关心的就是快乐，而非真与美了。可是即使是那样，当时仍是容许不受限制的科学研究。人们也仍然不停地谈论着真和美，好像它们是至高之善。直到九年战争的时候为止。那场战争使得他们的调子变得对劲了。当炭疽弹在你周围砰砰爆炸时，真、美或者知识何在？那便是科学首先开始被控制之时——九年战争之后。当时人们甚至准备好连自己的欲望都被控制住。怎样都行，只要能有安宁的生活。我们就从那时起一直控制着了。当然，这不很有利于真理。可是却颇有利于快乐。人不能不劳而获。快乐必须付出代价才能得到。你就正在付出代价，华森先生——你得付出，因为你恰巧对美太感兴趣了。我曾经对真理太感兴趣，我也付出了。"

"可是你并没有到一个岛上去。"野人打破一段漫长的沉寂说道。

元首微笑着。"那就是我所付出的。选择了侍奉快乐。别人的快乐——不是我自己的。算是运气，"他停了一会儿又说，"世界上有这许多岛。若是没有它们，我就不知道该怎么办了。我想就会把你们全部放进毒气室里。对了，华森先生，你可喜欢热带气候？比如说马奎萨斯，或者三毛亚？或者其他更能振作精神的？"

汉姆荷兹从他的充气椅子上站起身来。"我喜欢一个极糟的气候，"他回答，"我相信如果气候很坏，一个人就会写出比较好的东西来。比方说，如果那儿常有狂风暴雨……"

元首颔首赞许。"我喜欢你的精神，华森先生。我真的非常喜欢。其程度一如我在官方立场上的反对。"他微笑道，"马尔维纳斯群岛如何？"

"好，我想可以，"汉姆荷兹答道，"现在，如果您不介意，我就告辞了，去看看可怜的柏纳怎么样了。"

第十七章

"艺术、科学——你好像为了你的快乐付出了相当高的代价。"当他们独处时，野人说，"还有什么别的？"

"哦，当然，还有宗教，"元首回答，"曾有个东西叫作神的——在九年战争之前。可是我不记得了，我想你对神很清楚吧。"

"嗯……"野人迟迟未答。他想说些关于孤独、夜晚、月光下苍白的平顶山、绝壁、投身于黑暗的阴影中以及死亡。他极想说，可是找不着字眼。即使在莎士比亚中也找不着。

这时候，元首走向了房间的另一边，打开书架间嵌入墙内的大保险柜。沉重的柜门砰地开了。他在黑暗的柜中边翻着边说："那是个一直使我极感兴趣的题目。"他抽出一本黑色的厚书，"比方说，这本你就没念过。"

野人接过来。"《圣经·旧约暨新约》。"他高声朗诵扉页。

"这本也没有。"这是一本失掉了封面的小书。

"《仿效基督》。"

　　琳达看着，恍惚而不知所以然地微笑着。她那苍白浮肿的面孔带着一种愚钝的快活表情。她的眼皮不时会合上，有几秒钟她好像在打盹。

耶娃·柯佳特（Ieva Kuojaite）插图

　　几分钟内已经有好几打了，围着灯塔站成一个大圈子，看着，笑着，拍照，投掷花生米……野人退缩着寻求掩蔽，此刻他像个陷入穷境中的动物，紧抵着灯塔的墙壁站住，以无言的恐惧瞪着一张又一张的面孔，有如一个失去了意识的人。

曾翔立　插图

"这本也没有。"他拿出另一本书。

"《诸类宗教经验》。威廉·詹姆士著。"

"我还有很多,"穆斯塔法·蒙德回到座位上继续说,"一大堆古老的色情文学书。上帝在保险柜里,福特在书架上。"他笑着指向他公开的图书馆——指向满架的书、满架阅读机器的线圈和声带卷。

"可是,假如你知道神,你为什么不告诉他们?"野人愤慨地问道,"你为什么不给他们这些关于神的书?"

"正如我们不给他们《奥赛罗》的同样理由:它们旧了,它们谈的是几百年前的神,而非今日的神。"

"但神是永恒不变的。"

"虽说如此,人却会变。"

"那又有什么不同?"

"完完全全不同。"穆斯塔法·蒙德说。他又起身走向保险柜。"有个名叫纽曼红衣主教的人,"他说,"一个红衣主教,"他提高声音加了一句,"就是主乐官一类的人。"

"'我,潘朵夫,来自美好的米兰的红衣主教。'[1] 我在莎士比亚中念过。"

"当然你念过。好,我在说一个叫作纽曼红衣主教的人。啊,就是这本书。"他把书抽出来,"既然拿了这本,就顺便拿这本吧。是个名叫迈恩·德·比兰的人写的。他是个哲学家,不知你可晓得那是什么意思。"

---

[1] 《约翰王》,第三幕,第二景。

"一个能把天上和人间的事几乎全梦想得到的人。"[1] 野人很快地接口说。

"相当对。等下我要念一段他确曾梦想过的事情给你听。先听听这位古代的主乐官说些什么。"他打开书中夹着纸条的地方开始朗读。"'我们并不比我们的所有物更属于我们自己。我们不曾创造自己，我们不能超越自己。我们并非自己的主宰。我们乃是神的财产。持着这种观点，岂不就是我们的快乐了？认为我们是属于自己的，这又有何快乐或安慰可言呢？年少得志的人可能会这么想。他们会认为，凡事都该自行其是——不必倚赖旁人——不必考虑眼前看不见的事，不必烦于不断的感谢、不断的祈祷、不断地顾及自己所作所为是否符合别人的意旨，这样会是很了不起的。然而，当时光流转，他们就如同所有的人一样，会发现"独立"是不适于人的——它是一种违反自然的状态——只是一时之计，却不能把我们平安地带往终点……'"穆斯塔法•蒙德停下来，放下第一本书而拿起另一本翻着。"比方说这段，"他以低沉的声音再度开始朗读，"'一个人渐趋衰老；伴随着年龄的增长，他内心感觉到极度的软弱、倦怠和不适；他有这种感觉时，就想象着自己只是病了，为了平服他的恐惧，就认为这种苦恼的情况是归因于某些特殊的缘由，他希望从这种情形下康复过来，一如疾病之康复。徒然的幻想！他的病就是年老，而这是一种可怕的疾病。据说，就是由于对死亡和死后的那份恐惧，才使得人们在年岁增长时皈依宗教的。但是我自己的经验使我深信：宗教情操绝非由于任何这种恐惧或幻想，才随着我们的渐趋老迈而发展的；而是

---

[1] 语出《哈姆雷特》，第一幕，第五景。

204

由于：当热情渐趋平息，当想象和感受不再激动也不再易于被激起，我们的理性在运用时烦恼会减少，不再会被幻想、欲念和骚扰所混淆而像以往一样被吞没；于是神有如自云彩之后现身出来；我们的灵魂感觉到、看到并转向这一切光明之源；自然且无可避免地转过去；因为那将生命和魅力给予感觉世界的一切，既已逐渐离我们而去，现象的存在既已不再由内在或外在的印象所支持，我们便觉得需要依附某些持续的事物，一些绝不以虚无愚弄我们的事物——一份真实，一种绝对而永存的真理。是的，我们无可避免地转向神；因为这份宗教情操的本质，对于经验着它的灵魂是如此纯净、如此欢悦，以致补偿了我们所有其他的缺失。'"穆斯塔法·蒙德合上书本靠回椅背上，"在天上和人间，这些哲学家们未曾梦想的事情太多了，其中一件就是（他挥挥手），我们，这现代的世界。'只有当你年少得志的时候才能不倚赖神而独立，但独立不能把你安全地带到终点。'但是，我们现在可以年轻而得志一辈子，直到生命的终点。然后怎样？显然我们可以离开神而独立。'宗教情操能补偿我们一切的缺失。'可是我们根本没有失去什么而需补偿的：宗教情操是多余的。青春的欲望从未受挫，我们又何必为青春的欲望搜寻替代品呢？我们一直到死都享受着所有的休闲娱乐，又何必要找消遣的替代品？我们的心灵和肉体都一直是快活而生气盎然的，又何须休憩？我们有了**索麻**，又何须慰藉？有了社会秩序，又何须永恒不变的事物？"

"那你是认为没有神了？"

"不，我认为很可能有。"

"那么，为什么？……"

穆斯塔法·蒙德制止住他。"祂以不同的方式向不同的人显现袘自己。在准现代期,袘以这些书里所描述的方式显身。如今……"

"如今袘如何显身?"野人问。

"袘以不现身来显现自己,就好像袘根本不在。"

"那是你的过错。"

"称之为文明的过错吧。神与机械、科学医药、普遍的快乐是水火不相容的。你必须自做抉择。我们的文明选择了机械、医药和快乐。所以我必得把这些书锁进保险柜里。那些都是脏话。人们会为之震惊不已的……"

野人打断了他:"但是,感觉到神的存在,不是很自然的吗?"

"你也可以问,裤子上装拉链不是也很自然吗?"元首嘲讽地说,"你使我想起那群老家伙中一个叫作布莱德雷的。他将哲学下的定义是:一个人为他本能所相信的事情去找出牵强的理由来。好像人是会由本能去相信任何事似的!一个人相信什么事,只因为他曾被制约了去相信那些事情。为了一个人因旁的糟理由而相信的事去找些糟理由来——那就是哲学。人们信仰神,乃因他们被制约了去信仰神。"

"无论如何,"野人坚持己见,"相信神是极其自然的,当你孤独时——全然的孤独,在夜晚,想着死亡……"

"但是如今的人们绝不孤独,"穆斯塔法·蒙德说,"我们使得他们憎恨孤独,我们安排他们生活,使他们几乎根本就不会有着孤独。"

野人沉郁地点点头。在马培斯,他因为人们将他摒除于村落的社团活动之外而痛苦不堪,在文明的伦敦,他却因无法逃避那些社团活动、无法全然独处而痛苦。

"你可记得《李尔王》中的那一段吗?"野人终于开口了,

"'神明们是公正的，以我们的淫欲邪罪作为惩治我们的工具；他与人私通而生了你，结果是以他的眼睛作为代价。'[1] 而爱德蒙回答——你记得吧，他受伤快死了——'你说对了，诚然如此。命运的法轮整整转了一圈，我落到这个地步。'怎么样，嗯？不是好像有个神在主宰一切，惩恶褒善？"

"哦，有吗？"轮到元首问他了，"你可以跟一个不育女淫乐纵欲无度，而不会冒上被你儿子的情妇挖出眼睛来的危险。[2] '命运的法轮整整转了一圈，我落到这个地步。'但是今日的爱德蒙会在哪儿呢？坐在一张充气椅子上，臂膀搂着一个女孩子的腰，嚼着性激素口香糖，看着感觉电影。神明们是公正的。毫无疑问。可是他们的律法，却是最后迫不得已时，由组成社会的人口授笔录的。上帝也仿效着人类。"

"你能肯定吗？"野人问，"你真能肯定说，那个坐在充气椅里的爱德蒙，不会像那个受伤而流血致死的爱德蒙一样地受到重惩？神明们是公正的。他们不是用他的淫欲邪罪做工具来贬降他吗？"

"从什么地位贬降他？就一个快乐、勤奋、消费的公民来说，他是十全十美的。当然，如果你选了其他我们没有的标准来看，那么你或许会说他被贬降了。但你总得依据一套先决条件啊。你总不能用离心九洞的规则来玩电磁高尔夫。"

"但是价值不是可以由个人随意估计的，"野人说，"估者加

---

[1] 《李尔王》，第五幕，第三景。这段话是格劳斯特伯爵（Earl of Gloster）之长子爱德加所说的，"他"便是指其父格劳斯特，与人私通生次子爱德蒙，爱德蒙陷害其父致盲。

[2] 格劳斯特的眼睛是被其私生子爱德蒙的情妇瑞干（李尔王之次女）所挖。

以重视，同时其本身亦必须具有可贵之处。"[1]

"得了，得了，"穆斯塔法·蒙德抗议，"是不是离题了？"

"如果你容许自己想到神，你就不会容许自己被淫欲邪罪贬降。你就有理由耐性地忍受事情、有理由勇敢行事。我从印第安人看到这些。"

"我相信你看过，"穆斯塔法·蒙德说，"可是我们并非印第安人。一个文明人是不必要忍受任何不愉快的事情。至于行事——福特啊！文明人脑中若有这种念头就不得了了。如果人们开始独立行事，就会把整个社会秩序扰乱了。"

"那么，自我克制呢？假若你有神，你就有理由自我克制。"

"但是，只有在没有自我克制时，工业文明才有可能。卫生学和经济学把自我放纵的程度强加到顶点。否则巨轮就要停转了。"

"你们总该有守贞节的理由吧！"野人说到这个字句时有点脸红。

"可是贞节意味着热情，贞节意味着神经衰弱。而热情与神经衰弱意味着不安定。而不安定则意味着文明的终结。你没有许多淫乐邪罪就没有持久的文明。"

"可是，神乃是一切高贵、美好、英雄的事物的理由。如果你有一位神……"

"我亲爱的年轻朋友，"穆斯塔法·蒙德说，"文明绝对不需要高贵或者英雄主义。这些东西是政治缺乏效能的症状。在像我们这样井然有序的社会里，没有人有任何机会表现高贵或者英雄。必得在彻头彻尾不安定的状况下，才有发生的可能。必得有战争，

---

[1] 语出《脱爱勒斯与克莱西达》，第二幕，第二景。

有分崩离析，有必得去抗拒的诱惑，有值得去爱、去为之奋斗或者保卫的对象——那样，高贵和英雄主义显然才具有意义。但是当今已无战争。社会也尽了最大的力量，防止你去过分爱任何一个人。这里根本就没有分崩离析；你深受制约，你不由自主地做你所该做的。而你所该做的事全都愉快无比，许多自然的冲动都被容许着自由发泄，实在没有什么诱惑要去抗拒。万一不幸居然发生了什么不愉快的事，哈，永远有**索麻**让你远离现实度个假日。也永远有着**索麻**来平抑你的愤怒，使你与你的仇敌重归于好，使你有耐心又坚忍。在过去，你只有奋尽全力经过许多年艰苦的道德训练，才能臻于此境。如今，你只消吞下两三片半克量的药片，你就做到了。现在任何人都能做到深具美德。你可以用一个瓶子随身携带你至少一半的德行。没有眼泪的基督教——那就是**索麻**。"

"但是眼泪是必要的。你可记得奥赛罗说的吗？'若在每次暴风雨之后有如许的宁静，愿狂风直刮到它们将死亡唤醒。'[1] 有个老印第安人曾对我们讲过一个故事，是说一个玛沙奇的女孩子。想娶她的少年们得在清晨到她的园子里锄地。这看似简单，但那里有魔法的蚊蝇。大多数少年简直无法忍受叮咬。只有一个能够——他便得到了那位少女。"

"真妙！但是在文明的国度里，"元首说，"你不必为女孩子们锄地就可以得到她们了，也没有什么苍蝇蚊子来叮你，我们几世纪前就把它们赶尽杀绝了。"

野人皱着眉点点头。"你们把它们赶尽杀绝了。对，你们正

---

[1] 《奥赛罗》，第二幕，第一景。

是这样的人。把所有讨厌的事物赶尽杀绝，而不学着去容忍它们。'究竟要忍受暴虐命运的掷石和箭矢，还是拿起武器对抗浩瀚如海的恨事拼命相斗，才是英雄气概呢？……[1] 可是你两者都不做。既不承苦也不抵御。你们只是废除了弹弓和箭矢。那太轻易了。"

他突然静下来，想到他的母亲。在她三十七楼上的房间里，她曾经漂浮在一片有着歌唱的光亮和芬芳爱抚的海洋中——漂浮而去，远到空间之外，时间之外，她的记忆、她的癖习、她的年龄和臃肿躯体的囚狱之外。而汤玛金，那位前孵育暨制约的主任汤玛金，仍然在假日之中——在另一个世界里，远离屈辱和痛苦的假日。在那个美丽的世界里，他可以听不到那些话语、那些嘲笑，看不到那张可怕的面孔，感觉不到那双潮湿松软缠绕在他脖子上的手臂……

"你们所需要的，"野人说下去，"应该是一种有眼泪的东西。可是在这里没有什么东西的价值是够得上的。"

（"一千二百五十万元，"当野人对亨利·福斯特说到这个时，亨利曾如此反驳，"一千二百五十万——那就是新制约中心所值的。一分钱也不少。"）

"哪怕仅仅是为了一个鸡蛋壳，也敢挺身而出，不避命运、死亡、危险。[2] 那样做不是自有道理吗？"他仰视着穆斯塔法·蒙德问道，"跟神很不相干了——虽然如此，神当然是他会那么做的一个理由。生活在险恶中不是自有道理吗？"

"是很有道理的，"元首回答，"所以我们的男人和女人都得

---

[1] 语出《哈姆雷特》，第三幕，第一景。
[2] 语出《哈姆雷特》，第四幕，第四景。

时时刺激他们的肾上腺。"

"什么？"野人不解地问。

"那是完全健康的条件之一。所以我们要做强迫性的 V. P. S. 治疗。"

"V. P. S. ？"

"强烈激情替代。定期每月一次。我们将人体整个系统注满肾上腺素。那是恐惧和愤怒情绪的生理上完全相等量。它的强烈效果完全相等于谋杀德斯底蒙娜和被奥赛罗谋杀，[1] 而没有谋杀事件的任何不便。"

"可是我喜欢不便。"

"我们不喜欢，"元首说，"我们宁可舒舒服服做事。"

"可是我不要舒服。我要神，我要诗，我要真正的危险，我要自由，我要至善，我要罪愆。"

"事实上，"穆斯塔法·蒙德说，"你在要求着不快乐的权利。"

"那么，好极了，"野人挑战地说，"我是在要求不快乐的权利。"

"不消说，还有变老、变丑和性无能的权利；罹患梅毒和癌症的权利，三餐不继的权利，龌龊的权利，时时为着不可知的明日而忧虑的权利，感染伤寒的权利，被各种难言的痛楚折磨的权利。"

一段漫长的沉寂。

"我要求这一切。"野人终于说。

穆斯塔法·蒙德耸耸肩膀。"悉听尊便。"他说。

---

[1] 奥赛罗误信其妻德斯底蒙娜不忠，而亲手将她杀死。

第十八章

房门半开着，他们走进去。

"约翰！"

从浴室里传来一阵难听而奇特的声响。

"你怎么啦？"汉姆荷兹叫道。

没有回答。难听的声音又重复了两次，接着复归沉寂。然后，咔嗒一声，浴室的门开了，野人脸色惨白地出现了。

"嘿，"汉姆荷兹担心地叫唤起来，"你看来是病了，约翰！"

"你吃了什么不对胃的东西？"柏纳问。

野人点点头："我吃了文明。"

"什么？"

"它使我中毒，我被玷污了。还有，"他压低嗓子加句话，"我吃下了自己的邪恶。"

"好吧，但是到底是什么？……我是说，刚才你在……"

"现在我洁净了，"野人说，"我喝下了一些芥末和温开水。"

那两个人为之瞠目结舌。"你是说你故意那么做？"柏纳问。

"那是印第安人通常净化他们自己的方法。"他叹口气坐下来，把手抚过额头。"我要休息几分钟，"他说，"我好累。"

"哦，这也难怪。"汉姆荷兹说。过了一下，他换了个声调说："我们是来道别的，我们明天早晨就离开了。"

"是的，我们明天早晨离开。"柏纳说，野人注意到他脸上有一种痛下决心了的新表情。"还有，约翰，"他从椅子里倾身向前，把一只手放在野人的膝盖上，"我要告诉你，我对昨天所发生的一切事情遗憾极了。"他涨红了脸，"多可耻，"他不顾声音的颤抖而一直说下去，"真是多么……"

野人打断他的话，亲切地握紧他的手。

"汉姆荷兹对我真好，"柏纳停了一会儿又开口了。"真亏是有他，否则我就……"

"得了，得了。"汉姆荷兹抗议道。

沉默了一阵。纵然他们是悲伤的——甚至可以说，正因为他们的悲伤——这三个年轻人还是感到快乐，因为他们的悲伤也正是他们互爱的征象。

"今天早晨我去看了元首。"野人终于说了。

"干什么？"

"问他我可否跟你们到岛上去。"

"他说什么？"汉姆荷兹急切地问。

野人摇摇头："他不准我去。"

"为什么不准？"

"他说他要继续实验。但是，我可完蛋了，"野人突然怒不可遏地说，"我假如还继续被用来做实验可就真完蛋了。管他全世界哪一个元首我都不干。我明天一早也要走。"

"去哪里?"他俩异口同声地问。

野人耸耸肩:"哪里都成。我不在乎。只要我能独自一个人。"

下行线从基尔德开始,顺着伟谷到戈登明,然后越过密尔福德和魏特理往海塞密尔,通过彼得斯费尔德到朴次茅斯。上行线大致与之平行,横越瓦坡斯登、汤罕、普登罕、厄尔斯泰德和格雷修特。在"猪背"和"鹿头"间有几处地方,两条线差距不超过六七公里。对于粗心大意的飞行员来说,这个距离是嫌短了些——尤其是在晚上,而他们又多服了半克。有过不少严重的意外事件。上行线决定要往西移几公里。在格雷修特和汤罕中间有四座废弃的航空灯塔,标示着从朴次茅斯到伦敦的旧路线。它们头上的天空寂静而荒凉。现在,直升机是在塞伯尔尼、博登和法罕上空嗡嗡吼个不停了。

野人选择了矗立在普登罕和厄尔斯泰德之间山巅上的旧灯塔为隐居之处。这是一座非常完善的钢筋混凝土建筑物——野人首次勘察此处时,认为简直太舒适、太奢华文明了。他许诺自己用更严酷的自律、更完全更彻底的净化做补偿,才平抚了自己的良心。他在隐居处的第一个漫漫长夜,是有意地在无眠中度过的。他整夜都跪着祈祷,有时对那曾被有罪的克劳底阿斯[1]乞求宽恕的上天,有时用祖尼语对阿翁那威罗拉,有时对耶稣和普公,有时对他的守护动物——鹰。他时时张开臂膀,好像自己在十字架上,而且长时间地那样伸举着,直到那份酸痛逐渐加强为颤抖而

---

[1] 克劳底阿斯(Claudius),哈姆雷特之叔父,丹麦王,弒兄夺嫂篡位。

深切的痛楚；自愿承受钉十字架酷刑地举着，一边从咬紧的牙关里反反复复进出（同时，他脸上热汗淋漓）："啊，宽恕我！啊，使我洁净！啊，助我向善！"一遍又一遍，直到他几乎痛绝昏倒。

天亮时，他才觉得自己取得了住进灯塔的权利；虽然灯塔上大多数的窗户都还有玻璃，虽然平台上的视野是那么美丽。他选择这座灯塔的理由几乎立刻变成使他要迁到别处去的理由。他决定住在那里是因为景色那么美，而且从他这优越的地势似乎可以眺望到神灵的现身。但他算什么？怎能娇养在经日累时的美景中？怎能住在这能见到神的地方？他只配住在污秽的猪圈和地底的黑洞里。长夜的痛苦使他僵硬且仍然痛楚，但正因如此他内心才获得肯定，他爬到塔顶的平台上，眺望这光明的旭日东升的世界，他重新获得权利在此居住的世界。在北面，视线被"猪背"绵亘的白垩山脊遮住，山脊背后的极东端，耸起组成基尔福德的七座摩天大厦。野人看着它们就颦眉蹙额，但是他逐渐释然了，因为到了晚上，它们就如几何图形的星座般愉快地闪烁着，或者是泛光照明，用它们发光的手指（那种手势的深长意味，全英格兰只有野人此刻才了解）庄严地指向神秘莫测的天空。

把"猪背"和灯塔所在地的沙质山丘分隔开的，是一个山谷，普登罕就住在那山谷中，是个质朴的九层楼高的小村子。村里有地下室、一座家禽农场和一间小维生素D工厂。灯塔朝南的那一边，地势下倾成一片长满石南的长斜坡，连着一串湖泊。

再过去越过森林，高耸着厄尔斯泰德的十四层高塔。"鹿头"和塞伯尔尼在英格兰的雾气中朦朦胧胧，把人的目光迎入蓝郁浪漫的远方。但是，这灯塔吸引野人的地方，还并不单是它的远处；近处就同远方一样诱人。那树林、那开阔延亘的石南和黄色的金雀花、一丛丛的苏格兰枞树、波光粼粼的湖泊，有着垂枝的赤杨、睡莲、灯芯草床——这些实在太美了，尤其看在习惯了荒瘠的美洲沙漠的眼里，简直是惊艳。还有这份孤独！成天见不着一个人影。虽然这座灯塔离嘉林T塔只消一刻钟的飞行航程，但即便是马培斯的山丘也及不上这苏利郡荒原的荒凉。每天离开伦敦的人群只为了出去玩高尔夫球或者网球。普登罕没有球场，最近的黎曼面网球场在基尔福德。花朵和风景是此处唯一引人入胜的。既没有值得一来的理由，所以也就没有人来了。野人独自未受打扰地度过了第一天。

约翰初到伦敦时曾领过他的零用钱，他把这笔钱的大部分都花在他的配备上。在离开伦敦之前，他买了四条纤维胶毛毡、绳索、钉子、黏剂、些许工具、火柴（不过他打算到时候就钻木取火）、一些锅盘、二十四包种子以及十公斤的面粉。"不，不要合成淀粉和废棉代用面粉，"他坚持着，"即使那些比较营养。"可是碰到泛腺质饼干和维生素代用牛肉时，他就抵不住店商的劝说了。此刻看着那些罐头，他严酷地谴责自己的软弱。可恶的文明废物！他下决心即使饿死也不吃这些。"这会给他们个教训。"他报复地想。这对他自己也是个教训。

他数数自己的钱，希望剩下的那一点够让他撑过冬天。到了明年春天，他的园子就会生产出足够的东西，让他不靠外面的世界而独立了。同时还可以打猎。他见到过许多兔子，湖里也有水禽。他立刻开始造一副弓箭。

靠近灯塔处有些桦树，还有一大丛漂亮挺拔的榛树幼枝可以做箭杆。他先砍下一株幼桦，切下六尺长无杈的树干，剥掉树皮，一刀刀地削掉白木材，这都是照着老米西玛教他的方法做的，最后他有了一根高度等身的木棍，中间粗硬，两端细削而富弹性。工作给予他一股强烈的愉悦。在伦敦整天无所事事，要什么就随时按个开关或者转个把手，过了几星期那种懒散日子之后，做些需要技巧和耐性的事情实在是种纯粹的愉悦。

他就快把木棍削成形了，却惊异地发现自己在唱歌——**唱歌**！这就好像他在外界与自己不期而遇，突然把自己逮了出来，抓住了那个罪恶昭彰而不知所措的自我。他愧疚得脸红了。无论如何，他不是到这里来唱歌享乐的。来到这里为的是避免文明生活的秽恶进一步污染他，为的是净化和向善，为的是赎罪。他却灰心地发现：自己全神贯注于削制他的弓，竟然忘记了对自己发誓要永远铭记的——可怜的琳达，以及自己对她的戕害不仁，还有那些恶心的孪生子，虱子般地猬集在她死亡的神秘周遭，他们的出现不仅污辱了他自己的悲伤和悔改，还辱及了神明。他发誓要铭记于心，他发誓要不断做补偿。而他现在呢？快活地坐在弓杆前，唱着歌，竟然唱着歌……

他走进屋内，打开芥末盒子，倒了些水到火上煮沸。

半小时之后，三个来自普登罕的波氏种群负德塔农工，碰巧驾车到厄尔斯泰德去，就在山顶上，他们惊异地看到一个年轻人站在废置的灯塔外头，腰以上赤裸着，在用一根打结的绳鞭抽着自己，他的背脊水平地排着深红的鞭痕，一道道痕上流着滴滴的血。运货车的驾驶员把车停到路旁，跟他的两个同伴瞠目结舌地看着这场奇观。一、二、三——他们计算着鞭数。打了八下之后，年轻人中断了他的自我惩罚，跑到树旁猛烈地呕吐。吐完之后，他拾起鞭子又开始抽打自己。九、十、十一、十二……

"福特！"驾驶员喃喃道。他的孪生兄弟也有同感。

"福特哟！"他们说。

三天之后，记者们有如兀鹰扑向腐尸般地赶来了。

在青木生的文火上烤得干硬之后，弓就算做好了。野人忙于做他的箭。削好弄干了三十根榛树的枝干，头部安上尖钉，尾梢小心地刻凹。有天夜晚他光顾了普登罕家畜农场，现在就有了足够的羽毛来装备整个兵器库。他正在为箭杆镶羽毛时，第一个记者找着他了。那个人穿着充气软鞋，不声不响地来到他的身后。

"早安，野人先生，"他说，"我是《每时广播》的代表。"

野人有如挨蛇咬了似的吓了一跳，纵身而起，箭杆、羽毛、黏剂瓶和刷子掉得满地都是。

"请你原谅，"记者非常歉疚地说，"我是无意……"他碰碰帽子——在那铝制的烟囱帽里，他带了无线电收发机。"请原谅我不脱帽子，"他说，"嫌重了点。哦，我才说过，我是代表每时……"

"你要干什么？"野人问道，怒目而视。记者回报以最讨好的笑容。

"啊，当然啦，我们的读者会深感兴趣……"他偏着头，笑容变得几乎像在卖弄风情，"只要你说几句话，野人先生。"他以一连串仪式化的动作，快速地松开了两条连着他绕在腰上轻便电池的电线；把它们同时插入他铝帽的两边；碰碰帽顶上的一个弹簧——天线跳上空中；再碰碰帽缘上另一个弹簧——一个麦克风像弹簧玩具般跳了出来，悬在那儿抖荡着，离他鼻子前六英寸；把一对耳机拉到他耳朵上；按下帽子左边的开关——从里面传出轻微的黄蜂嗡嗡声；旋转右边的圆钮——嗡嗡声变成一阵像是听诊器听到的喘气声和劈啪声，以及打嗝和突发的吱吱声。"喂，"他对麦克风说，"喂，喂……"他帽子里面突然响起铃声。"是你吗？

艾索？我是布里模·米隆。是的，我逮着他了。野人先生现在愿意对着麦克风说几句话。是不是？野人先生？"他换上另外一种讨好的笑脸仰望着野人，"就告诉我们的读者，为什么你到这里来。什么事情使得你（别挂断，艾索！）突如其来地离开伦敦。当然，还有，那个鞭子。"（野人吃了一惊。他们怎么晓得鞭打的事？）"我们都想知道鞭子的事想得要命。还有，讲些关于文明的话。你知道那类东西的。'我对文明女郎的想法。'就几句话，仅仅几句……"

野人照他的话做了，却是不知所云。他说出五个字就没有下文了——五个字，就是他曾对柏纳说到坎特伯里主乐官时的那些相同的字。"Háni！ Sons éso tse ná！"然后一把抓住记者的肩膀，把他转了过去（这个衣冠楚楚的年轻记者一副讨打的样子），瞄准好，然后以一名足球冠军的全副力量和准确性，给了他结结实实的一踢。

八分钟之后，《每时广播》的最新版在伦敦街头发售了。"**《每时广播》记者尾骶骨遭神秘野人踢中，**"首页的头条标题如此写着，"**苏利郡的轰动事件。**"

"连伦敦也轰动了。"那记者回去看到这些字句时想道。尤有甚者，还是个非常疼痛的轰动事件。他小心翼翼地坐下来吃午餐。

另外四个记者，并未被他们同事尾骶骨上警告性的伤痛所吓阻，他们分别代表《纽约时报》、《法兰克福四度空间统报》、《福特科学箴言报》和《德塔鉴报》，当天下午采访灯塔，遭到变本加厉的暴力接待。

《福特科学箴言报》的记者隔着一段安全距离，揉着臀部喊道："混账笨蛋！你为什么不吃**索麻**？"

"滚开！"野人挥着拳头。

其他几个退缩了几步，然后转回头来。"服下两克**索麻**，恶祸也成虚假。"

"Kohakwa iyatokyai！"声调带着威吓的嘲弄。

"痛苦是种幻觉。"

"哦，真的吗？"野人边说边拾起一条粗榛树枝，大步走向前去。

《福特科学箴言报》的记者一个箭步蹿向他的直升机。

其后野人有了一段安宁日子。几架直升机好奇地前来绕着塔顶盘旋。他朝着其中最靠近而烦扰不已的一架射出一支箭。箭穿透了机舱的铝地板，一声尖叫，飞机尽其超级充电器的全力加速飞腾冲入空中。从此，其他的直升机都保持敬而远之的距离。野人对那烦嚣的嗡嗡声充耳不闻（他在想象中，把自己比拟为玛沙奇女郎的求婚者之一，在长着翅膀的害人虫群中坚忍而不动摇），锄掘着他未来的菜园。过些时，害人虫显然感到不耐烦而飞走了；连着好几个小时，他头顶上的天空除了云雀之外就一无所有而又安静。

天气热得令人窒息，天际有雷鸣。他掘了一个早晨的地，然后舒展着身子在地板上休息。突然间，他想到蕾宁娜，她活生生地出现了，赤裸而可触及，说着："甜心！""用你的双臂搂住我！"——只穿着鞋袜，芳香馥郁。无耻的娼妓！可是，啊，啊，她的手臂绕着他的颈子，她那高耸的胸脯、她的嘴唇！永恒存在我们的嘴唇和眼睛之中。蕾宁娜……不，不，不，不！他跃身而起，依然半裸着，就跑出了屋外。在石南边上生着一丛灰白色的桧松灌木。他纵身跳向它们，拥抱它们，不是他欲念中柔滑的胴体，而是满怀绿色的叶针。它们以千万只尖针刺戳着他。他试着去想可怜的琳达，无息而喑哑，双手紧握，眼中有无可言状的恐惧。他曾立誓要铭记的可怜的琳达。可是仍然是蕾宁娜的身影纠缠着他。他曾立誓要忘怀的蕾宁娜。即使在松针的刺戳之下，他痛缩的肌肉仍然感觉得到她，无可逃遁的逼真。"甜心，甜心……如果你也想要我，为什么不……"

鞭子悬挂在门旁的钉子上，准备拿来对付来访的记者。野人狂乱地跑回屋里，抓住鞭子挥旋着。打了结的绳鞭啮入他的肌肉。

"娼妓！娼妓！"他每抽一下就大吼着，好像打着的是蕾宁娜（他并不知道自己是如何狂烈地希望真的就是她！）白皙、温暖、馥郁而下贱的蕾宁娜，让他这样地抽打着。"娼妓！"然后以一种绝望的声调，"哦，琳达，宽恕我。宽恕我，神啊。我卑鄙。我邪恶。我……不，不，你这个娼妓，你这个娼妓！"

达尔文·邦那巴提——感觉电影公司最高明的大场面摄影师，从三百米外的树林里他刻意建造的隐匿处，看到了整个经过情形。耐性和技巧得到了报偿。他在一株假橡树的树干上等候了三天，在石南之间匍匐爬行了三夜，把麦克风藏在金雀花丛中，把电线埋在松软的灰沙里。极度难受了七十二小时。而现在，伟大的时刻终于来临——最伟大的。当达尔文·邦那巴提在这些器材之间爬行着时，他还有时间去回想，自从他拍摄了那有名的吼声不绝的立体感觉电影《大猩猩的婚礼》之后，就数这回最伟大了。"棒透了，"当野人开始他惊人的表演时，他自语道，"棒透了！"他把望远镜头相机仔细地瞄准——紧盯住那动着的目标；跟着急忙转到更高的倍数，以得到一个狂野而扭曲的面部特写（妙极了！）；扳入慢速度半分钟（绝妙的喜剧效果，他向自己保证）；同时聆听着鞭打声、呻吟声、狂野咆哮的话语，这些都录在他影片边缘的声带上，试试稍微放大些的效应（对，无疑地会好些）；在短暂的间歇之时，听到云雀清越的鸣唱真使人欣喜；希望野人转过身去，那么他就能照到一个极佳的背部淌血的特写镜头——而几乎就在同时（多惊人的好运气！），这够意思的家伙真转过身去了，他就拍了个完美无缺的特写镜头。

"哈，太好了！"大功告成之后，他自语道，"实在太好了！"他抹一抹脸。等它们到摄影室去配上感觉效应之后，就会是个极佳的影片了。达尔文·邦那巴提想道：几乎可以跟《抹香鲸的爱情生活》媲美了——福特在上，那可真叫了不起啦！

十二天之后，西欧每一座第一流的感觉电影院都首映《苏利郡的野人》，可以赏观、聆听并且感觉。

达尔文·邦那巴提影片的影响既速且巨。首映那晚的次日下午，约翰乡居的孤独突然被漫天成群的直升机所破坏。

他正在菜园中掘土——同时也挖掘着他自己的心灵，苦苦地翻掘他思想的实质。死亡——他用铲子掘进土中，一次，一次又一次。我们所有的往日都引领着愚人走向归于尘土的死亡。[1] 一个深具说服力的雷声在语句中轰然响起。他又掘起一铲泥土。为什么琳达要死？为什么任由她逐渐变得连人都不如，而最后……他战栗了。一块好吻的臭肉。[2] 他把脚放在铲子上，用力把它踹入坚韧的地里。我们在神们的掌中有如苍蝇在顽童手里，他们作为游戏就把我们杀了。[3] 雷声又响起；字句宣告着它们自己的真

---

[1] 语出《麦克白》，第五幕，第五景。
[2] 语出《哈姆雷特》，第二幕，第二景。
[3] 语出《李尔王》，第四幕，第一景。

实性——远比真理本身还真实。然而那个格劳斯特[1]还是称祂们为慈悲的天神。你最好的休息是睡眠,你常常召请睡魔;但是对于和睡眠差不多的死亡,你又非常恐惧。[2]长眠,如此而已。长眠,或许在做梦。[3]他的铲子敲到一个石块,他弯身捡了起来。在死亡的睡眠当中会做些什么梦?[4]……

头顶的嗡嗡声已经变成了怒吼,突然间他被罩在阴影之下,有什么东西在太阳与他中间。他吃了一惊,从挖掘和思索中抬起头来往上看,他迷惑昏乱地朝上望,心神却仍然游移在那"比真理还真实"的另一个世界里,仍然专注于死亡和神祇的无垠无限;仰首看到头顶近方群集着翱翔的飞机。有如蝗虫迫境,悬在半空中,然后围着他降落在石南丛上。从这些巨形蚱蜢的腹中走出人来:男人身穿白色纤维胶法兰绒,女人(因为天气很热)穿着醋酸盐仿山东绸的衫裤,或者天鹅绒短裤和拉链半开的无袖单衫——每只走出一对男女。几分钟内已经有好几打了,围着灯塔站成一个大圈子,看着,笑着,拍照,投掷花生米(好像对一只猿猴)、一包包性激素口香糖、泛腺体、奶油酥饼。每时每刻——由于现在横越"猪背"的交通流量一直没有间断——他们人数都在增加。像在噩梦中,成打的人变为成百的了。

野人退缩着寻求掩蔽,此刻他像个陷入穷境中的动物,紧抵着灯塔的墙壁站住,以无言的恐惧瞪着一张又一张的面孔,有如一个失去了意识的人。

---

[1] 格劳斯特,《李尔王》中的主要人物。

[2] 语出《恶有恶报》(*Measure for Measure*),第二幕,第一景。

[3] 语出《哈姆雷特》,第三幕,第一景。

[4] 语出《哈姆雷特》,第三幕,第一景。

一包瞄得很准的口香糖打在他的脸颊上，把他从昏迷状态急速地唤进现实的感知之中。一阵痛楚惊人的震撼——他全然清醒了，清醒而且暴怒。

　　"滚开！"他叫道。

　　猿猴说话了，一阵笑声和鼓掌爆了开来。"好个老野人！好哇，好哇！"在一片乱语中他听到叫喊，"鞭子，鞭子，鞭子！"

　　这个字句提醒他采取行动，他取下门后头钉子上的那束打结的绳鞭，朝这些折磨他的人挥动。

　　一阵挖苦的喝彩声吼了出来。

　　他威吓地朝他们走过去。一个女人害怕得大叫起来。行列在最受直接威胁之处波动起来，过一会儿又坚固了，站得稳稳的。这些游客们自觉人多势众而勇气大增，这是野人没有料想到的。他倒退几步，驻足四望。

　　"你们为什么不放过我？"他的愤怒中有一种近乎哀诉的声调。

　　"吃些镁盐杏仁吧！"一个男人说道，如果野人走上前去，他就是第一个挨打的。他掏出一包来。"它们实在好吃，你知道，"他还说，带着非常神经紧张的劝解的笑容，"镁盐还能使你永葆青春。"

　　野人无视于他的赠予。"你们到底要我的什么？"他问道，看着一张又一张龇牙咧嘴的笑脸。

　　"鞭子。"几百个声音混杂着回答，"表演耍鞭子的功夫。让我们看看耍鞭子的绝招。"

　　然后，以一致而缓慢沉重的拍子，"我—们—要—鞭—子，"行列尽头的一群人叫道，"我—们—要—鞭—子"。

其他人立刻加入了喊叫的阵容，句子像鹦鹉学舌般一次又一次重复着，每次都增加着音量，反复七八次之后，就没有别的话了。只有"我—们—要—鞭—子"。

他们一起叫喊，而且陶醉于这种声音、这种一致性、这种合一的韵律感，他们好像可以连着叫上几小时——几乎可以无止境地下去。不料在大约第二十五次重复时，这项活动却被吃惊地打断了。一架直升机越过"猪背"来到了这里，在人群上头悬止了一下，然后降落在游客行列和灯塔之间的空地上，离野人站的地方只有数码之遥。螺旋桨的怒吼暂时淹没了嘶叫声，然而当飞机着陆、引擎熄火之后，"我—们—要—鞭—子，我—们—要—鞭—子"之声再度迸发出来，同样的高亢、坚持而单调。

直升机门打开了，先走出来的是个容光焕发的漂亮青年，然后，是个穿着绿天鹅绒短裤、白衬衫、戴着骑士小帽的年轻女郎。

野人一看到那个年轻女子就吃惊地退缩，面色变白。

那年轻女子站着，朝他微笑——一种迟疑的、恳求的、近乎卑屈的微笑。几秒钟过去了。她的双唇嚅动着，她在说着什么，但她的话声被游客们反复吟诵的大嗓门掩盖了。

"我—们—要—鞭—子！我—们—要—鞭—子！"

那年轻女子的双手压在她身子的左方，在她那美如娃娃般的桃红粉脸上，有一种奇特而不调和的渴慕、忧苦的表情。她碧蓝的眼睛似乎渐渐大了起来、亮了起来，突然间两滴泪珠滚落她的面颊。她又说话了，却听不见；然后，以一个快捷而激动的姿势张开双臂，朝着野人走向前来。

"我—们—要—鞭—子！我—们—要……"

突然间，他们得到他们所要的了。

"娼妓！"野人像个疯子似的冲向她。"臭货！"像个疯子般，他用那条许多小绳子束成的鞭子抽打她。

她惊恐地转身逃走，却绊倒在石南丛里。"亨利，亨利！"她叫道。但她那容光焕发的伴侣却早已跑得老远，到直升机后头避难去了。

行列在一声欢悦兴奋的喊叫之下溃散了，全都蜂拥向那富吸引力的磁心。痛苦是一种迷魅的恐怖。

"贱货，淫妇，贱货！"野人疯狂地打了又打。

他们饥饿地围在四周，又推又挤，就像猪群在槽边争食。

"啊，肉体啊！"野人咬牙切齿。鞭子这回是落在他自己的肩膀上，"杀了它，杀了它！"

他们被这痛苦恐怖的魅力所吸引，还有，那股合作的习性，那股要求和合一致的欲望，那都是他们的制约根深蒂固地深植在他们内心的，驱迫着他们，他们开始模仿野人狂暴的动作。每当野人抽打着他自己叛逆的肉体，或者抽打那辗转扭动在他脚下石南丛中丰腴的卑鄙之化身时，他们也就互相击打着对方。

"杀了它，杀了它，杀了它……"野人还在喊着。

忽然有人开始唱着"喔奇泼奇"。一刹那间他们全跟上了这重复的歌句唱起来，还一边舞蹈着。喔奇泼奇，转呀转呀转的。用八分之六的拍子彼此拍打着。喔奇泼奇……

最后一架直升机飞走时已过午夜了。野人被**索麻**迷醉，加上长时间的肉欲的狂乱，使得他筋疲力尽，终于睡倒在石南丛中。他醒过来时太阳已经好高了。他躺了一会儿，像一只对光亮感到莫名其妙的猫头鹰般地眨眨眼睛；然后倏地记起来了——记起了每一件事。

"哦，我的上帝，我的上帝！"他用手盖住自己的眼睛。

那天黄昏，嗡嗡地越过"猪背"蜂拥而来的直升机，形成了一片长达十公里的乌云。对前一晚的"赎罪狂欢"的描述已经见诸所有报章了。

"野人！"最先到达的人群下机时叫道，"野人先生！"

没有回答。

灯塔的门半掩着。他们推开门走进窗板遮掩下的昏暗里。通过屋子那一头的一扇拱门，他们可以看到一座通往上层的楼梯底部。就在拱门顶端，悬摆着一双脚。

"野人先生！"

缓慢地，非常缓慢地，像两根慢条斯理的罗盘指针，这双脚摆向右方；北方，东北，东，东南，南，南南西；停了一下，几秒钟之后，还是慢条斯理地又摆向左边。南南西，南，东南，东……

面对"美丽新世界"

止　庵

按理说柏纳·马克斯这路角色，根本不应该在《美丽新世界》里出现。因为有如书中所写，那会儿人类是由"中央伦敦孵育暨制约中心"根据社会需要制造出来的不同种群，而"一切制约之目的皆在于：使得人们喜欢他们无可逃避的社会命运"，没有谁会另有想法。可是百密一疏，也许柏纳的胚胎在培育过程中所吃的"人造血液中有酒精"，所以才会与众不同，说出"但是你难道不想以另一种方式的自由去快乐，雷宁娜？譬如说，以你自己的方式，而不是其他每个人的方式"之类离经叛道的话。

《美丽新世界》向被列为"反乌托邦三部曲"之一。另外两本小说中，也有此类异己分子。相比之下，柏纳对于既有秩序的质疑反抗，不仅微不足道，而且浅尝辄止。《我们》里，Ⅰ－330

试图发动一场革命，"我"，即D—503也被卷入其中；《一九八四》里，温斯顿和茱莉亚都是地地道道的叛逆。柏纳不过发点牢骚罢了。何况当发觉行将为此付出代价，他就不失时机地从"保留区"带回多年前走失的琳达及其与"孵育暨制约"主任生育——"美丽新世界"已不采取这一方式繁衍人类——的儿子约翰，从而保住自家地位，甚至一度成了红人。此后遂改由"野人"约翰去质疑反抗既有秩序了；但身为外来者，他的所作所为毕竟有限。

作为一部小说，《美丽新世界》不如"反乌托邦三部曲"另外两本好看。"三部曲"同属幻想小说，都是传统写法；以此而论，《美丽新世界》写得好像比《一九八四》差些，比《我们》就差得更多。不妨归结为人物苍白无力，情节不够曲折。或者要说，赫胥黎的艺术手段不像写《我们》的扎米亚金和写《一九八四》的奥威尔那般高明；然而在我看来却别有原因，一言以蔽之："合该如此。"《美丽新世界》的特殊价值，恰恰与此不无关系。

《美丽新世界》出版于一九三二年。一九四六年再版时，作者增添一篇序言，其中有云："当然，新的极权主义没有理由会跟老的极权主义面目相同。以棍棒、行刑队、人为饥荒、大量监禁和集体驱逐出境的手段的统治，不仅不人道（其实今天已经没有人在乎人道了），而且已经证实了效率不高——在科技进步的时代，效率不高简直是罪大恶极。一个真正有效率的极权国家应该是这样的：大权在握的政治老板们和他们的管理部队，控制着一群奴隶人口，这些奴隶不需强制，因为他们心甘情愿。"三年后《一九八四》面世，赫胥黎在给奥威尔——后者曾经是他在伊顿公学的学生——的信中重申此意，指出《一九八四》所写乃是发生在《美丽新世界》之前的事情。也就是说，"一九八四"毕竟只是人类历史的某一阶段而已，"美丽新世界"才具有终极意义。

《我们》里的"造福者"曾经宣布："万一他们不了解我们为他们带来的是经过数学方法计算毫无瑕疵的幸福，那么我们就有责任来强迫他们享此幸福。"《一九八四》所揭示的，也是同一问题。但这在《美丽新世界》里早已得到解决，因为大家几乎一致把这种"幸福"天经地义般地接受下来。就像书中元首对约翰说的那样："今天的世界是安定的。人们很快乐，他们要什么就会得到什么，而他们永远不会要他们得不到的。他们富有，他们安全，他们永不生病，他们不惧怕死亡，他们幸运地对激情和老迈一无所知，他们没有父亲或母亲来麻烦，他们没有妻子、孩子或者情人来给自己强烈的感觉，他们受的制约使他们身不由己地实实在在行其所当行。假使有什么事不对劲了，还有索麻。就是那些被你借自由之名而扔出窗外去的东西。"牵涉《我们》和《一九八四》中人物命运、构成小说内在冲突的内容，在《美丽新世界》中根本没有机会发生；除了"美丽新世界"本身，赫胥黎其实没有什么可写的了。那位元首还说："真实的快乐，比起对悲苦过度补偿的快乐来，往往显得十分污秽。而且，当然啦，安定似乎及不上不安定那么悲壮。心满意足就没有了狠战不幸的那份迷人，也没有了抗拒诱惑、抗拒被热情或疑惧颠覆致命的那份生动。快乐永不伟大。"已经预先道着我们读《美丽新世界》与《我们》、《一九八四》的不同感受了。

然而《美丽新世界》自具魅力同时也是惊心动魄之处，恰恰在于作者有关未来世界的构想，无所谓其中发生什么异常之事。"反乌托邦三部曲"皆为忧世之作，赫胥黎是从不同于奥威尔和扎米亚金的角度去考虑问题——在他看来，甚至是超越了奥威尔去考虑问题。《我们》饱满;《一九八四》激越;《美丽新世界》乍看两样儿都不占,但或许更深刻,至少作者想得更远。我读《一九八四》,的确觉得欧布莱恩引温斯顿和茱莉亚入其彀中,然后加以折磨,未免浪费时间精力,甚至可能构成对于体制的一种内耗。可是从另一方面想,这正是欧布莱恩以及凌驾其上的"老大哥"乃至整个体制的乐趣所在。就像赫胥黎说的,"《一九八四》中占少数的统治者信奉的是一种虐待狂的哲学"。奥威尔所写毕竟还是人间之事。我曾称其为"终极之书";也许应该说明一下,它所展现的是我们这个世界的最后景象。赫胥黎描写的则是"美丽新世界"。

在《我们》和《一九八四》中,那些叛逆者、反抗者,虽然势单力薄,最终难逃一死,但仍然构成小说的主体;《美丽新世界》中,无论柏纳,还是约翰,都不具备这种意义,因为他们无所作为。另一方面,《美丽新世界》中的元首也没有《我们》中"造福者"和《一九八四》中"老大哥"那种力量——用句现成的话:缺乏他们那样的"主观能动性"。说到底他只是一个执行者而已,同样无所作为。在这里,体制而不是人性——即便是人性之恶——决定一切。赫胥黎所强调的"提高效率",正是体制而不是人性的要求。扎米亚金和奥威尔所述仍为善恶之争;赫胥黎笔下善恶俱已泯灭,人性被彻底抹杀。在《我们》和《一九八四》中,人至少在理论上还存在着做出选择的可能;《美丽新世界》完全否定了这一点,——其实"人"已经是科学进步的产物,而不是真正意义上的人了。《一九八四》里无论温斯顿、茱莉亚,还是欧布莱恩,甚至"老大哥",都还是人;《我们》里的人物只叫号码,没有名字,但也是人;《美丽新世界》写的则是一个彻底的非人世界。

赫胥黎说:"《美丽新世界》的主题并非科学进步的本身,而是科学进步对人类个人的影响。"科学进步也是《我们》和《一九八四》的重要内容,但到底还是实施极权主义的工具,也就是说,它服务于某种强加于人的意识形态;在《美丽新世界》里,科学进步与极权主义已经融为一体,所要求的"提高效率",成了唯一的意识形态。按照这个思路,"提高效率"终将成为大家的一致愿望,而不单单是统治者的"觉悟"。从这个意义上讲,"美丽新世界"可能比"一九八四"更难为我们所抵御,因为它没有"坏",只有"好"。虽然这种"好"意味着人已经丧失一切,甚至比在《我们》和《一九八四》中丧失更多。

《美丽新世界》与《一九八四》都受到《我们》的启发,彼此却不能相互替代。虽然有如赫胥黎所说,"美丽新世界"位于"一九八四"之后,但是它或许距离我们更近。世间有了《一九八四》,人得以明白就中道理,看到危险所在,"一九八四"的实现因此困难许多;有了《美丽新世界》,"美丽新世界"仍然无法避免,因为是愿望而不是权力导致它的降临。小说中,当约翰说:"可是我不要舒服。我要神,我要诗,我要真正的危险,我要自由,我要至善,我要罪愆。"元首回答:"事实上,你在要求着不快乐的权利。"在"舒服"与"不快乐"之间,人们很容易做出自己的选择。虽然《美丽新世界》写的是非人世界,它却仿佛根植于人性之中,更像是我们发自内心对于未来的一种期待。